LA BIBLIOTECARIA
DE SAINT-MALO

LA BIBLIOTECARIA
DE SAINT-MALO

Mario Escobar

HarperCollins *Español*

Los libros de HarperCollins Español pueden ser adquiridos para propósitos educativos, empresariales o promocionales. Para más información, envíe un correo electrónico a SPsales@harpercollins.com.

PRIMERA EDICIÓN

Editor: Edward Benítez

Este libro ha sido debidamente catalogado en la Biblioteca del Congreso de los Estados Unidos.

ISBN 978-0-06-301236-3

20 21 22 23 24 BRR 10 9 8 7 6 5 4 3 2 1

*A Elisabeth, que caminó por los muros de Saint-Malo
y vio nacer esta novela entre mis labios.
A la lectora que me contó su vida en una firma
de libros en Zaragoza y que inspiró este libro.*

—¿Usted es capaz de morir por amor?

—No sé, pero me parece que no, por el momento.

—Ya lo ve. Y es usted capaz de morir por una idea, esto está claro. Bueno: estoy harto de la gente que muere por una idea. Yo no creo en el heroísmo, sé que eso es fácil, y he llegado a convencerme de que en el fondo es criminal. Lo que me interesa es que uno viva y muera por lo que ama.

ALBERT CAMUS, *LA PESTE*

Para la mayoría de los hombres la guerra es el fin de la soledad. Para mí es la soledad infinita.

ALBERT CAMUS (1913–1960),

ESCRITOR FRANCÉS

La primera víctima de la guerra es la verdad.

HIRAM WARREN JOHNSON (1866–1945),

POLÍTICO ESTADOUNIDENSE

CONTENIDO

SEGUNDA PARTE: EN LA SALUD
Y EN LA ENFERMEDAD

TERCERA PARTE: LOS ÚLTIMOS CIEN PASOS

PREFACIO

LA BIBLIOTECARIA DE SAINT-MALO NOS HABLA sobre el amor, la venganza, la conciencia, la culpa y el pasado que nos atrapa y condiciona la vida.

La idea de esta novela surgió durante mi visita a Saint-Malo en septiembre de 2018. La ciudad, aunque en buena parte reconstruida, me atrapó de inmediato. Sus imponentes murallas, las amplias playas de arena color canela, los fuertes de piedra rubia y las mareas que azotan la pequeña península, como si intentasen devolver al océano sus orgullosos muros, me dejaron impactado. Mientras caminábamos por la muralla que rodea la ciudad antigua le dije a mi esposa Elisabeth: «Tengo que escribir una novela sobre este lugar».

Mis historias anteriores se habían centrado en las terribles consecuencias del Holocausto, pero quería mostrar el sufrimiento de la gente corriente durante la ocupación alemana de Francia y mostrar, sobre todo, la terrible persecución que ésta supuso para la cultura y los libros en particular.

Allí mismo, enfrente del castillo de la Duchesse Anne, recordé la emocionante experiencia que una lectora me había contado un año antes en Zaragoza, España. La joven me narró, en pocas palabras, su increíble historia de amor, dolor y enfermedad. Las dos ideas se unieron y de ella nació esta novela inspirada en hechos reales.

Tras la capitulación francesa del 22 de junio de 1940, los nazis ocuparon la localidad de Saint-Malo y la convirtieron en un bastión de su famosa fortaleza atlántica para controlar el norte de la Bretaña francesa. Sus habitantes intentaron resistir pasivamente a sus ocupantes: pertenecían a una larga tradición de corsarios y hombres intrépidos, pero Andreas von Aulock, el comandante encargado de su custodia, fue un hombre implacable y sofocó hasta el más mínimo intento de oposición. El comandante alemán ordenó la purga de una parte de las librerías y bibliotecas de la ciudad para deshacerse de los escritos subversivos siguiendo las directrices de la famosa lista Otto.

La bibliotecaria de Saint-Malo narra la historia de Jocelyn y Antoine Ferrec, una vida llena de amor y literatura. Los corazones puros deben brillar aun en el momento más oscuro de su historia.

Mario Escobar
Madrid, octubre de 2019

PRÓLOGO

Estimado Marcel Zola:

El tiempo jamás es cuidadoso con nadie. Se ancla sobre nosotros y hace que nuestras espaldas se carguen, como si quisiese humillarnos; entorpece nuestros pasos hasta convertirlos en inseguros y vacilantes. Comenzamos corriendo, pero poco a poco apenas podemos andar sin un apoyo en mano. Después, cuando ya nos han abandonado la salud y la belleza, nos arrebata poco a poco todo lo que apreciamos, lo verdaderamente importante: a las personas que amamos. Primero los abuelos y los padres, después los amigos y, por último, si logramos burlarnos lo suficiente del tiempo, a nuestros propios hijos.

Nadie es capaz de vencer al dios Cronos. Jamás hay ganadores. A medida que crecemos vamos perdiendo la vida poco a poco, hasta que en el día de nuestra muerte se nos arrebata todo. La existencia gira entorno a la certeza de la pérdida. La vejez no es el transcurso de los años, sino la destrucción de todo lo que amamos. Eso es lo que observo en sus escritos: su capacidad para detener el inevitable paso del tiempo. Por eso amo la literatura: Cronos no tiene poder sobre ella. Las palabras de Platón, Aristóteles, Séneca,

Balzac, Tolstoi y la de todos los escritores que el mundo nos ha regalado son las únicas capaces de detener al monstruo que lo devora todo y lo convierte en polvo.

Soy una profunda admiradora de sus libros. Únicamente hay tres cosas que amo en la vida: a mi amado esposo Antoine, la bella villa de Saint-Malo y la antigua biblioteca que dirijo. El Hotel Désilles, donde está ubicada la biblioteca, fue construido en 1628 por Jean Grave, Sieur de Launay, y su esposa, Bernardine Sere, poco tiempo después de su casamiento. En ella nació André Désilles, el héroe de Nancy, y ahora atesora los libros más bellos y antiguos de Saint-Malo. Se preguntará por qué le cuento todo esto: quién soy yo, una bibliotecaria de provincias, sin mucho mundo y que he tenido como único reino este viejo edificio municipal. Yo también me he hecho esa misma pregunta. Tal vez porque me enamoré de su novela, *La plaga*: de aquella descripción desgarradora y sencilla de la destrucción de una ciudad. Sí, señor Zola: lloré con la desdicha de sus personajes y la terrible enfermedad de la protagonista Gabrielle, pero ahora vivo la mía propia y la de Francia.

Es posible que las cosas que estoy a punto de narrarle no las crea o, lo que me causaría aún más tristeza, no le importen. No lo hago con la intención de que escriba un libro sobre mi historia de amor y la desgarradora ocupación de Francia por los alemanes; mi anhelo, más bien, sería que algún día, cuando los hombres recuperen la cordura, sepan que la única forma de salvarnos de la barbarie es amando. Amando los libros, amando a las personas y, aunque piense que estoy loca, amando a nuestros enemigos. Sin duda el amor es el acto más revolucionario y por eso el más perseguido y denostado. Aún resuena en mi mente la emocionante frase de Agustín de Hipona: «Ama y haz lo que quieras».

Mi desdicha comenzó el mismo día que mi felicidad. A los

seres humanos siempre nos cuesta aceptar las desgracias, como si fueran patrimonio de los desconocidos y a nosotros nunca pudiera tocarnos su terrible halo. El mismo día que los alemanes atacaban Polonia y abocaban al mundo a una guerra despiadada, Antoine y yo nos casábamos en la Catedral de Saint-Vincent, en la bella villa de Saint-Malo. Esta es nuestra historia.

Jocelyn Ferrec

Primera parte

UN DÍA DE VERANO

CAPÍTULO 1

EL VIAJE DE NOVIOS

Saint-Malo, 1 de septiembre de 1939

ME LLEVÓ HASTA EL ALTAR NUESTRO gran amigo, Denis Ville-neuve, el librero más famoso de la Bretaña. Antoine y yo nos ha-bíamos conocido en su librería dos años antes. Mientras yo ojeaba una primera edición de *Los miserables*, el apuesto joven que es-taba a mi espalda tropezó, y una pila entera de libros se derramó como un torrente por el suelo de listones de madera desgastados. Al principio esbocé una sonrisa, pero al observar su apuro, me agaché y comencé a ayudarle. El joven levantó la vista y nuestros ojos se encontraron a unos pocos centímetros. El azul intenso me recordó al turquesa que baña las playas de la ciudad en los días soleados. Yo llevaba unos meses en Saint-Malo; había estudiado en un colegio de monjas en Burdeos y después en Rennes, y cursado en la universidad la carrera de Filología. No había regresado a la villa en casi una década —tras la muerte de mis padres en un ac-cidente de coche, nada me ataba a Saint-Malo—, pero uno de mis profesores de Rennes me comentó que había quedado vacante la plaza de ayudante de bibliotecario y me presenté a ella sin muchas esperanzas.

Mientras recorría el largo pasillo de la catedral, no pude evitar que mis ojos se enturbiaran. La familia de Antoine estaba sentada en las primeras filas, pero yo no tenía a nadie más en el mundo. La tristeza se disipó en cuanto vi el rostro del hombre que amaba. Su pelo rizado y pelirrojo oscuro le caía por la frente, sus rasgos eran suaves y sus labios finos, pero tenía una sonrisa amplia y embriagadora.

La ceremonia fue sencilla y austera, a pesar de la hermosa capilla de la catedral. El obispo nos casó sin mucha dilación. Era un viernes por la tarde, nuestro tren partía para París en un par de horas y, si no lográbamos llegar a tiempo, perderíamos la reserva del coche cama y al día siguiente la del Hotel Ritz. Mi sueldo de bibliotecaria no era muy alto, al igual que el de mi novio, que era sargento de la policía.

Mientras nos dirigíamos a la entrada, intenté saludar a los invitados, mientras que Denis había salido a buscar el coche para acercarnos a la estación.

Bajamos las escalinatas a toda prisa y, apenas habíamos puesto un pie en la acera, cuando las nubes negras, que amenazaban tormenta desde por la mañana, comenzaron a descargar una cortina de agua tan densa y persistente, que antes de entrar en el coche descapotable ya estábamos calados hasta los huesos. Nuestro amigo corrió a poner la capota, se metió de nuevo en el viejo Renault y dando botes por las calles empedradas salimos de la ciudad amurallada, dejamos a un lado el puerto y nos encaminamos lo más rápido que pudimos hacia la estación.

Denis paró frente a la entrada y sacó las maletas. Antoine me tomó en brazos para que no pisara los grandes charcos en el suelo adoquinado y cruzamos el umbral de la estación como si fuera el del lecho nupcial. Corrimos como niños hasta el andén. El tren aún resoplaba y lanzaba vapor mientras los pasajeros se demoraban en despedirse, como si temieran no regresar jamás. Tras el verano, Saint-Malo quedaba algo solitaria y triste. Los miles de veraneantes que disfrutaban en sus playas o admiraban la ciudad fortificada desaparecían cada año tras la llegada del otoño.

—¡Qué envidia me dais! ¡París es la ciudad más bella de Europa!

—No exageres, Denis, nosotros no vamos para pasear por el río Sena, los Campos Elíseos o visitar la bellísima Catedral de Notre Dame, ya lo sabes.

—Los Campos Elíseos son el lugar reservado a las almas virtuosas en el mundo griego —dijo Denis, después de ayudarnos a subir las maletas al vagón. Siempre hacía comentarios cultos de aquel tipo, como si la vida y la literatura fueran tan inseparables como el cielo y el océano uniéndose en el horizonte.

—Vente con nosotros —le invité.

—Es vuestro viaje de novios. «La ciudad de la luz» puede esperar.

Abrazamos a nuestro amigo y justo cuando bajaba al arcén, el tren comenzó a moverse con lentitud. Nos encaramamos de la barra y lo despedimos con las manos enguantadas hasta que se convirtió en una pequeña mancha en el horizonte.

En cuanto el tren salió de la estación, las gotas frías y gruesas de la tormenta nos empaparon de nuevo el rostro. Nos miramos a los ojos, como aquella primera vez en la librería y caminamos sonrientes hasta nuestro compartimento. Era un coche cama, pero antes de entrar para pasar la noche, pensamos que era mejor cenar algo y brindar con champán. Una buena boda no lo es hasta que dos copas de burbujeante vino chocan entre sí.

Nos sentamos en la única mesa libre. A nuestro lado, un militar de cierta edad sonrió al verme aún con el traje de novia, aunque era tan discreto que hubiera pasado por un simple vestido de noche de seda de color hueso.

—Buenas noches —dijimos al anciano militar.

—La vida sigue —nos contestó.

Antoine frunció el ceño sorprendido, como si no entendiera su comentario.

—¿No sé a qué se refiere?

—¿No han escuchado las noticias?

Nos sentamos a la mesa, pero nos giramos antes de que llegara el camarero, para escuchar al oficial.

—No, nos hemos casado hace menos de una hora y hemos venido directo al tren —le expliqué, aún sin comprender lo que estaba sucediendo.

—Alemania acaba de invadir Polonia, al parecer por una escaramuza en la frontera. Si los alemanes no se retiran, Gran Bretaña y nuestro país les declarará la guerra y eso supondrá un nuevo conflicto.

Me quedé tan angustiada que Antoine me rodeó con sus brazos y me besó en la mejilla.

—El presidente de la República y el primer ministro de Gran Bretaña han dado tres días a Hitler para que abandone las armas, pero ese cabo austriaco no se rendirá. Ha anexionado en poco tiempo, el Sarre, Austria, la mayor parte de la República Checa... ya no parará.

—Bueno, todos hemos aprendido de lo que sucedió en la Gran Guerra, nadie desea un nuevo conflicto —dijo Antoine, mientras que el oficial encogía los hombros.

—Usted no luchó en esa guerra, se trató de una verdadera

carnicería, al final ganamos, pero el precio fue muy alto, toda una generación perdida. Ahora las cosas han cambiado, la guerra será más dura si cabe. Soy militar, pero le aseguro que no hay nada que odie más que luchar. Lo lamento mucho por los jóvenes, porque los ancianos siempre provocamos las guerras, pero son los jóvenes los que mueren en ellas.

El camarero se acercó a nuestra mesa, nos recomendó algo para cenar y trajo una botella de champán. Aquellos augurios nos habían robado la alegría. Apenas probamos un bocado y tomamos el champán sin brindar, para refrescar el miedo que nos había comenzado a secar la garganta.

Una hora más tarde, estábamos en el compartimento, nos desnudamos en silencio. La luz de la luna entraba por la ventana mientras el tren se dirigía a toda velocidad a París. Nos besamos, los brazos tiernos de Antoine me hicieron sentir más viva que nunca.

—Te llamarán a filas, habrá una gran movilización.

—No pensemos ahora en eso. Acabamos de casarnos, nos dirigimos a París y únicamente tenemos el ahora —dijo Antoine, mientras intentaba que sus besos aplacaran mis temores.

No lo sabíamos todavía, pero sobre nosotros se cernían años sombríos. Lo más extraño era que todo parecía igual que unas horas antes: las gotas de lluvia repiqueteando sobre el techo del vagón, el sonido rítmico de las ruedas metálicas sobre los raíles, los campos y bosques que se sucedían monótonos al otro lado donde la oscuridad parecía invadirlo todo.

A la mañana siguiente el tren llegó a París. Habíamos dormido hasta tarde, desayunado algo de fruta y observado a través de la ventana la inmensa floresta, los caudalosos ríos y los pueblos que crecían y se hacían más grandes a medida que nos acercábamos a París. Después atravesamos los arrabales de la ciudad, los barrios obreros de colores grises y sucios, las zonas residenciales de los burgueses jalonadas de jardines y flores, hasta que el gran escenario de *La comedia humana* nos deslumbró. Aquél era su oficio, para eso fue construida la bella ciudad del amor.

Un maletero nos ayudó a llevar el equipaje hasta un taxi viejo y destartalado. A los pocos minutos, estábamos cruzando las puertas del famoso Hotel Ritz. Su entrada suntuosa se asemejaba a la de un palacio, los toldos de color blanco impolutos, los conserjes con librea y sombrero de copa, los pequeños botones cargando en carros dorados las maletas de los nobles y los burgueses provincianos que venían a la ciudad a disfrutar la gran aventura de sus vidas.

Caminamos por las alfombras bordadas en azul, las cortinas de terciopelo parecían tan suaves como las nubes y los pompones de oro brillaban. El recepcionista nos dio una pequeña habitación en la segunda planta. El botones nos abrió la puerta y Antoine me tomó de nuevo entre sus brazos, dejándome con sumo cuidado sobre la cama.

—Es muy bonita —le dije cuando estuvimos a solas—. ¿Crees que podemos permitírnosla?

—No, querida, pero no volveremos a casarnos otra vez. Hoy estamos vivos y sanos, lo demás no importa.

Después de hacer el amor y perdernos sobre aquel océano blanco de sábanas de hilo, nos duchamos y cambiamos. Queríamos, antes de que cerrasen, recorrer los quioscos de los «buquinistas» de París. Las librerías del río llevaban desde el siglo XVI escoltando al Sena. Aquellos pequeños puestos de libros habían sobrevivido a la censura eclesiástica, las guerras de religión, la Revolución Francesa, el imperio de Napoleón y la Gran Guerra.

Caminamos por la tarde fresca hasta el río, algunas de las cajas de madera se encontraban plegadas, pero logramos ojear muchos libros y comprar algunas obras de François Villon, Charles Perrault y George Sand. Después nos dirigimos hasta una de las terrazas próximas, el sol había salido a última hora y contemplamos a los transeúntes mientras mirábamos los volúmenes.

—¡Dios mío! ¡Qué bien conservados están!

—Son los libros de los muertos —dijo Antoine, para fastidiarme.

—Los libros no tienen dueño, son libres, únicamente los poseemos durante un pequeño espacio de tiempo. Mira éste, pone 1874 y un nombre de mujer. Ahora yo soy su portadora, puede que dentro de cien años, otra persona lo lea de nuevo. Cada vez que alguien lo abre, vuelve a estar vivo, sus personajes se despiertan del sueño y comienzan a actuar de nuevo.

—Siempre *La comedia humana*, no sé porque te gusta tanto Balzac, era un estafador, un vendedor de palabras.

—¿Acaso no son eso todos los escritores? —le pregunté frunciendo el ceño. No me gustaba la clasificación que Antoine y el mundo de la crítica hacían de la literatura, considerando unos escritos de primera categoría y otros de segunda.

—¿Estafadores o vendedores de palabras?

—Ambas cosas.

—La vida es una estafa, querida. Nacemos, nos creemos eternos y después desaparecemos para siempre…

Mi rostro se apagó por un momento. No me gustaba hablar de la muerte. Para Antoine no era más que una idea abstracta, para mí, el triste recordatorio de mis padres fallecidos. Sentí un fuerte dolor en el pecho, llevaba unas semanas tosiendo y en ocasiones me faltaba el aire.

—¿Te encuentras bien? —preguntó Antoine al ver que no dejaba de carraspear. Me dio su impoluto pañuelo blanco y tosí de nuevo. En un segundo la tela se tiñó de rojo. Lo guardé antes de que pudiera verlo, no quería que se preocupara. Entonces supe que la muerte y la enfermedad nos persiguen desde que nacemos. Para escapar de ellas, hay que correr más rápido y los libros eran la única válvula de escape capaz de anestesiarme el alma.

CAPÍTULO 2

EL ABRAZO DE LA MUERTE

Saint-Malo, 1 de enero de 1940

EL INVIERNO PARECÍA EMPEÑADO EN DEVORAR la ciudad a toda costa. Cada mañana, a pesar de mi enfermedad, me abrigaba todo lo posible, subía a la muralla y observaba las olas que golpeaban los viejos muros de piedra. Era como si, tras siglos de existencia, aún el océano no se resistiera a rendirse y buscara inundar las calles del viejo pueblo pesquero fundado por los galos. El médico me había aconsejado aquellos baños de aire puro y frío para mejorar de mi dolencia, aunque cada vez me sentía más débil y la tos muchas veces parecía quitarme la respiración. Después sacaba el librito de Marie de France, *Le Rossignol*, y lo leía mientras el aire helado del norte y las gotas saladas del océano me refrescaban la cara. Aquella historia de los dos caballeros enamorados de la misma mujer era bellísima. Trata de una hermosa esposa que ha perdido el fuego del amor, y su amante, que únicamente se contenta con conversar con ella a través de una ventana en las noches cálidas de verano. Me parecía una bella metáfora de mi propia enfermedad. La esposa, descubierta, le dice a su marido que pasa las noches en el jardín escuchando a un ruiseñor. Entonces, él manda capturarlo y encerrarlo en una jaula. Ante la petición de su mujer de que lo libere, el hombre lo mata y lo lanza a su ropa, manchando su vestido de sangre. Una sangre tan roja como la que constantemente salía de mi nariz y mi boca debido a mi tuberculosis.

El estruendo del océano me sacó de la concentración de la lectura. Me cerré el abrigo y caminé con el librito en el bolsillo hacia la biblioteca. Nuestro piso estaba a unos centenares de metros del Hotel Désilles. Abrí la puerta. Sabía que con aquel tiempo muy pocos entrarían en el edificio, pero prefería la compañía de los libros que la soledad de nuestro apartamento.

Colgué el abrigo de la percha de madera. La luz estaba encendida y la señora Céline Beauvoir ya estaba sentada en su mesa. Se había jubilado un año antes, dándome la dirección de la biblioteca, pero no podía evitar pasar las mañanas en el edificio, ayudándome con las fichas o a restaurar los libros deteriorados.

—¿Cómo ha venido con este tiempo? Tiene que cuidarse, la salud es el único tesoro que jamás hemos de derrochar.

—Justo eso es de lo que carezco —le contesté mientras con apenas un hálito de aire lograba sentarme en mi mesa.

—Tiene al menos juventud, seguro que esa tuberculosis no termina con usted. Tenga fe.

—Me pregunto qué es eso de la fe —le dije mientras me ponía las lentes y comenzaba a mirar los libros que los lectores no habían entregado aún. Sabía que Céline era una mujer muy religiosa, cosa que no entendía. Siempre me había parecido que la fe era incompatible con los libros.

—¿Su familia no era cristiana? —me preguntó de una manera tan directa, que aparté la mirada para que no notase mi confusión.

—Sí, pertenecían a una larga saga hugonota. Desde niña fui al templo, pero tras su muerte, dejé de practicar la fe. Mi tía me envió a un colegio de monjas, pero su rigurosidad me convenció que en los libros está la verdad.

La anciana sonrió. Siempre parecía encontrarse con una profunda paz interior.

—Los libros nos ayudan a plantearnos preguntas, pero rara vez nos dan las respuestas, querida amiga.

Agaché la cabeza y la metí entre los libros. Ahora que Antoine estaba a punto de ser llamado a filas, que mi enfermedad empeoraba y que la guerra se cernía sobre nosotros, no quería pensar en la muerte ni en lo que eso podía suponer.

Oí las campanillas de la puerta y entró en el edificio un chico joven, de apenas trece años. Llevaba los pantalones cortos de los escolares a pesar del frío que soplaba fuera de los muros de la biblioteca.

—Señorita Gide, me envía Denis, el librero.

Sonreí al joven, que por unos instantes me miró inquieto.

—Tú dirás.

—El librero, el señor…

—Sé quién es…

—Me ha comentado que las bibliotecas son las librerías de los humildes. Me gusta dibujar y al parecer tienen unos manuales de pintura.

Le señalé una de las estanterías. Para un profano, la biblioteca podía parecer un laberinto indescifrable, pero en realidad tenía una composición circular: en el centro de la biblioteca estaban los libros más antiguos, y bajo llave los más valiosos.

—Gracias —me contestó.

—Cuando elijas uno o dos, tendrás que darme tus datos para hacerte una ficha.

El muchacho caminó con paso vacilante por el edificio, se detuvo frente a las estanterías y se quedó boquiabierto cuando abrió el primer libro. Caminó con el gran volumen hasta una de las mesas de estudio y se quedó el resto de la mañana mirándolo con la boca abierta.

Céline se acercó a mi mesa, me sonrió y dijo:

—No se habrá molestado conmigo, no quería importunarle. Simplemente animarla; a veces la esperanza es lo único que nos separa de la locura. En la vida hay muchas aflicciones y no he encontrado un ancla más profunda, se lo aseguro.

—Gracias, Céline, no me he molestado, pero siempre que hablo de ese tema recuerdo a mis pobres padres. Salieron de viaje y no regresaron jamás. Cuando perdemos a un ser querido que ha salido de viaje, de alguna forma le queda la sensación de que en cualquier momento volverá a verlos atravesando esa puerta.

—La orfandad es uno de los sentimientos más difíciles de superar, sobre todo cuando uno aún depende del universo de sus padres. La muerte se vive más con miedo que con tristeza. Nos hace sentirnos inseguros, sabiendo que el pasado en realidad no existe, en el fondo es el relato que nos contamos a nosotros mismos.

—Tengo miedo —le dije por fin y comencé a llorar.

—Todos tenemos que morir, nadie escapa —comentó Céline, mientras apoyaba su mano fría en mi hombro.

—Eso es fácil decirlo cuando no se está muriendo. ¿Tiene idea de lo que se siente? Cada noche cierro los ojos temiendo que no volveré a abrirlos. La muerte es el fin, ya no sentiré nada, no podré disfrutar del océano, de las nubes grises ni de esta sala repleta de libros.

—Tiene razón, no pienso en ello. Creo que en el fondo todos

evitamos meditar sobre la muerte. Nos asusta, pero la vejez es una forma de morir, poco a poco, lentamente, hasta que en el último suspiro uno deja que su espíritu abandone este cuerpo débil y enfermizo.

—No estoy preparada —le dije con la voz ahogada por las lágrimas—. Estos libros son lo único que me mantiene en pie y el amor de Antoine. Todas las tardes las pasamos sentados en la terraza acristalada, con un té en la mesita y leyendo juntos. A veces él se para y me mira, alarga su mano y atrapa la mía, como si quisiera asegurarse de que sigo allí. Después, continuamos leyendo, cada uno su historia, pero con los dedos entrelazados. Los míos fríos, los suyos ardientes, hasta que se pone el sol y tengo que enfrentarme a la noche yo sola.

—Mi niña, no viva en el pasado ni tema al futuro, viva el presente. Allí el sol siempre ilumina.

El muchacho se aproximó a hurtadillas, el suelo de madera no lo delató, como si aquel libro lo hiciera flotar. Nos miró con su rostro repleto de vida y futuro, por un rato lo envidié, pero luego sonrío. Su juventud me devolvió a la inmediatez que hace que la rueda siga girando.

—Me llevo este, me llamo Pierre…

Le sonreí y preparé su ficha. El resto de la mañana pasó rápido, por eso prefería ir a trabajar y no quedarme en casa como una enferma inútil.

De vuelta a casa me paré frente a una pastelería, miré las delicias del escaparate. Compré unos pastelillos y antes de llegar al portal saqué uno y lo comí con avidez. El sabor me hacía sentir bien unos instantes y después ascendí pesadamente las escaleras, casi sin aliento, esperando que Antoine ya esté en casa y los dos podamos sentarnos frente a la ventana para leer. Las páginas de los libros me aliviaban el dolor del alma y se interponían ante el abrazo de la muerte, como si sus tapas de cartón forradas de tela me convirtieran en invulnerable e inmortal, como los personajes entre sus páginas.

CAPÍTULO 3

MOVILIZACIÓN

<hr>

Saint-Malo, 7 de febrero de 1940

MUCHOS LLAMABAN AL CONFLICTO «LA GUERRA de broma», pero para mí lo que estaba sucediendo era algo muy serio. Los soviéticos habían ocupado la mitad de Polonia, mientras que los alemanes hacían lo mismo en la otra parte del país. Se rumoreaba que el trato a los prisioneros era terrible y que los nazis echaban a muchos polacos de sus casas. La Unión Soviética, animada por la impunidad de sus actos, había invadido Finlandia y se temía una acción parecida de los alemanes en Dinamarca y Noruega. Muchos nos preguntábamos qué sucedería cuando los nazis girasen sus cañones hacia nosotros. Aunque lo que realmente me preocupaba en aquellos días era cómo empeoraba mi salud.

Aquella mañana, después de un interminable y fatigoso ataque de tos, Antoine decidió llamar al doctor Paul Aubry, uno de los mejores médicos de la ciudad.

En cuanto sonó el timbre, Antoine se dirigió a la puerta y habló brevemente con el médico. Sabía que estaba muy preocupado y que quería que el doctor le tuviera informado de la evolución de la enfermedad. Creían que descansaba en la cama, pero estaba despierta y logré escuchar toda la conversación.

—Doctor, Jocelyn se encuentra peor, no deja de toser y veo cómo pierde sus fuerzas día a día. Estoy muy preocupado.

—Lo entiendo. La tuberculosis es una enfermedad peligrosa, pero en individuos sanos y jóvenes, con el debido cuidado... La vacuna es efectiva en niños, pero no en personas que ya la han contraído. Se está investigando en una cura.

—¿Cree que sería mejor que Jocelyn fuera a una casa de cura? Aquí no descansa, insiste en ir a trabajar y se esfuerza en tener recogida la casa.

—Su esposa es muy fuerte, estoy seguro de que el mantenerse activa puede ayudar. La mayoría de las enfermedades se combaten antes con el ánimo que con las medicinas. Mientras se encuentre estable, es mejor no sacarla de su entorno. El aire de nuestra ciudad es muy puro y fresco, espero que mejore rápidamente, en unos meses podrá hacer vida normal —dijo el doctor en un tono tan sosegado, que hasta yo me quedé más tranquila.

En los últimos meses había pensado mucho en mi muerte. Tenía la sensación de que la vida se me esfumaba en cada tos y a través de la sangre que brotaba de mis labios. Llevaba meses sin poder besar a Antoine, sin apenas tocarlo, viendo cómo mi piel palidecía y tomaba un tono grisáceo, notando cómo los huesos se pegaban a mi piel, como si mi carne se consumiera y mi cuerpo desapareciese poco a poco.

Durante las largas mañanas en las que me encontraba en la cama, llevaba más de un mes sin ir a la biblioteca a trabajar. Leía

Confesión de León Tolstoi, aunque su vida y la mía no podían ser más distintas. El escritor ruso era un triunfador, un hombre enérgico, extremadamente sanguíneo e iracundo, mientras que yo tendía a la melancolía y la introspección; pero sus palabras me hacían bien. No era normal que una persona tan joven como yo pensase en la muerte, pero era una idea que me obsesionaba. A veces es necesario que todo se tambalee para saber sobre qué hemos construido nuestra vida. La mía tenía en su base mi amor a Antoine, mi pasión por los libros y mi consagración a los habitantes de Saint-Malo. Anhelaba ser madre y soñaba en convertirme en escritora, pero ahora todo eso ya no importaba.

Las palabras de Sócrates se hacían cada vez más patentes en mí día a día, cuando decía que nos acercamos a la verdad en la medida que nos alejamos de la vida.

Antoine entró en la habitación con el doctor, el hombre me sonrió y yo regresé de mis pensamientos para atisbar de nuevo la realidad.

—La veo mejor, el semblante parece más lleno de vida —mintió el médico para infundirme ánimo, pero yo le creí; a los enfermos no nos importa que nos engañen si eso nos hace sentir mejor.

—Gracias, aunque sé que estoy horrible —dije atusándome el pelo.

—Eres la estrella de mar más bella del océano —comentó Antoine acariciándome la cabeza. Me aparté un poco, temía que se contagiara.

—Espero que en unas semanas pueda levantarse de la cama. Mantengan la ventana abierta todo lo posible, el aire puro que entra desde el océano es su mejor medicina.

Me acurruqué entre las mantas. No lograba entrar en calor, el aire atravesaba las telas como si fueran las velas de un barco a la deriva.

—¿Cómo va la guerra? —le pregunté al doctor impaciente. Mi esposo evitaba hablar del tema en mi presencia. Era consciente de que cualquier día sería llamado a filas y, cuando partiera, no sabía qué sería de mí. Su familia no me tenía en muy alta estima. Al menos me quedaba Denis, que en cuanto cerraba la librería venía a verme y me leía poesía mientras mis ojos observaban el diminuto cielo que se divisaba desde la cama.

—Algunos piensan que los alemanes intentarán llegar a un acuerdo. Los británicos no parecen muy convencidos de comenzar una guerra a gran escala, y nuestro gobierno, ya lo sabe, son una maraña de pacifistas, comunistas y arribistas que aún no han logrado reaccionar. Mire cómo actuaron ante la crisis de refugiados españoles, desbordados y siempre improvisando…

—La situación no es fácil para nadie. El mundo se ha vuelto loco —dijo Antoine, que no era tan conservador como el buen doctor. Las dos Francias siempre enfrentadas, parecían enconarse a medida que el peligro se aproximaba.

—Les dejo, debo acudir al hospital, están movilizando a los médicos más jóvenes y nos toca doblar los turnos. Si no fuera por eso, apenas notaría que estamos en guerra.

Paul Aubry se dirigió al pasillo y Antoine lo acompañó hasta la puerta. Unos segundos después estaba de nuevo junto a mi cama.

—¿Cómo te encuentras? —me preguntó deseando que le contestase que muy bien.

—Nuestra naturaleza es la voluntad de vivir…

—Veo que últimamente lees mucha filosofía. Schopenhauer no es lo mejor para levantar el ánimo. Estoy seguro de que en cuanto pase el invierno todo irá mejor.

—A veces pienso que mi vida es una broma cruel que alguien ha inventado. Huérfana, sin recursos, sola en el mundo y, el día que recupero la felicidad plena, caigo enferma y estoy a punto de morir —le contesté sin poder evitar las lágrimas.

—Jocelyn, lo superaremos juntos, cuando regrese todo habrá pasado.

Lo miré con los ojos desorbitados.

—¿Cuando regreses?

Entonces vi el sobre que sobresalía del bolsillo de su chaqueta. Llevaba todo el día viéndolo raro, pero imaginaba que estaba preocupado por mí.

—Me llaman a filas. Ayer pasé por la oficina de reclutamiento, expliqué la situación, pero la infantería está escasa de suboficiales y yo tengo experiencia con armas al ser policía. No se puede hacer nada.

—¿Nada? Desobedece. El estado no puede separarte de tu esposa moribunda, eso es inmoral.

—Tengo que cumplir con mi deber. Si perdemos esta guerra, ¿quién te protegerá cuando lleguen los alemanes? —contestó angustiado. A pesar de llevar toda la vida dedicado a la policía, mi marido odiaba la violencia.

Cerré los ojos y me giré. Antoine se quedó un rato de pie, pero al final se marchó. Escuché cómo cerraba la puerta y se dirigía a la calle; pensé que tal vez fuera a algún café o intentara ver a algún amigo para tomar algo de vino y olvidarse de todo lo que nos sucedía.

Me levanté con dificultad y me vestí despacio. Al ponerme en pie me había dado cuenta de lo débil que me encontraba. Tenía un sudor frío, me temblaban las manos y apenas me quedaban fuerzas. Tomé el abrigo colgado de la percha de la entrada, el gorro, la bufanda que me había regalado Antoine en Navidad y que no había estrenado y salí al rellano.

Cuando llegué al portal pensé en cómo subiría más tarde las escaleras y salí a la calle. Llovía y las olas golpeaban la muralla como si el océano quisiera escalarlas en busca de las empedradas calles. Después de quince minutos caminando tuve que apoyarme en una pared para no desmayarme. Entré en el edificio y me dirigí a la oficina de reclutamiento. Apenas esperaban dos o tres jóvenes, que parecían tan ingenuos como para creer que la guerra era uno de los actos más heroicos de la vida, aunque en ellas los únicos que destacan son los asesinos y los sádicos.

Llamé a la puerta y entré sin esperar contestación.

—Señora, ¿tiene número? Estamos a punto de cerrar, si es por un asunto…

El funcionario se calló en cuanto me derrumbé en la silla.

—¿Se encuentra bien? ¿No es la esposa de Antoine Ferrec?

Respiré hondo para recuperar el aliento, sentí que poco a poco regresaban mis fuerzas.

—Soy la señora Ferrec, han llamado a mi esposo a filas, pero habíamos mandado una solicitud de exención, estoy muy enferma y no tengo a nadie que me cuide.

—Lo siento, señora Ferrec, estamos en guerra y necesitamos hasta el último hombre. Además, su marido tiene experiencia.

—¿Acaso usted va a ir a la guerra?

—No, señor, mi puesto es vital aquí. Tengo mujer y cuatro hijos, supero los cuarenta años y primero se llama a los reservistas más jóvenes.

—¿Por qué no se presenta voluntariamente? Antoine no puede ir a la guerra. Su deber es cuidar a su esposa. ¿Será usted el que le envíe la carta anunciando mi muerte mientras está en el frente?

—le pregunté con el ceño fruncido, por primera vez en semanas sentí una energía indescriptible.

—No puedo hacer nada, no depende de mí. Lo siento. Llamaré un taxi para que la lleve de vuelta a casa.

Comencé a llorar. Me producía una gran frustración el romperme por dentro, el mostrar mis sentimientos a aquel estúpido funcionario, tan frío e impersonal como el estado que representaba.

—No hace falta —dije poniéndome en pie, pero la cabeza comenzó a darme vueltas y perdí el conocimiento.

No sé el tiempo que pasó ni cómo regresé a mi casa. Estaba sudando, la fiebre me hacía tiritar y sentía que la vida se me escapaba por cada poro de mi piel. Lo único que me mantenía con vida era la mano aferrada de Antoine. Sabía que era él, aunque tenía los ojos cerrados. A dos pieles que se codician, que se templan, no les hace falta contemplarse.

—No te marches, Jocelyn, no podría soportarlo —dijo Antoine en un sollozo. Sentí sus lágrimas sobre mi rostro y como si fueran agua bendita capaz de resucitar a los muertos entorné los ojos. ¡Cuánto anhelaba beber aquella agua salada! Recordé a mis padres cuando me llevaban a la playa en verano. Los vi sentados en la arena mientras yo construía castillos con mi cubo, sus ojos expresaban tanto amor. Sentí que me llamaban a su lado, pero sabía que se encontraban muy lejos, que la sima de la muerte nos separaba. Quería abrazarlos, como a veces había hecho en sueños, para luego despertarme entre lágrimas, con los brazos vacíos intentando atrapar la nada.

—¡Jocelyn, no me dejes! —imploró de nuevo mi esposo.

Apenas tenía fuerzas para apretarle la mano. Sabía que estaba a su lado, pero en mis alucinaciones seguía en la playa, con mi vestido a cuadros, con una pala y las manos manchadas de arena. Por un segundo pensé en el descanso que era la muerte, cómo nos alejaba del dolor y del sufrimiento, pero elegí vivir, porque vivir era amar.

CAPÍTULO 4

BOMBAS

<hr />

Saint-Malo, 17 de mayo de 1940

UNA SEMANA MÁS TARDE DE MI resurrección, Antoine se marchó al frente. En cuanto se alejó de mí comencé a mejorar. Pensé de nuevo que era otra ironía del destino. Entre Céline y Denis me cuidaron los primeros días. La mujer venía por las noches y dormía en la habitación de al lado, y mi amigo me ayudaba a comer y pasaba toda la tarde hasta la hora de la cena. Las cartas de Antoine, que eran casi diarias, me alegraban el día. Le escribía de inmediato, aunque al principio mis respuestas eran cortas debido a que me faltaban las fuerzas. Cuando comencé a escribirlas más largas, él ya apenas enviaba una a la semana.

Denis me leía el periódico y juntos escuchábamos la radio para saber lo que sucedía en el frente. Antoine apenas nos daba noticias sobre la guerra y yo estaba ansiosa por saber, aunque la información cambiaba de minuto a minuto y todo parecía confuso.

—¿Es cierto que están dejando París? —le pregunté angustiada a mi amigo.

—Eso he escuchado esta mañana, tengo la radio puesta todo el día. Los alemanes han ocupado casi todos los Países Bajos y los holandeses se han rendido, avanzan muy rápido por Bélgica, han ocupado Luxemburgo y están penetrando a toda velocidad en territorio francés.

—¡Dios mío! —exclamé llevándome las manos a la cara. La manta que tenía sobre el regazo se me cayó al suelo. Ya apenas pasaba tiempo en la cama, pero salía muy poco a la calle. La semana siguiente me había planteado volver al trabajo. Céline había tenido que sustituirme todo ese tiempo.

—Los alemanes destruyeron Róterdam con sus bombas y han amenazado con hacer lo mismo con Ámsterdam y Utrech. No podían hacer otra cosa, las tropas aliadas han logrado evacuar la mayor parte del ejército y aún resisten en Bélgica, aunque el avance alemán apenas se ha parado a ocupar posiciones y muy pronto atacarán de nuevo.

—Antoine está en Bélgica —le dije preocupada.

—Sí —dijo Denis, forma parte del 9.º Ejército al mando del general André George Corap. Sus tropas están luchando muy duramente en Sedán, aunque los alemanes los están vapuleando. El gobierno quiere abandonar París y eso significa que el frente está a punto de hundirse.

Lo miré sorprendida.

—Apenas llevamos luchando seis días. Nunca se ha ganado una guerra en un espacio de tiempo tan corto.

—Los tanques alemanes son como una apisonadora, y la aviación alemana destruye despiadadamente las ciudades. ¿Te acuerdas lo que comentamos de Guernica en España? Los alemanes y los italianos lo bombardearon sin piedad, no les importa el sufrimiento de la población civil. Pablo Picasso hizo un cuadro sobre el tema en la Exposición de París.

—No creo que se atrevan a bombardear Francia, nuestros aviones los detendrán —le dije.

Ahora que la idea de la muerte comenzaba a disiparse en mi mente, el miedo volvía a apoderarse de mí.

Denis no parecía muy convencido. Negó con la cabeza y me dijo:

—Están atacando Calais, también otras ciudades.

—Pero, Saint-Malo no es un objetivo militar —le respondí.

—Quieren destruir los puertos, no les importa nada, saben que los británicos se abastecen por los puertos del Atlántico. Si destruyen Dunkerque o Calais, traerán el material por Saint-Malo o cualquier otro.

Una hora más tarde estábamos cenando. Denis era un excelente cocinero, había preparado un delicioso pollo a la cerveza. Se me hacía la boca agua mientras comenzaba a colocar la mesa. Entonces noté un zumbido. Al principio parecía lejano, como si una avispa se aproximara hacia mi cara. Después comenzaron a crecer el ruido y la vibración. Me asusté y me apresuré hacia la cocina. Denis me miró con sus grandes ojos azules.

—¡Dios mío! ¿Qué es eso? —le pregunté mientras me sujetaba a la encimera.

—Aviones, creo que deberíamos buscar algún refugio. ¿Cuál es el más cercano? —preguntó aturdido.

—Creo que el de la iglesia, aunque podemos bajar al sótano del edificio. Seguramente pasarán de largo —le comenté intentando no perder los nervios, aunque un escalofrío me recorría la espalda.

Al pasar por el salón miré por el ventanal en el que solía sentarme a leer con Antoine. Era uno de los lugares que me recordaban su ausencia. Entonces vi las columnas de aviones que se aproximaban; no volaban demasiado alto. Las baterías antiaéreas comenzaron a sonar, en especial las situadas en el puerto. El cielo se llenó de explosiones, el sonido era parecido al de los fuegos artificiales. Denis me agarró del brazo, pero también se quedó hipnotizado por el espectáculo. Era hermoso a su manera, parecía una coreografía del horror recreada en el cielo nublado y a punto de oscurecer.

—Son decenas —le dije, recuperando de nuevo la entereza.

Las baterías antiaéreas apenas alcanzaron a uno o dos aparatos. Sus alas comenzaron a arder formando hermosas estelas en el cielo. Entonces los bombarderos estuvieron sobre nosotros y comenzaron a lanzar su vómito de humo y fuego.

Los silbidos de las bombas al caer sustituyeron por unos segundos a las explosiones de las baterías antiaéreas. Después, el estruendo de las bombas al detonar en el suelo. Los cristales vibraban, el edificio temblaba a cada explosión, como si se estuviera produciendo un terremoto.

Bajamos por las escaleras. Teníamos que agarrarnos de las paredes para no rodar, como si estuviéramos en una atracción de feria. Cuando llegamos a la planta baja, la mayoría de los vecinos se agolpaban en la puerta del sótano, pero nadie encontraba la llave del candado.

La señora Fave nos miró con cierta altivez.

—¿Quién ha cerrado la puerta? —preguntó al conserje. El hombre se encogió de hombros.

Una bomba se escuchó muy cerca. Parte del yeso del techo se desaprendió manchándonos la ropa. Los niños de la familia

Remarque comenzaron a llorar y gritar. El padre se encontraba en el frente y la señora Marie se afanaba en protegerlos entre sus brazos, como si estos fueran capaces de frenar las bombas.

—Tranquilos —les dije mientras me agachaba para animar a los más pequeños.

—Esto es increíble, si mi marido estuviera vivo no sucedería —afirmó con desprecio la señora Fave. Las arrugas de su rostro se tensaron por un momento y fue la primera en salir a la calle cuando estallaron los cristales de uno de los ventanales de las escaleras. A empujones corrió todo el grupo, demostrando que el pánico es un mal compañero de la cortesía.

Denis me llevó de la mano hasta la iglesia. La cripta parecía un lugar seguro, además se rumoreaba que los nazis no las bombardeaban, más por respetar las órdenes de Hitler de no destruir las obras de arte, que por respeto a la religión.

El padre Roth estaba en la puerta ayudando a la gente a entrar. Les daba palmaditas en la espalda y les sonreía, exactamente como un pastor habría hecho con su rebaño atemorizado por los lobos.

—Adelante, bajen a la cripta. No se preocupen, San Damián y la Virgen los protegerán.

Pasamos a la inmensa sala. Allí el sonido de las bombas era más intenso debido a la acústica del edificio. Miré la bóveda y me pregunté si aquel edificio casi milenario resistiría una bomba. Las piedras brillantes habían visto decenas de batallas y soportado el peso de los siglos, pero la guerra moderna era mucho más mortífera que todas las anteriores juntas.

Nos apretujamos en la cripta. Un largo banco de piedra corrido y algunas sillas de la capilla eran todo lo que teníamos para superar la larga noche.

Isabelle, una de las chicas del coro de le iglesia, comenzó a cantar. Su voz angelical apenas se escuchaba entre el estruendo de las bombas, pero poco a poco se unieron a ella otras mujeres. Apenas había hombres, sólo unos pocos ancianos.

Uno de los jovencitos se había bajado su acordeón y comenzó a acompañar al coro. La música nos infundió una tranquilidad que nos permitió soportar las casi tres horas de bombardeo. Cuando todo se calmó, el padre Roth dijo:

—Ya pasó todo, recemos un padre nuestro y por la mañana cada uno podrá regresar a su casa.

Me uní al rezo sin pensarlo mucho. Las bombas nos habían dado un sentido de comunidad que nunca antes habíamos experimentado, a pesar de que la orgullosa historia de aquella ciudad nos unía.

El silencio se extendió poco a poco entre nosotros, nunca había apreciado tanto la paz de aquel lugar. Apoyé mi cabeza en las piernas de Denis y me dormí casi de inmediato. Me desperté con lágrimas en los ojos. Había soñado primero con mis padres, recordé su entierro, las palabras del pastor frente a la fría tumba mientras nadie lloraba y yo intentaba tragar los pucheros y mi tía me apretaba la mano. Después vi el cuerpo tendido de Antoine en medio de un campo de batalla. Le gritaba, pero no se movía, estaba muerto.

—¿Estás bien? —me preguntó el padre al verme sollozar.

Me limpié la cara. Las lágrimas se había mezclado con el polvo que me cubría el pelo y el rostro.

—Era sólo una pesadilla.

Algunos de los refugiados ya se habían marchado; nos unimos a los últimos. Ya había amanecido y el día, como en una burla macabra, era tan brillante que nos cegó los ojos al salir. La naturaleza parecía indiferente a nuestros sufrimientos. Caminamos por la calle. Muy pocos edificios habían sido alcanzados. El bombardeo se había centrado en el puerto, pero el olor a quemado y las nubes negras de humo podían contemplarse por encima de los tejados.

Mientras regresábamos a casa pasamos por la librería de Denis. El pobre suspiró al ver que no había sufrido apenas daños, únicamente un pequeño cristal estaba hecho añicos en la puerta. Abrió y contemplamos las columnas de libros derrumbadas y los libros abiertos unos sobre otros, como si hubieran intentado protegerse de la barbarie nazi. Los colocamos en las estanterías mientras les quitábamos el polvo y después mi amigo me acompañó a casa.

—Subamos a la muralla —le dije, antes de llegar a mi calle. Subimos por unas escaleras empinadas. Algunos soldados hacían guardia, mientras fumaban nerviosamente y dejaban que sus ojos se perdiesen en las azules aguas del océano. Rodeamos la ciudad hasta ver el puerto. Allí, varios edificios aún ardían y un par de barcos hundidos echaban un humo negro y apestoso.

—Una ciudad es como una mujer —le comenté.

—¿A qué te refieres? —preguntó con el ceño fruncido.

—Todos quieren conquistarla, pero ella se resiste. Puede que ocupen sus calles, pero jamás su alma. Saint-Malo siempre será libre mientras sigamos sintiendo su fuego en nuestros corazones.

CAPÍTULO 5

CARTA Y CAMINO

Saint-Malo, 9 de junio de 1940

NUNCA IMAGINÉ EL CAOS DE UN mundo sin autoridad. Mientras que nuestros ejércitos intentaban ganar tiempo y los británicos ya estaban calientes en sus casas al otro lado del Estrecho tras huir de Dunkerque, los pobres reclutas franceses intentaban frenar a los alemanes. El gobierno había huido a Burdeos y las carreteras se encontraban repletas de refugiados. Llevaba semanas sin recibir ninguna carta de Antoine, a pesar de que cada día acudía a la oficina de correos o me pasaba por la de reclutamiento para preguntar si tenían noticias del 9.º Ejército. Pero ya nada funcionaba y, aunque todos intentábamos aparentar normalidad, la realidad era que el estado francés se hundía lentamente, como el Titanic unos años antes. Los rumores se extendían por la ciudad, muchos hablaban de las violaciones a las mujeres, los robos, los asaltos y fusilamientos, nos imaginábamos a los alemanes como bárbaros rubios, sedientos de sangre. Yo intentaba mantener la mente fría. Cada mañana abría la biblioteca, a pesar de que muy pocos venían a leer o llevarse libros. Mi única compañía era Céline, que parecía tranquila a pesar de la confusión, y Denis que estaba realmente asustado.

—Lebrun y Reynaud no resistirán mucho. Me temo que los alemanes no tendrán a nadie con quien negociar el armisticio. El presidente y el primer ministro huyen con el rabo entre las piernas. La gente teme la entrada de los nazis en París de un momento a otro. Únicamente nuestros valientes soldados siguen luchando. Ojalá Dios me hubiera dado un hijo para defender a Francia —dijo la anciana mientras lanzaba a un lado el periódico.

—Me han comentado que las carreteras están atestadas de gente escapando al sur.

—Es un intento inútil. ¿A dónde pretenden ir? ¿A España, para caer en manos del general Franco? Los alemanes harán con nosotros lo que quieran, únicamente queda rezar.

El teléfono sonó de repente y las dos dimos un respingo. Lo tomé y mientras me tranquilizaba un poco intenté concentrarme en la llamada.

—Biblioteca de Saint-Malo, ¿en qué puedo ayudarle?

Me sorprendió escuchar la voz de una mujer que parecía algo aturdida y nerviosa.

—Soy la señora Vien, mi esposo, servía con su esposo, Antoine Ferrec.

Al escuchar aquellas palabras me dio un vuelco el corazón; desde hacía semanas me sentía atenazada por la angustia.

—Sí, soy Jocelyn Ferrec. ¿Sabe algo de mi esposo?

—Tengo unas cartas. Salimos de París hace cuatro días, pero tuvimos que dejar nuestro coche; no encontrábamos gasolina, los caminos están atestados de refugiados. Nos encontramos cerca de Fougères, no podemos acercarnos más a Saint-Malo. Nos dirigimos a Burdeos, mi padre es mariscal de campo y nos ha comentado que desde allí partirán barcos para África. Mañana unos camiones militares nos sacarán de esta ratonera. El servicio de correos no funciona, ¿Qué hago con sus cartas?

Al principio me quedé confusa, no sabía qué responder. Céline me miró extrañada.

—Deje que apunte su dirección, estamos a un par de horas en coche, saldré ahora mismo para allí. Muchas gracias.

Apunté las señas. La familia se estaba quedando en un viejo palacete a las afueras de la ciudad. Tomé el bolso y me dirigí a la puerta.

—¿Dónde va, querida?

—Hay noticias de Antoine, tengo que irme, cierre la biblioteca.

—¡Corra, no pierda tiempo! El amor es la única medicina que cura el alma. Ya tiene bien el cuerpo, pero aún le falta recuperar su bella sonrisa.

No había caído en que llevaba meses sin sonreír, ya no se me hacían los dos hoyuelos en las mejillas, no me pintaba jamás los labios ni me echaba maquillaje. Mis ojos negros parecían mortecinos y mi pelo moreno se encontraba sin brillo, siempre en un apretado moño.

Me encaminé hasta la librería donde mi amigo escuchaba la radio; tampoco tenía muchos clientes.

—¿Puedes acompañarme? —le pedí en cuanto crucé la puerta.

—¿A dónde? —preguntó Denis extrañado.

— A Fougères. Una mujer tiene cartas de Antoine, pero mañana se marcha a Burdeos.

—¡Vamos! —gritó mientras se colocaba la chaqueta. Después, subimos a su coche y atravesamos la ciudad a toda velocidad. Lo primero que nos sorprendió fue que al poco rato, a la altura de

Saint Servan, una inmensa columna de personas con todo tipo de cachivaches se dirigía a nuestra ciudad.

Afortunadamente el carril de ida estaba libre. Muchos intentaban pararnos haciéndonos gestos con las manos, un par de hombres intentaron subirse a la carrera.

—¿Qué está sucediendo? —le pregunté a Denis inquieta.

—Son refugiados. Muchos escapan del campo de batalla, pero otros del avance alemán. Nadie sabe lo que sucederá cuando se rinda el gobierno —me contestó sin apartar la vista de la carretera. Decidió al llegar a La Boussac tomar un camino secundario. Los refugiados bloqueaban las carreteras principales. A pesar de todo podía verse a gente por todas partes.

—¿Te has fijado en los niños? Parecen tan hambrientos y asustados, me gustaría poder ayudarlos.

Denis encogió los hombros. Sabía que todo aquello nos superaba. ¿Dónde iría toda esa gente? ¿Quién podría acogerlos y darles de comer? Habíamos avanzado unos kilómetros y atravesado Saint Brice-en-Coglès, cuando escuchamos a dos aviones que se acercaban. Eran dos cazas; la gente se dispersó con rapidez, se lanzaron a los lados del camino. Nosotros giramos el volante y nos dirigimos a un bosque cercano. Las balas comenzaron a silbar sobre nuestras cabezas, la gente gritaba, y cuando levanté la cabeza vi cómo la metralla alcanzaba a un carro con dos caballos; los animales relincharon aterrorizados antes de caer al suelo desangrándose.

—¡Dios mío! —grité tapándome la cara. Denis perdió el control y nuestro coche se estrelló contra el tronco de un árbol. Mi amigo se golpeó en la cabeza con el volante.

—¿Estás bien? —le pregunté mientras lo ayudaba a incorporarse.

—Me duele —dijo señalando una gran brecha en la frente. Le até un pañuelo limpio, que sujeté con su sombrero, y salimos del coche lleno de humo. Los aviones continuaban volando en rasante disparando a la multitud, mientras todos corrían para salvar la vida.

Intenté salir de entre los árboles, pero Denis me detuvo.

—¿Estás loca? Te matarán.

Una mujer con dos niños corría por un campo de trigo. El avión se situó justo detrás y comenzó a disparar.

—¡Aquí! —le dije moviendo la mano. La mujer levantó la cabeza. Tomó al más pequeño en brazos y comenzó a correr. Apenas había avanzado unos pasos cuando las balas los alcanzaron. Salí corriendo hacia ellos a pesar de las advertencias de mi amigo. Sentí las balas a ambos costados que segaban el trigo mientras yo corría hacia la familia. Al llegar hasta ellos giré a la mujer, tenía la cara ensangrentada. En sus brazos un niño de un par de años me miró asustado, completamente cubierto de sangre. Lo tomé entre mis brazos y se quejó, después cerró los ojos. Me quedé de rodillas en medio del trigo todavía verde, llorando y apretando al niño. La hermana, de unos cuatro años, permanecía en silencio agarrada a las faldas del cuerpo inerte de su madre.

—¡Déjalo, está muerto! —dijo Denis que había corrido detrás de mí. Después tomó a la niña de cuatro años y corrió hacia los árboles. Uno de los cazas se giró para dar una última pasada, pero por alguna razón no lo hizo, se alejó mientras corríamos hacia el coche. Mi amigo intentó ponerlo en marcha, pero no sirvió de nada.

A lo lejos vimos una casa. Caminamos hasta ella con la niña. Una cerca protegía la granja; abrimos la puerta y entramos hasta pararnos enfrente del edificio principal. Un hombre de mediana edad salió con un fusil en la mano y nos apuntó mientras nos hacía un gesto para que nos marchásemos.

—Señor, la niña está asustada, acaban de matar a su… —Denis no terminó la frase.

—No es mi problema, desde ayer hay vagabundos por todas partes, me han robado huevos, una gallina y mataron a una vaca. Será mejor que salgan de mis tierras —nos advirtió.

—No son vagabundos, se trata de refugiados, los alemanes están avanzando y escapan de ellos, pronto estarán aquí —le dije molesta.

—Ese no es mi problema, ya me enfrenté a los *boches* en la Gran Guerra y los vencí, pero no dejaré que una banda de ladrones le robe el pan a mi familia.

Una mujer asomó a su espalda. Tenía un aspecto algo desaliñado, la granja no parecía demasiado próspera. Después, entre sus faldas, nos miraron tres niños descalzos. La mujer tocó suavemente el hombro del granjero y éste la miró de reojo, pero sin dejar de apuntarnos.

—Por favor —dijo.

El hombre bajó el arma. Ella salió de la casa y se acercó hasta nosotros. Después abrió los brazos y tomó a la niña.

—Nosotros nos haremos cargo de ella, enterraremos a su familia, no se preocupe y que Dios la bendiga.

Mientras hablaba, dos lágrimas comenzaron a correr por sus mejillas sonrosadas. Sus ojos verdes brillaron con fuerza mientras apretaba a la niña entre los brazos.

—Tal vez esta sea la hija que siempre deseé.

—Por favor, tenemos que llegar a Fougères. ¿Podría...?

—Hay una bicicleta vieja allí, es lo único que podemos ofrecerles, los caballos los necesitamos para labrar la tierra y, además, son demasiado viejos.

—Gracias —le dije a la mujer. La niña me miró mientras se chupaba el dedo, parecía confusa, pero había dejado de llorar. Acaricié su pelo rubio y nos alejamos.

CAPÍTULO 6

GENTE EN FUGA

Fougères, 9 de junio de 1940

LA CIUDAD MEDIEVAL, RODEADA DE VERDES prados y bosques, parecía asediada por la multitud de refugiados y los vehículos militares. La gente había construido chamizos improvisados o permanecía tumbada sobre manteles, como si estuviera pasando un agradable día de picnic. Pero la realidad era que en sus rostros agotados y sucios se reflejaban la fatiga y el temor del camino. Entramos por la puerta principal, y cruzamos por una calle de casas medievales con sus listones de madera hasta un palacete del siglo XVII junto a un lago. Los soldados lo habían ocupado para que se alojara el alto mando. Dejamos la bicicleta a un lado y subimos la escalinata.

—¿A dónde se creen que van? —nos preguntó un cabo algo barrigudo, con un gran mostacho negro.

—Tenemos que ver a la señora Vien, tiene unas cartas…

—La hija del mariscal está en aquella casita de enfrente —nos indicó con la mano.

Cruzamos el jardín. Nos invadió una inmensa paz al ver los macizos de flores y los árboles frutales serpenteando el jardín. Llamamos a la puerta. Las enredaderas tapaban parte de la fachada y caían graciosamente hasta el suelo.

Abrió una mujer de poco más de cuarenta años, elegantemente vestida y peinada. Parecía preparada para una cena de gala más que para una huida al sur de Francia.

—¿Es usted la mujer del sargento Ferrec? —me preguntó, aunque se quedó mirando por unos momentos a Denis.

Entramos en la casa, decorada al estilo inglés, con sillones tapizados en amarillo a cuadros, muebles de color oscuro y cortinas a juego. La mujer estaba tomando el té y enseguida nos invitó a que la acompañásemos.

—Lamento no poder habérselas entregado antes, pero salir de París ha sido una verdadera pesadilla. Si creen que es un desastre lo que han visto, los alrededores de la capital son un verdadero infierno. No hay poder ejecutivo y el caos se apodera de la nación. Muchos quieren recomponer el gobierno en África para intentar recuperar el país, pero en el fondo es una excusa para salvar su pellejo.

—Nos gobiernan unos cobardes —dijo mi amigo indignado.

—Mucho peor, señor, son unos traidores. El ejército quiere seguir peleando, pero esos políticos no tienen agallas. Espere un momento —dijo la mujer tras ponerse en pie. Su traje de raso le resaltaba la figura esbelta; por alguna razón la había imaginado como una ama de casa, rubia y rechoncha.

Tomó de un secreter un manojo de cartas atadas con un cordel y me las entregó.

—Mi marido logró sacarlas de Sedán antes de que los rodearan por completo. Al parecer su esposo estaba herido y él lo transportó en coche hasta allí con la esperanza de que le enviaran a retaguardia, pero los capturaron. Se los han llevado a Alemania, imagino que si todo esto termina los enviarán de vuelta.

—Muchas gracias —le dije sin poder disimular mi preocupación.

La mujer me tomó de la mano haciendo un gesto de ternura inesperado.

—Son fuertes, sabrán cuidarse, muy pronto volverán con nosotras. Los hombres van a la guerra mientras a nosotras nos toca esperarlos con el corazón encogido. Después, ellos se llevan las medallas y los honores, mientras nosotras cargamos con su mal humor y tenemos que soportar sus batallitas. Tranquila, seguro que en unos meses ha regresado a casa.

Respiré hondo y volví a agradecerle su amabilidad.

—No queremos molestarla. Seguro que tiene cosas que hacer —le dije mientras me ponía en pie.

—¿Cómo van a regresar a Saint-Malo ? No funcionan los autocares, es imposible tomar un taxi y está a punto de anochecer. Quédense aquí. Mañana le pediré a mi padre que los monte en algún transporte que marche a Saint-Malo .

—Gracias, pero no podemos abusar de su hospitalidad.

—Señora Ferrec, mejor dicho, Jocelyn, las mujeres estamos para echarnos una mano. Pueden darse una ducha, tengo ropa que creo que le quedará muy bien. En una hora cenaremos en la casa principal. La mayoría son militares viejos y aburridos, seguro que su compañía y la de su amigo me ayudará un poco.

Al final aceptamos la invitación. Denis se puso un viejo esmoquin del padre de nuestra anfitriona y yo un traje de noche. Antes de salir de mi habitación me miré en el espejo, entonces entró la señora Vien.

—Jocelyn está muy hermosa, pero no se ha maquillado. Por favor, déjeme a mí. —La mujer me perfiló los labios, después me echó colorete y pintó los párpados.

Me miré en el espejo del tocador pero apenas me reconocí. De nuevo se encontraba ante mí la chica joven, alegre y jovial de un año antes.

—Bellísima. Será mejor que esta noche, si esos malditos nazis nos dejan, nos olvidemos de la guerra y disfrutemos de este momento fugaz. Sé que nuestros esposos son prisioneros de esos monstruos, pero no son dueños de nuestra dicha. ¿No cree?

Los hijos de la mujer estaban acostados en una de las habitaciones. Pasó a darles un beso, y le dio las últimas instrucciones a la cuidadora. Después, atravesamos el jardín apenas iluminado hasta la casa, que brillaba como una gema en la oscuridad.

En el salón principal tocaba una banda. Los oficiales hablaban amigablemente cerca del comedor. La guerra parecía un sueño efímero, al igual que los cientos de miles de refugiados que recorrían los caminos de Francia escapando de sus propios miedos. Pensé que los ricos y los poderosos jamás pierden una guerra, son capaces de adaptarse a cualquier circunstancia, como si el dolor y el sufrimiento no estuvieran hechos para ellos.

Una media hora más tarde, tras un par de copas de champán, nos sentamos para cenar. Era una mesa larguísima con al menos cincuenta comensales, la mayoría oficiales de alto rango.

—Señores, les conmino a que no hablemos de la guerra esta noche. Primero, por respeto a estas damas y, segundo, porque es inútil seguir insistiendo al gobierno para que cumpla sus responsabilidades. El único con agallas en el gabinete es el mariscal Pétain. Brindemos por él y por una Francia libre de comunistas y traidores.

Todos se pusieron en pie para brindar. Denis titubeó, no quería ponerse en evidencia, pero brindó sin entusiasmo. Nosotras dos permanecimos sentadas.

—No se moleste, estos viejos militares fantasean con la idea de un gobierno de caballeros. El viejo espíritu napoleónico sigue entre nosotros.

Intenté pasar desapercibida toda la cena, hasta que el padre de mi anfitriona se dirigió a mí.

—Usted debe ser la esposa del sargento Ferrec, al parecer le hirieron en un acto de heroísmo, nos faltan hombres como su marido en Francia.

—El heroísmo es un acto de egoísmo —le dije sin pestañear.

El hombre abrió sus ojos como platos, como si intentara comprender lo que le había dicho.

—El heroísmo, tal y como los hombres lo entienden —agregó Denis—, es arriesgar la vida con valor y sacrificio para ganar una posición, atrapar a un grupo de enemigos o salvar a un compañero herido. Los héroes buscan la gloria, pero hace unas horas he visto a esta mujer correr entre las balas para rescatar a una mujer y sus dos hijos pequeños. No ha logrado salvar a la madre, y un niño pequeño ha muerto entre sus brazos. Ella no estaba jugando a la guerra. Las mujeres aspiran a algo mucho más elevado, mariscal, ellas aspiran a traer hombres a este mundo, educarlos y hacerlos libres.

Las palabras de Denis me conmovieron. Se hizo un largo e incómodo silencio tras el cual el mariscal se puso en pie y se inclinó en un saludo.

—La felicito, señora, usted también merece una medalla.

—Señora, le rindo mi más profunda admiración. El sabio busca la muerte durante toda la vida, por eso no la teme. Creo que una bibliotecaria nos ha dado una lección a todos. Mientras brindamos por un nuevo régimen, el pueblo sufre, señores —dijo la señora Vien, que parecía contener las lágrimas.

Esa noche comprendí lo ciegos y sordos que estaban aquellos que debían guiar a Francia, y temí por nuestra suerte y por la de toda la nación. Unas semanas después comprobé por mí misma que mientras los abuelos morían en sus camas con las medallas puestas, y los padres apurados cosechaban los frutos de sus tierras, sus hijos aplaudían a los soldados nazis que atravesaban las calles de los principales pueblos y ciudades para convertirse en nuestros amos.

CAPÍTULO 7

QUEMAR EL PASADO

Saint-Malo, 17 de junio de 1940

EL RUMOR DE QUE LOS ALEMANES ya habían entrado en Fougères y que al día siguiente intentarían ocupar Rennes hizo que el pánico se extendiera rápidamente por toda la ciudad. París había sido declarada ciudad abierta para evitar su destrucción, y nuestro ejército se retiraba de todas sus posiciones. Sabíamos que el siguiente objetivo sería Saint-Malo; sus defensas y ubicación estratégica eran de conocidas.

Cada día costaba más encontrar los alimentos básicos. Además de la falta de víveres, se añadía el número de refugiados que ocupaban colegios, monasterios, edificios públicos y casas. Muchos de mis vecinos se sentían incómodos e indignados. La señora Fave no hacía más que quejarse, a pesar de estar sola y tener libres varias habitaciones, mientras que la señora Remarque ofreció su habitación libre a una mujer con un bebé.

Desde mi regreso de Fougères me afanaba en ayudar al mayor número de personas posible. Céline y yo habíamos acomodado a una docena de personas en la biblioteca, en casa guardaba a una familia de cuatro personas y al mediodía colaboraba como voluntaria en el comedor de la parroquia.

Aquella mañana intenté comprar algo de comida en el mercadillo, pero la mayoría de los agricultores no se habían atrevido a salir a la carretera. Los alemanes disparaban a cualquier tipo de vehículo y, por primera vez desde hacía días, las carreteras se encontraban despejadas. Uno de los pocos campesinos del mercadillo, un hombre muy grueso de más de setenta años, estaba vendiendo las últimas patatas.

—¿Podría rebajarme el precio? Tengo a una familia de refugiados en casa, sus dos hijos están muy delgados.

—Señora, no puedo regalar mis productos, soy sólo un pobre campesino —comentó el hombre quitándose la boina negra.

—Por favor, haga una buena obra —le insistí.

El hombre encogió los hombros y al final le pagué las patatas cuatro veces más caras que unos días antes. Cargué el saco hasta casa, pero antes de subir me tropecé en la escalera con la señora Fave.

—Buenos días —me dijo con su cara seria, mientras fruncía el ceño.

—Buenos días.

—¿Ya lleva más comida para esos haraganes? Sería mejor que volvieran a su tierra, no se les ha perdido nada en Bretaña. Estoy deseando que termine la guerra, esto es una anarquía, lo último que faltaba es que los comunistas ocupasen el poder.

—Los alemanes están a muy pocos kilómetros de la ciudad —le contesté.

—No me extraña, nuestros soldados son unos cobardes, se rinden en masa.

—Mi marido…

—No hablo de su esposo, señora Ferrec, Antoine es un buen hombre, aunque no sé cómo se casó con una hugonota. Se nota a la legua que es de esas mujeres independientes de ahora, una librepensadora, siempre rodeada de libros.

Me puse roja, pero no supe qué contestar. Me limité a pasar a su lado y subir el saco de patatas. Llamé a la puerta y me abrió Jean, el padre de familia. Los Proust eran una familia de París, él era un zapatero que tenía su propio taller y su esposa cuidaba de sus hijos.

—Déjeme que le ayude —me dijo mientras tomaba el saco de patatas.

—No se preocupe, estoy acostumbrada.

Nos dirigimos a la cocina y vi a Susan, su esposa, preparando una sopa. Se alegró mucho al ver el saco de patatas. Se puso a pelarlas enseguida. Tomó un poco de aceite. Después de varios días comiendo únicamente pan, los niños podrían darse un festín.

—¿Por dónde van los alemanes? —preguntó Jean.

—Están muy cerca, mañana invadirán Rennes y en un día más llegarán aquí.

El hombre se puso las manos en las sienes.

—Esto es una pesadilla. Escapamos de París, pero no sé qué hacer. Milité en el partido comunista cuando era joven, seguro la policía conserva mi ficha. Cuando los alemanes ocupen el poder, me encerrarán. Además, mi madre era judía y todos sabemos qué hacen los nazis con los judíos.

—No se preocupe, no creo que le pase nada. La policía no colaborará con los nazis —le contesté muy seria.

—¿Cómo lo sabe? —preguntó mientras se sentaba en una de las banquetas de la cocina.

—Mi marido es policía, es un patriota, no colaborará con los alemanes.

—Será mejor que destruya cualquier cosa que pueda comprometerla —me dijo Susan—. Nosotros quemamos unas fotos de mis abuelos y una tora. Ellos eran judíos y, por lo que he escuchado, los nazis odian a los judíos.

—Yo no tengo nada que ocultar —les comenté, aunque no me sentía demasiado segura. Habíamos escuchado por la radio que los alemanes censuraban todo y controlaban los medios de comunicación.

Al final me fui a la habitación y miré mis papeles. La mayoría eran reportes de notas, los títulos académicos, el examen de acceso a la plaza de la biblioteca y poco más. No militaba en ningún partido, no pertenecía oficialmente a ninguna iglesia ni sindicato. Mi esposo y yo habíamos votado a partidos progresistas, pero no nos habíamos significado políticamente. Entonces vi las cartas.

Durante los últimos días las había leído decenas de veces. Después de estar sin noticias de Antoine, al final había sabido cómo se encontraba, aunque la información únicamente llegaba hasta el 16 de mayo. Justo un mes antes, cuando lo estaban trasladando por una herida grave, de repente me entró el temor. ¿Qué sucedería si los nazis no cuidaban a los soldados heridos? ¿Habrían dejado morir a mi esposo? Si estuviera muerto, no podría saberlo hasta el fin de la guerra. Los alemanes no informaban de sus prisioneros, el gobierno estaba prácticamente desecho y se rumoreaba que el mariscal Pétain tomaría las riendas y que se firmaría un armisticio.

Abrí la primera carta y comencé a leer:

Querida Jocelyn:

Llevo días intentando escribirte, pero cada vez las cosas son más difíciles en el frente. El caos se está apoderando de todo. Muchos soldados y oficiales desertan y los alemanes apenas nos dan tregua. Parecen poseídos por un espíritu de lucha que sin duda nosotros no poseemos.

Los civiles escapan ante el fuego cruzado. He hablado con algunos refugiados holandeses y luxemburgueses que nos cuentas historias horrorosas. Ciudades bombardeadas, tanques que destruyen granjas, aldeas y todo lo que se pone a su paso. Si la guerra dura demasiado, no habrá nada, *nada* en pie para reconstruir el mundo.

Llevamos apenas unos días de combate, pero la moral está por los suelos. Los ingleses se repliegan, aunque ellos tampoco parecen muy animados a combatir, los belgas aún no creen que su país se ha reducido a la nada en apenas unos días, los soldados holandeses son muy pocos y la mayoría se ha rendido a los alemanes.

Dentro de poco los *boches* estarán en París y después en toda Francia. Cuídate mucho, no intentes resistirte, conozco tu temperamento y que no soportas la injusticia.

Mi amor por ti es eterno. Me he empeñado en sobrevivir sólo por estar junto a ti y volver a verte.

Tuyo para siempre,
Antoine

Las otras cinco cartas eran más tristes. Sin duda la herida y la desesperación de encontrarse atrapado en el frente le hicieron temer por su vida y suponer que no volveríamos a vernos jamás.

Querida Jocelyn:

Llevo unos días enfermo. Me hirieron en el hombro; no parecía nada grave, pero se me infectó. Llevo varias noches con fiebre alta y apenas encuentro antibióticos. El capitán Vien se ha ofrecido a ayudarme. Él regresa a París, al parecer su familia se traslada al sur y gracias a su suegro le han cambiado de destino junto al gobierno.

Esta noche no he dormido nada, las bombas estallan al lado del hospital, hay muertos por todas partes. Espero sobrevivir, aunque muchas veces me siento egoísta por pensarlo, viendo a tantos que están muriendo a mi alrededor. ¿Acaso soy mejor que ellos?

Te echo de menos. Cuando el dolor me lo permite, leo un poco y pienso en el ventanal frente al mar, donde hemos leído tantas veces.

Espero que te encuentres bien. He pedido a Dios por tu recuperación y le he suplicado que nos volvamos a ver.

Tuyo para siempre,
Antoine

En la última carta me comentaba que al final habían conseguido un vehículo, pero yo ya sabía que no habían logrado abandonar Sedán.

Salí de la habitación con las cartas en el bolsillo de mi falda. La familia estaba sentada a la mesa esperándome para comer, pero había perdido el apetito. Me disculpé y fui a ver a Denis. Sabía que a esa hora todavía podía encontrarlo en la librería. Si no se encontraba allí, sin duda estaría en la planta de arriba, donde vivía como casi un ermitaño.

Caminé por las calles desiertas, me extrañó no encontrarme a nadie. En los últimos días, el pueblo parecía siempre lleno de vida. Refugiados de varias nacionalidades, la mayoría de ellos burgueses, podían verse por todos lados. Los hoteles estaban llenos, como los apartamentos junto a la playa, y en la mayoría de las casas particulares habían acogido a los más pobres, en un acto de generosidad que me asombraba y admiraba al mismo tiempo. Sin duda la guerra sacaba lo mejor y lo peor de cada uno de nosotros.

Entré en la librería. Como siempre, Denis estaba en su silla detrás del mostrador, con la radio puesta y un libro en la mano.

—¿Cómo puedes leer y escuchar la radio a la vez?

—Cuestión de práctica —me contestó con una mueca.

—¿Hay alguna novedad?

—Sí, me temo que esos *boches* entrarán en Saint-Malo a sangre y fuego. Acaban de bombardear Rennes, en la estación han caído varios proyectiles. Al parecer hay muchos muertos y confusión, han alcanzado un convoy de armas y un tren de pasajeros. ¡Malditos animales!

—¿Estás seguro? Pensé que la ciudad se rendiría sin resistencia. ¿De qué sirve luchar? ¡El gobierno está en Burdeos a punto de escapar por barco! —le comenté furiosa.

Denis se encogió de hombros, nada tenía mucho sentido en las guerras.

—La familia que acojo me ha comentado que será mejor que destruyamos cualquier documento comprometedor.

Mi amigo hizo una mueca.

—¿Por qué?

—Los nazis perseguirán a cualquiera que haya pertenecido al partido comunista, socialista, a los judíos, a los sindicalistas...

—Entonces estoy perdido. Soy judío, socialista y pertenezco al sindicato de libreros de Francia.

—Dame esos documentos, los quemaremos en el patio.

—Tendrán mi ficha en el sindicato, en el partido, por no hablar de lo de ser hebreo, eso no lo puedo borrar.

—No digas tonterías, mientras estén los alemanes deberemos pasar desapercibidos. Seguro que apenas estarán unos meses, se firmará la paz y se marcharán.

—¿Estás segura? No se han marchado de Polonia, Noruega, Dinamarca o Checoslovaquia. Los alemanes son un ejército de ocupación y ahora nosotros somos sus esclavos.

Sus palabras me estremecieron. ¿Sería verdad lo que comentaba mi amigo? ¿Los alemanes se quedarían permanentemente en Francia? Nunca había pasado algo parecido. Teníamos una larga tradición de guerras con los prusianos, pero jamás nos habían invadido durante mucho tiempo.

—Da igual. Quemaremos todo eso.

Subimos a la primera planta, Denis sacó los documentos y papeles, después salimos al patio interior del edificio y colocamos todo en una pira.

—Los nazis han prohibido muchos de los libros que tengo en la librería. ¿Quieres que los quememos todos?

—No, esperemos que aquí no impongan sus leyes. Esto es Francia, la tierra de la libertad.

Denis echó un poco de gasolina sobre los papeles, después lanzó una cerilla y comenzó a arder con rapidez. Toqué las cartas que tenía en el bolsillo, no quería lanzarlas. Simplemente era la correspondencia entre un soldado y su esposa.

—¿Tú no tienes nada que quemar? —me preguntó Denis.

Negué con la cabeza, después miré a las ventanas, de muchas de ellas salía humo. Todo el mundo había encendido la chimenea aquella tarde de junio, pero no era por el frío, sino que la vida de miles de personas ardía en ese momento. Fotos familiares, papeles, títulos, documentos comprometedores y recuerdos. Francia estaba intentando borrar su pasado, como si los alemanes se conformaran con robarnos la memoria; sabíamos que muy pronto nos arrancarían también el alma.

CAPÍTULO 8

EL DISCURSO

Saint-Malo, 18 de junio de 1940

LA GUERRA ESTABA PERDIDA, O AL menos esa era la certeza que teníamos todos. El gobierno se encontraba paralizado y el día anterior el mariscal Pétain había pedido el cese de las hostilidades en todos los frentes. Para muchos, el mariscal era un héroe de guerra, además de un anciano sabio y prudente. Tanto para Denis como para mí, era la peor cara de Francia. El gobierno anterior se había obligado a dimitir y las fuerzas más conservadoras y reaccionarias de la nación parecían las únicas capaces de asumir el mando. Todos ellos consideraban a la III República como fallida, sobre todo por el giro a la izquierda de la última etapa. Desde la Revolución Francesa había dos naciones en pugna: la agrícola y la urbana, la conservadora y la revolucionaria, la que defendía los derechos del hombre y la que buscaba la restauración de los valores del Antiguo Régimen. Durante el periodo de la III República que siguió al Segundo Imperio, las posturas no habían hecho sino distanciarse.

Mientras me dirigía a la biblioteca, escuché al pasar por una ventana lo que parecía el discurso encendido de algún político. Cuando llegué al edificio, Céline escuchaba la radio con atención.

—¿Otro discurso? No será de nuevo el viejo mariscal...

—No, es el general De Gaulle.

La miré sorprendida, jamás había escuchado ese nombre. Céline me hizo un gesto para que me sentase a su lado.

Los jefes que desde hace varios años están al mando del ejército francés, han formado un gobierno. Ese gobierno, alegando la derrota de nuestro ejército, estableció comunicación con el enemigo para que cesaran los combates.

Por supuesto, hemos estado, y estamos hundidos por la fuerza mecánica, terrestre y aérea del enemigo.

Infinitamente más que su número, los tanques, los aviones, [y] la táctica de los alemanes nos hacen retroceder. Los tanques, los aviones, [y] la táctica de los alemanes han sorprendido a nuestros mandos, al grado de llevarlos a la situación en la que hoy se encuentran.

Pero ¿se ha dicho la última palabra? ¿La esperanza debe desaparecer? ¿La derrota es definitiva? ¡No!

Créanme, a mí, que les hablo con conocimiento de causa y les digo que nada está perdido para Francia. Los mismos medios que nos han vencido pueden darnos un día la victoria.

¡Pues Francia no está sola! ¡No está sola! Tiene un vasto imperio de su lado. Puede formar bloque con el Imperio Británico que domina el mar y continuar la lucha. Puede, como Inglaterra, utilizar sin límites la inmensa industria de los Estados Unidos.

Esta guerra no se limita al triste territorio de nuestro

país. Esta guerra no se decidió en la Batalla de Francia. Esta guerra es una guerra mundial. Todos los errores, todos los retrasos, todos los sufrimientos no impiden que haya, en el universo, todos los medios necesarios para aplastar un día a nuestros enemigos. Aplastados hoy por la fuerza mecánica, podemos vencer en el futuro con una fuerza mecánica superior. El destino del mundo está en juego.

Yo, el general De Gaulle, actualmente en Londres, invito a los oficiales y a los soldados franceses que se encuentren en territorio británico, o que ahí vinieran a encontrarse, con sus armas o sin ellas; invito a los ingenieros y obreros especialistas de la industria de armamento que se encuentren en territorio británico, a ponerse en contacto conmigo.

Pase lo que pase, la llama de la Resistencia francesa no debe apagarse y no se apagará.

Mañana, igual que hoy, hablaré en la Radio de Londres. [*]

—¿Ha escuchado lo que ha dicho? —me preguntó Céline algo enfadada.

—Sí, nos ha llamado a resistir, a no rendirnos a los alemanes —le contesté.

—Es muy fácil hablar así desde Londres. ¿No cree? ¿Por qué se ha marchado?

—¿Quién es el general De Gaulle?

La mujer me miró con los ojos muy abiertos.

—¿Dónde ha estado durante estos meses?

---

[*] Discurso de Charles de Gaulle del 18 de junio de 1940. Fragmento español tomado de Wikipedia.

Me sorprendió que me hiciera esa pregunta, sabía perfectamente que casi todo el otoño y el invierno había estado a punto de morir. Ella misma había pasado muchas noches en vela cuidándome.

—Si le soy sincera, cuando uno está a las puertas de la muerte, le importa muy poco todo lo que la rodea —refunfuñé, a veces Céline podía ser muy insensible.

—El general De Gaulle está acusando de traición al gobierno, insinuando que se ha dado un golpe de estado, y de vender a nuestra nación. Eso no lo hace un militar. Era subsecretario de guerra y llevó una división blindada, pero se marchó a Londres y ahora quiere reunir un ejército contra los alemanes.

—Me parece muy bien. Apenas hemos luchado, los mandos nos han traicionado —le contesté. Muchos franceses pensaban como yo.

—El pueblo no quiere más guerra. Los alemanes nos pedirán reparaciones y nos dejarán seguir con nuestras vidas. Los que nos han llevado a este punto han sido los políticos, no los militares —comentó la mujer.

No quería discutir. Tomé de nuevo mi abrigo y salí a pasear. Llegué al Bastión de los Holandeses desde donde se divisaba el océano. El día parecía tan indiferente a los asuntos de los hombres, que me pregunté ¿por qué nos creíamos tan importantes? Debíamos ser unas especie de hormigas para el inmenso universo en el que habitábamos.

—¿Dónde estás amor? —grité al viento, aunque sabía que no me respondería. Me arrepentí de haberme ofuscado con Céline. La política era algo horroroso, capaz de generar todo tipo de conflictos y terminar con una buena amistad o incluso con una nación. Después me dirigí hacia casa; se había levantado un viento frío y, de alguna manera, las nubes negras que aparecieron en el horizonte querían simbolizar los años negros que estaban a punto de cubrir a Francia por completo.

—Resistir —me dije. Yo no era capaz de enfrentarme a los alemanes. Era una tranquila bibliotecaria de pueblo enamorada de los libros, que lo único que anhelaba en este mundo era volver a ver a su marido.

CAPÍTULO 9

BOTAS ALEMANAS

Saint-Malo, 23 de junio de 1940

Mi PADRE SIEMPRE DECÍA QUE DEBÍAMOS hacer de nuestra vida algo de lo que nos sintiéramos orgullosos. Siempre me había preguntado lo que significaba esa frase. Sin duda no se refería al triunfo o la fama. Lo que realmente me intentaba transmitir era la importancia de que nuestra vida hubiera merecido la pena. Pero ¿qué era la vida? A veces me parecía un mal absurdo, pero la llegada de los nazis, en contra de lo que pensaba, llenó de significado la mía. Todos necesitamos un propósito, saber que estamos en este mundo con una misión. Muy pronto comprendería cuál era la mía, como si el destino me hubiera preparado para ese momento.

El día que los alemanes entraron en la ciudad yo estaba en la biblioteca. La mayoría de los refugiados franceses había regresado voluntariamente a sus casas. Las garantías de la paz firmada por el nuevo presidente Pétain había logrado apaciguar los ánimos.

Céline y yo nos afanábamos por limpiar y recuperar el orden de las cosas y, aunque muchas veces me sentía débil, en especial al realizar ejercicios físicos o subir escaleras, en general mi enfermedad había remitido. Estaba quitando el polvo de los estantes cuando escuchamos un estruendo que nos obligó a asomarnos a las ventanas que daban a la calle principal. Observamos a una columna de soldados alemanes desfilando, sus botas retumbaban en el suelo adoquinado produciendo un efecto terrible. El suelo temblaba a su paso y sus botas negras taconeando las piedras parecían confirmarnos su voluntad de quedarse. Delante de la formación caminaban dos oficiales con uniformes elegantes y majestuosos, su porte marcial y viril. Se detuvieron enfrente del ayuntamiento y el oficial al mando ordenó deshacer las filas. Los alemanes se distribuyeron rápidamente por todo el pueblo. Parecían animados y relajados, como un grupo de estudiantes en su viaje de fin de curso que quieren pasarlo bien y contar su pequeña aventura cuando regresen a casa.

La gente los miraba con temor, apartaban la mirada, se cambiaban de acera o simplemente se metían en sus casas cerrando las puertas y ventanas a cal y canto. Yo tomé mi bolso y salí a la calle en dirección a lo de Denis. Temía que los *boches* pudieran entrar en la librería y hacerle algo.

Me crucé con dos soldados que me piropearon, la mayoría lo hacía con cualquier mujer con faldas mayor de catorce años y menor de cincuenta. Apenas había hombres jóvenes entre nosotros, la mayoría se había marchado al frente y unos pocos estaban escondidos a la espera de que se desarrollaran los acontecimientos.

Al llegar a la librería me encontré con que mi amigo había echado el cierre. Llamé al timbre de su casa, pero sin obtener ningún resultado. Me preocupé un poco, pero imaginaba que se había ido a la casa de algún amigo o a la casa de sus padres a las afueras de la ciudad, así que emprendí el regreso hacia mi casa. Entonces vi en uno de los callejones a tres soldados importunando a una colegiala.

—¿Qué estáis haciendo? —les pregunté en francés, aunque sabía que no me comprendían, pero mi tono no les dejaba ninguna duda. En lugar de parar, dos de ellos se dirigieron hacia mí y me agarraron de los brazos.

—Esta parece más madurita —dijo uno de los soldados, mientras me arrastraban hasta el fondo del callejón.

—¡Soltadme, malditos *boches*! —les grité mientras les golpeaba con los puños y les propinaba patadas, pero ellos parecían disfrutar con mis gritos, sabiendo que nadie acudiría a mi ayuda.

Uno de los alemanes comenzó a besarme el cuello y subirme la falda. Lloraba de impotencia, de rabia, no podía creer lo que estaba sucediendo.

—¡Soltad a esas mujeres! —se escuchó una voz en alemán.

Los soldados se pusieron firmes. Después nos dejaron pasar y crucé la mirada con el oficial que había reprendido a sus hombres. Era alto, de pelo negro, piel blanca y ojos marrones.

—Lo lamento señoritas, no volverá a suceder, estos hombres serán sancionados.

Fruncí el ceño y al escucharlo hablar en francés le dije:

—Son unos bárbaros, esto es inadmisible entre gente civilizada.

En aquel momento no había comprendido todavía lo que era la guerra y que, a pesar de que hay ciertas normas, en el fondo la barbarie y la crueldad eran el único lenguaje de los conquistadores.

—Lo lamento, no se preocupe, estos hombres serán castigados.

Me alejé temblando, con un nudo en la garganta y aguantándome las ganas de llorar.

Cuando llegué a mi apartamento, me lancé sobre la cama y pensé en Antoine. Si él hubiera estado conmigo, esos hombres no se habrían atrevido a hacerme nada. Un rato después reflexioné y me di cuenta de que todo aquello era un sinsentido; de haberse enfrentado a ellos, seguramente lo habrían matado.

Tomé un libro para intentar relajarme. Todavía no había anochecido del todo, y desde el ventanal se veía el océano que comenzaba a oscurecerse, como toda la ciudad, envuelta en unas tinieblas que apenas podíamos imaginar.

En aquel momento decidí narrar mi vida, comenzando por el día de mi boda. Rellené varias hojas esa noche, pero entonces me di cuenta de que la mayoría de las personas son capaces de escribir, pero que eso no las convierte en verdaderos escritores. Entonces supe que esta historia debía redactarla usted, señor Zola, yo nunca sería capaz de hacerlo. El poder de las palabras no reside en las historias que contamos, sino en la capacidad que tenemos de conectar con los corazones de los que las leen.

CAPÍTULO 10

VICHY

Saint-Malo, 25 de junio de 1940

NUNCA ME HABÍA CONSIDERADO MUY PATRIOTA, tal vez porque cuando una ama de verdad a su nación no necesita rodearse de símbolos o alardear de su origen. Para mí, Francia era sus bosques interminables, sus pueblos floridos, las grandes ciudades con sus bellísimas catedrales, los palacios señoriales del siglo XVIII, París, el vino, el pan y sus exquisitos platos, pero sobre todo era sus habitantes. El panadero que se levantaba de madrugada para hornear un pan delicioso y dejar que su aroma invadiera las calles de mi ciudad. El pescador que preparaba sus redes en el puerto para pasar la noche en altamar intentando pescar algo, y por la mañana corría gozoso a la lonja para vendérselo a un ama de casa o al dueño de un restaurante. La modista que confeccionaba sus modelos copiando las revistas de París y soñaba con convertirse en la nueva Coco Chanel. El profesor rural que ayudaba a medio centenar de niños a soñar leyendo los libros de Dumas, o les dejaba asombrados al escuchar la historia de Marie Curie, la científica o de Luis XIV, el rey Sol.

Por eso, lo que más me dolió de los primeros días de ocupación no fueron las cartillas de racionamiento —muchos pensaban que eso evitaría que los precios de los productos básicos siguieran subiendo—, tampoco el ver a los molestos *boches* por todas partes. Lo que realmente me ofendió fue que intentaran robarle el alma a Francia.

Mientras caminaba por la Rue de la Fosse, llegué a la pequeña plaza y vi a dos alemanes subidos a una larga escalera.

Me quedé mirando y una mujer se me acercó indignada.

—¿Se lo puede creer? Están cambiando el reloj; ahora nos regimos por la hora de Berlín. Increíble. ¿A dónde vamos a llegar? Pues yo no pienso hacer caso a esos malditos *boches*. Faltaría más.

Dos colegiales se quedaron mirando, pero después continuaron su camino hacia la escuela.

—Es una locura —dijo un hombre en voz baja al pasar a mi lado.

Me dirigía al ayuntamiento ya que, al parecer, todos debíamos presentarnos. Allí nos harían una identificación, nos facilitarían los cupones de racionamiento y nos asignarían a algún alemán para alojar.

Al llegar al edificio vi la enorme fila que lo rodeaba por completo. La gente resoplaba, muchos se quejaban en voz alta, pero la mayoría esperaba de forma bastante estoica.

—¿Es el último? —pregunté a un anciano que esperaba con una escopeta colgada al hombro.

—Sí, señora. Llevo casi media hora y esto apenas avanza. Vengo de Saint-Père para entregar mi arma. Al parecer, los alemanes no nos permiten tener armas de fuego. Se terminó lo de cazar patos.

Me quedé sorprendida.

—Allí están todas las nuevas normas de los alemanes —dijo señalando un cartel en la fachada del ayuntamiento. La lista era larga: desde la entrega inmediata de todos los tipos de receptores de radio; cualquier tipo de arma de fuego; restricción de alimentos, ropa y calzado; obligación de hospedar a oficiales alemanes…

Una mujer se puso a mi lado. Tenía la cabeza gacha y unas profundas ojeras que apagaban sus intensos ojos verdes.

—¿Se encuentra bien?

Parecía tan delgada y enfermiza que yo, que apenas había recuperado un poco de peso desde mi mejoría, parecía gruesa a su lado.

—Sí, estoy un poco cansada.

Me chocó su acento.

—No soy de aquí, vengo desde Lorena. Los alemanes están deportando a la gente y han anexionado toda la provincia.

—Lo siento.

—Ya no tenemos nada —dijo la mujer aguantando las lágrimas—. Una familia nos acogió en una granja a las afueras de la ciudad, pero tenemos que abandonar la casa. Quieren instalar allí a un suboficial. No sé qué vamos a hacer —comentó desesperada.

Dos soldados se acercaron por el fondo de la calle con sus perros. Los llevaban con la correa corta, pero los pastores alemanes no paraban de moverse, lanzando dentelladas al aire. A medida que pasaban, todos se apartaban hacia un lado.

Un hombre se encogió de miedo y los dos soldados se pararon a su lado; tenía aspecto extranjero.

—¡Documentación! —vociferó uno de los soldados.

El hombre sacó tembloroso su pasaporte.

—¡Polaco! ¡Un sucio judío! No puedes estar aquí —dijo el soldado.

—Tengo estatuto de refugiado —contestó con la voz temblorosa.

El hombre, de pelo castaño, parecía extremadamente delgado, como si la ropa fuera un par de tallas más grande o se hubiera consumido escapando de los nazis.

—Los no franceses han perdido cualquier tipo de permiso. ¡Ven con nosotros!

El hombre comenzó a correr. Los dos alemanes soltaron a sus perros que lo persiguieron rabiosos como si estuvieran capturando una presa. Apenas había logrado llegar al final de la calle, cuando el primer animal saltó sobre su espalda mientras que el otro perro le mordía una pierna. El pobre diablo bramó de dolor, pero todos nos quedamos quietos, aguantando la respiración, como si, si nos atreviéramos a pestañear, aquellos sádicos lanzarían a sus perros contra nosotros.

—¡Dios mío! —gritó el hombre mientras caía al suelo. Los animales le daban dentelladas una y otra vez, mientras sus ropas viejas y raídas se cubrían de sangre.

Di un paso al frente justo cuando los dos soldados llegaban a la altura del pobre diablo.

—¿Qué intentabas hacer? —le dijeron en francés.—. Ahora te has convertido en un problema.

Justo en ese momento el doctor Paul Aubry se acercó a los alemanes y les habló en su idioma. Lo hizo con tanta autoridad que se quedaron quietos y algo confusos.

—Por favor —dijo a un hombre que pasaba cargando una carretilla. Éste la vació y entre ambos cargaron al herido.

—Tenemos que llevarlo al fuerte —dijo el alemán.

—Está herido, pasen a por él en un par de días —les ordenó el doctor y junto al hombre de la carretilla dejaron la calle.

En el rostro se nos dibujó una sonrisa. El doctor Aubry había hecho lo que ninguno de nosotros se había atrevido a hacer.

Una hora más tarde logré entrar en el ayuntamiento. Una mujer joven estaba sentada en una mesa con un montón tan altísimo de papeles que apenas podía verle los ojos.

—Señora Ferrec, en este momento usted está sola en su casa. ¿Verdad?

—Sí. Mi marido es prisionero de guerra.

—Tendrá que alojar a un oficial alemán. Su nombre es Adolf Bauman.

—Pero, soy una mujer sola, los vecinos, la gente…

—Son órdenes. Mañana se trasladará a su casa. Debe facilitarle una habitación, comida y cobijo. ¿Entendido?

—Pero…

La mujer me entregó el resto de los papeles y me apremió para que dejara pasar al siguiente. La mujer de Lorena me miró algo enfadada, no sabía qué harían con ella y su familia.

El Régimen de Vichy había entregado a Francia a sus enemigos y, aunque supuestamente ellos gobernaban la llamada «Francia Libre», lo cierto era que ya no teníamos un país. Éramos esclavos en nuestras propias casas, dominados por nuestros nuevos amos, sin derecho a protestar ni resistir.

CAPÍTULO 11

OFICIALES DE NEGRO

Saint-Malo, 26 de junio de 1940

No hay nada más terrible que sentirte insegura en tu propio hogar. Aquella mañana me levanté muy temprano, recogí la casa, preparé la habitación de invitados para el oficial alemán, me hice el desayuno y cuando miré el reloj aún eran las ocho de la mañana. Me preparé un café y me puse a leer junto a la ventana. No quería pensar en lo que suponía tener un completo desconocido en casa, un enemigo que podía hacerme lo que quisiera sin rendir cuentas a nadie. Después respiré hondo e intenté concentrarme en la lectura. Sabía que esa siempre era mi válvula de escape, incluso cuando estuve a punto de morir. Cuando estaba más concentrada y por fin empezaba a calmarme, escuché el timbre de la puerta, pegué un respingo y corrí hacia la entrada. Me coloqué la ropa y el pelo y abrí. El descansillo estaba en semipenumbra y el alemán vestía todo de negro. Llevaba un abrigo de cuero y unas botas altas del mismo material. En el suelo había una maleta y en la mano sujetaba un maletín flexible también negro.

—¿Es la casa de los Ferrec? —preguntó con un fuerte acento alemán.

Asentí con la cabeza, como si la opresión que notaba en el pecho me impidiera formular ninguna palabra.

—¿Puedo pasar o me va a dejar en el rellano toda la mañana? —me preguntó, pero antes de que pudiera contestar, tomó el maletín y empujó bruscamente la puerta.

No estaba segura de que él percibiera cómo temblaba, pero intenté aparentar normalidad. Los nazis eran como los perros: podían oler el miedo.

—¿Esta es su casa? ¿Cuál será mi habitación? —preguntó, arrogante.

Lo llevé hasta el cuarto que había preparado con tanto esmero.

—¿Piensa que soy un pordiosero?

Después caminó por el pasillo hasta mi habitación, que era mucho más amplia y con vistas al mar. Dejó la maleta sobre la cama, abrió la ventana de par en par y respiró hondo.

—Me quedaré en ésta. Como a las doce en punto, desayuno a las seis y ceno a las siete. Odio la impuntualidad, cualquier falta de respeto y el ruido. ¿Tiene tocadiscos?

—Sí, señor.

—Cuando regrese al mediodía espero que lo haya traído a este cuarto. ¿Qué lleva en la mano?

Me miró con tanto desprecio, que sentí ganas de soltarlo, como si ardiera.

—Un libro.

—Eso ya lo veo, señora.

—Una novela... *La montaña mágica* de Thomas Mann.

El hombre frunció el ceño y puso los brazos en jarras. Me arrebató el libro y lo ojeo brevemente.

—¿No sabe que este autor degenerado está prohibido en Alemania?

—Lo desconocía por completo —le contesté con sinceridad. Había escuchado sobre la purga de libros por los nazis e incluso la quema de miles de ejemplares cuando Hitler llegó al poder, pero desconocía qué autores habían sido proscritos por el régimen.

—Espero que purgue la biblioteca de su casa.

Pensé enseguida en todos los libros que teníamos en la biblioteca. ¿A cuántos consideraría el oficial alemán no dignos de ser leídos y me pediría que destruyera?

—He investigado su ficha. Su marido es policía y usted bibliotecaria; no se han significado políticamente; parecen gente decente, pero eso no es suficiente. Ahora Francia nos pertenece y algunas cosas son intolerables. ¡Que no vuelva a suceder!

Sin mediar palabra arrojó el ejemplar por la ventana en dirección al mar. Después me pidió que saliera del cuarto y me dirigí a la cocina temblorosa, me senté en una banqueta e intenté tranquilizarme un poco. Tenía que advertir a Denis cuanto antes; no tardarían en purgar también su librería.

Adolf Bauman salió de su cuarto y se marchó de la casa sin despedirse. Respiré aliviada. Tenía que ir a trabajar, pero antes me pasé por la librería. Debía ver a mi amigo cuanto antes.

Era una mañana calurosa, pero sabía que no sudaba por el abrigo pesado de invierno, sino por la angustia que había sufrido en mi propia casa.

Llamé con insistencia a la puerta de la tienda. Había luz, pero Denis todavía no había abierto la librería al público.

—¿Qué te pasa? ¿A qué viene tanta prisa?

Entré y me derrumbé sobre el mostrador, comencé a llorar nerviosa, mientras mi amigo intentaba consolarme.

—¿Le ha sucedido algo a Antoine?

Eran amigos desde niños, siempre inseparables, incluso se habían enamorado siempre de las mismas chicas, aunque la lealtad mutua que se tenían les impedía traicionar a su amigo. Para Denis yo era como una hermana de la que debía cuidar hasta que Antoine regresara a casa.

—Hoy ha venido el alemán que tengo que hospedar en casa. Dios mío, es peor de lo que imaginaba. Llegó con malos modales y arrogante, ha tomado posesión de la casa como si le perteneciera y…

Me eché a llorar de nuevo.

—¿Qué te sucede?

—Ha visto el libro que estaba leyendo y lo ha arrojado por la ventana. Era *La montaña mágica* de Thomas Mann.

—Mann es un autor maldito en Alemania, fue uno de los primeros intelectuales en exilarse y no faltaba razón. Esos bárbaros acabarán con la civilización occidental; lo único que entienden es la fuerza de la brutalidad. El darwinismo social ha hecho mucho daño en esas mentes obtusas y retrógradas.

No me importaban demasiado las diatribas de la propaganda nazi. Me encontraba muy asustada. Hasta ese momento, como para la mayoría de los franceses, la ocupación alemana había sido molesta e irritante, pero por primera vez comenzaba a sentir que la correa que rodeaba el cuello de la nación se iría apretando poco a poco. Cada vez que uno de nosotros se enfrentara al sistema, éste no dudaría en destruirnos.

—¿Qué vamos a hacer? Llevar al desván de la casa algunos de

los libros más peligrosos no es ningún problema. Pero ¿se meterán con los ejemplares de la biblioteca?

—Sin duda —me contestó Denis—. Ante eso podemos reaccionar de dos formas: desobedeciendo o aceptando sus órdenes. La verdad es que no tengo sangre de mártir. Esto no durará para siempre, tenemos que tomarlo como un paréntesis en nuestras vidas. Espero que pronto los Estados Unidos comprendan que los nazis no son un problema exclusivo de Europa, que esos locos pondrán el mundo en llamas si alguien no los detiene.

—¿Conoces la lista de libros prohibidos en Alemania? —le pregunté.

—Todos los escritos por judíos, comunistas, socialistas y cualquier líder sindical de izquierda. Las novelas que exalten la paz, la igualdad entre los hombres o valores humanos. Mientras guardas esos libros, yo intentaré conseguir la lista de algún colega alemán.

Me quedé por un segundo tranquila, aunque cuando me pasó por la cabeza la idea de regresar a casa, comencé a temblar de nuevo.

—No te preocupes, pronto Antoine estará de regreso, he escuchado que los alemanes van a liberar a los prisioneros de guerra como acto de buena voluntad.

Por un segundo se me iluminó la cara. No podía ser cierto, esperaba ese día con ansia.

—Sí, ya no queda mucho —agregó Denis—. Mientras tanto, intenta acostumbrarte al Adolf ese que vivirá contigo, seguro que no es tan fiero. Simplemente quería marcar su territorio, no se te olvide que son como animales salvajes.

—Su aspecto causa impresión. El uniforme negro, su rostro comido por la viruela, sus fríos ojos grises, hasta su sonrisa causa temor.

—¿El uniforme es negro?

—Sí, no entiendo demasiado de cuerpos militares ni rangos. Creo que es un teniente, lleva una calavera en su gorra de plato.

Denis palideció de repente.

—Es un oficial de las SS. Creo que te ha tocado la lotería. Las SS es un cuerpo especial nazi, podríamos decir que la élite de esos fanáticos. Al parecer, son los más peligrosos. Intenta no ponerlo nervioso ni darle ninguna excusa para que te detenga. Los miembros de las SS no son soldados, son asesinos despiadados.

El comentario de mi amigo me dejó sin palabras. Sin saberlo, habían metido un lobo en mi casa. ¿Cómo podría evitar provocarlo?

Mientras me dirigía a la biblioteca, unos minutos más tarde, rezaba para que Antoine regresara lo antes posible. La sola idea de estar en casa con ese hombre me helaba la sangre.

Abrí la puerta de la biblioteca y le dije a Céline en voz alta.

—¡Tengo al alemán en casa! Al parecer es un oficial de las SS. ¡No podía tocarme nadie peor! Ahora tenemos que usar su moneda, su horario, sus reglas y…

La mujer me hizo un gesto con la mano para que me callase. La miré confusa y entonces escuché una voz a mis espaldas. Un oficial alemán tenía un libro en la mano y con voz ronca dijo en francés.

—¿Puedo llevarme este libro?

CAPÍTULO 12

LA BANDERA

Saint-Malo, 17 de julio de 1940

LAS NOTICIAS CORRÍAN DE BOCA EN boca, aunque uno tenía que estar muy seguro con quién se debía o no hablar. La asamblea había dado plenos poderes al presidente Pétain, lo que lo convertía de facto en un dictador. El jefe de su gabinete, Pierre Laval, no era mucho mejor que su amo. Ambos habían derogado los derechos constitucionales, además de quitado la nacionalidad a más de quince mil personas, de ellas más de un tercio de origen judío.

Yo intentaba actuar con normalidad. Habíamos guardado en una planta superior los libros más peligrosos bajo llave, y los alquilábamos de manera clandestina. Autores como Karl Marx, Sigmund Freud, Kafka o Jack London.

El oficial Hermann von Choltiz cada semana tomaba dos libros de la biblioteca y, con una puntualidad casi suiza, los devolvía en perfecto estado. Céline y yo apenas cruzábamos palabra con él, hasta que una tarde me encontró a solas en la biblioteca.

—Creo que no se acuerda de mí.

—No le entiendo —le contesté confusa.

—Usted sufrió un desagradable incidente con dos soldados, estaba en un callejón…

Lo cierto es que había intentado borrar ese episodio de mi mente. Apenas me había fijado en el oficial alemán que había salido en mi defensa, pero en cuanto hizo el comentario lo recordé.

—Es cierto, se lo agradezco, no sé qué hubieran hecho esos salvajes sin su intervención.

—No tiene nada que agradecerme. Espero que comprenda que todos no somos salvajes, muchos de sus compatriotas nos toman como tales y no les culpo. Estamos ocupando su país militarmente y somos sus enemigos, pero muchos de nosotros admiramos la cultura francesa.

Me quedé paralizada; no supe qué contestar. Sabía que el uniforme de Hermann von Choltiz era del ejército regular, no de las SS, pero no me fiaba de ningún alemán.

—No me ha visto, pero estoy alojado en su edificio, en la casa de una mujer mayor, la señora Fave.

Me quedé sorprendida. No tenía mucha relación con mi vecina. Era una mujer criticona, huraña y antipática. Era muy amiga de mi suegra y siempre había imaginado que ella la había puesto en mi contra.

—No lo sabía.

—No coincidimos en los horarios, pero me lo contó el teniente Bauman.

—¿Se conocen? —le pregunté nerviosa.

—Sí, trabajamos juntos. El pertenece a la sección de las SS, en la Batalla de Francia peleó junto a la Tercera División Panzer SS Tokenkopf. Después lo destinaron a la ERR, la Einsatzstab

Reichsleiter Rosenberg. Yo fui reclutado por la ERR, soy especialista en literatura medieval francesa.

Lo miré sorprendida.

—¿Le extraña?

—Lo cierto es que sí. ¿A qué se dedican en la ERR?

—Protegemos el patrimonio cultural de los países ocupados. Evitamos que sea saqueado, destruido o robado por nadie. Tenemos que proteger el legado de Europa.

—Pero, usted no es de las SS... —le dije ingenuamente.

El hombre sonrió; su rostro parecía iluminado por una especie de halo angelical. Sus grandes ojos oscuros se achinaron un poco y se sentó frente a mi mesa.

—No. Soy del Geheime Feldpolizei, policía militar de la Wermacht.

Por alguna razón, me tranquilizó que fuera policía como mi marido.

—Su esposo es de mi gremio. Antes de la guerra trabajaba para la policía de Berlín. Me encargaba de robos de arte, falsificaciones y estafas. No puede imaginarse la de obras falsas que circulan por el mundo.

—¿Por qué lo han destinado a Saint-Malo?

El hombre dudó unos segundos antes de contestar.

—Me han enviado a proteger el patrimonio cultural francés, ya se lo he dicho. Tenemos que tasarlo, evaluarlo y protegerlo. Dentro de poco le tocará a su hermosa biblioteca; no podemos dejar que ninguna obra importante se pierda —me explicó con una sonrisa en los labios.

—No les permitiré que toquen nada de la biblioteca si no traen una autorización del ministerio —le dije con una firmeza que únicamente podía provenir de mi amor a los libros.

El hombre acercó su mano a la mía, como si intentase tranquilizarme con ese gesto, pero lo que consiguió fue ponerme aún más nerviosa.

—No vamos a robar nada, únicamente lo clasificaremos.

—¿Y qué harán con los libros prohibidos?

—Por ahora, la orden es clasificar, se lo aseguro. En septiembre comenzaremos con esta biblioteca. Seremos respetuosos, traeré a dos de mis mejores hombres para hacerlo.

Von Choltiz apartó la mano y tomó uno de los libros que estaba restaurando.

—Es una primera edición de Jack London en inglés —dijo—. *The Cruise of the Dazzler*. No hay muchos; el libro se publicó en 1902 y, como fue su primera obra, no se imprimieron muchos ejemplares. Es precioso, lo leí cuando era joven en mi ciudad natal, Múnich.

—¿No es uno de sus autores prohibidos? —le pregunté molesta.

—Si le digo la verdad, lo desconozco. He escuchado que a Goebbels no le gustó *Colmillo blanco*. Ya sabe que nuestro ministro de propaganda era periodista y siempre soñó con dedicarse a la literatura. Tal vez la obra tan prolífica de Jack London le causaba demasiada frustración —bromeó.

—¿Le parece divertido? Censurar y quemar libros, ¿es a eso a lo que se dedica? Su partido ha prohibido las obras de Walt Whitman, Emilio Salgari, Aldous Huxley, Ernest Hemingway. La mayoría de sus obras son inocentes, casi pueriles, nadie debería temerlas.

El alemán comenzó a moverse inquieto en la silla. Parecía que mis comentarios empezaban a molestarlo y sentí que me había pasado de la raya. Tomé el libro de las manos del oficial y lo coloqué en el montón.

—¡Los franceses siempre pensando que todos somos iguales! ¿Cómo era...? Libertad, igualdad y fraternidad. ¿A dónde nos han llevado esas consignas? Casi destruyen el mundo. La chusma se creyó con el mismo derecho que la gente cultivada, pero la realidad es que no somos iguales. Desde que nacemos, cada uno de nosotros viene con cualidades y dones únicos.

—Puede que no seamos iguales, pero debemos tener los mismos derechos y oportunidades —le contesté sin meditar mis palabras. Sabía que los nazis eran imprevisibles y profundamente machistas.

El alemán se puso en pie y dio un golpe sobre la mesa.

—Si sus valores son tan poderosos, ¿por qué nosotros somos ahora sus dueños? ¿De qué les han servido esas ideas? ¿No es cierto que al final el más fuerte y el más capacitado triunfa sobre el más débil?

—¿De verdad cree que ustedes son más fuertes? No hay mayor acto de debilidad que usar la fuerza y no la razón para vencer, teniente.

Von Choltiz me señaló con el dedo índice, pero se contuvo. Dejó que la ira se aplacara un poco en su mirada y después me advirtió.

—En septiembre comenzaremos el registro de todas las obras. Por favor colabore, no quiero que sufra ningún daño. Soy mucho más razonable que el teniente Bauman, sin duda no se lo pedirá por favor.

Después se alejó y cerró con un fuerte portazo. Me quedé confusa y nerviosa. ¿Cómo me había atrevido a discutir con un nazi? En esos meses había visto a personas desaparecer por mucho menos. Los alemanes se deshacían de cualquiera al que considerasen problemático. Además, estaba en juego que los nazis me devolvieran a mi Antoine. Levanté la vista y observé la biblioteca. La ciudad llevaba cientos de años recopilando aquellos libros; éramos el alma y la memoria de Saint-Malo. Tenía que mantenerla a salvo antes de que esos bárbaros lo destruyeran todo.

CAPÍTULO 13

SALUD Y VIDA

París, 27 de agosto de 1940

No ERA FÁCIL VIAJAR EN LOS primeros meses de la ocupación. Tenía que rellenar varios formularios y explicar bien el motivo del viaje. Los trenes funcionaban terriblemente mal y no se permitía el uso del vehículo privado para viajes no autorizados. La mayor parte de la gasolina era enviada para abastecer la maquinaria de guerra del Tercer Reich, y la prioridad del sistema ferroviario era el transporte de recursos agrícolas e industriales con destino a Alemania.

Durante las semanas que siguieron a la llegada de mi desagradable inquilino, el teniente Bauman, intenté estar en casa lo menos posible. La mujer que me ayudaba con las tareas domésticas le servía el desayuno, la comida y la cena. Yo prefería comer en la habitación y evitar encontrarme con él en los pasillos. La discusión con Hermann von Choltiz me había puesto muy nerviosa.

Nos había llegado una directiva desde el ministerio informándonos que en breve todas las bibliotecas públicas recibirían la visita de la policía acompañada por los alemanes para que les hiciésemos entrega de los libros prohibidos. Al parecer, los nazis habían creado la llamada Lista Bernhard que alguien había enviado desde Berlín. En ella se incluían opositores alemanes como Otto Strasser y Thomas Mann, pero también muchos autores franceses como André Malraux, Louis Aragon, George Duhamel y André Chevrilllon. La lista era de 143 títulos de los que se prohibía la edición, venta, distribución y lectura. Todas las librerías y bibliotecas de la Francia Ocupada debían ser purgadas y también las editoriales y los periódicos.

Una mañana llegué a la capital para reunirme con Yvonne Oddon, una de las bibliotecarias más famosas de Francia que estaba creando una red de resistencia para proteger los libros, aunque esa no era mi única razón para viajar a París. Tenía que buscar información sobre Antoine e intentar que lo enviaran de vuelta a casa.

Me dirigí al Musée de l'Homme, que se encontraba en una de las zonas más bellas de la ciudad. Desde uno de sus laterales podía observarse la Torre Eiffel. Su forma semicircular se completaba con otra ala que cercaba los Jardines del Trocadero. Pasé junto a la estatua sentada de Benjamín Franklin, otro gran amante de la cultura y los libros. El conserje de la puerta principal apenas me miró cuando atravesé la entrada; conocía el camino al despacho de Yvonne Oddon. Cuando llegué ante la puerta llamé, alguien giró una llave y me dejó pasar.

—Querida Jocelyn, te estábamos esperando.

Aquel comentario me sorprendió. ¿A quiénes se refería?

En el despacho había dos personas: un hombre y una mujer.

—Estos son Boris Vildé y Agnès Humbert. Puedes confiar en ellos.

—Pero, yo venía a…

—Ya sé a qué venías. No te preocupes y toma asiento.

Yvonne estaba con su pelo negro y corto alborotado, vestía de manera informal y parecía algo nerviosa.

—No podemos consentir que expolien nuestro patrimonio, tampoco que encierren a los que ellos consideran disidentes. El gobierno títere de Pétain no nos representa. Hoy es el día de la gran redada contra los libros en Francia, en pocas horas los nazis y los gendarmes incautarán miles de libros prohibidos. Empezarán por las librerías y editoriales, pero en unas semanas habrán expoliado también las bibliotecas, tanto públicas como de instituciones culturales.

A medida que hablaba, el rostro de Yvonne se encendía. El hombre asentía todo el rato con la cabeza, mientras que la mujer, Agnès Humbert, apretaba los puños como si intentara estrangular nazis imaginarios.

—¿Dónde se llevarán los libros expoliados? —preguntó Boris.

—Un contacto en la policía nos ha informado que los meterán en un garaje en la Avenida de la Grande Armée.

No podía creer lo que estaba escuchando.

—¿Qué está pasando en Bretaña? —me preguntó Yvonne.

—Lo mismo. Han comenzado a pedir la lista de libros prohibidos. En septiembre pasarán por mi biblioteca y se llevarán todos los de la lista. ¡Es terrible! —exclamé abrumada; no sabía qué podíamos hacer para parar el expolio.

—Tenemos que unirnos. Temo que, aprovechando la censura y la destrucción de libros, intenten apropiarse de obras importantes, de incunables como los libros históricos. Nuestro deber es protegerlos hasta que termine la guerra.

Todos asentimos.

—Nos mantendremos en contacto contigo. Vamos a publicar un periódico clandestino... lo llamaremos *La Résistance*.

En ese momento recordé que Yvonne pertenecía a una familia hugonota como la mía. El nombre de su periódico, *La Résistance*, me recordaba al lema de las mujeres hugonotas encerradas en la famosa Torre de Constance en el castillo de Aigues-Mortes.

De pronto alguien llamó a la puerta y todos nos quedamos paralizados. Era Paul Rivet, el director del museo.

—No se preocupen, no hay nadie en el edificio —comentó para tranquilizarnos.

Después se sentó a mi lado.

—¿Ha visto al grupo de escritores? —le preguntó Yvonne.

—Sí, ellos también están dispuesto a todo. No son muchos, apenas diez personas, pero ayudarán a crear una red de fugas y a proteger a intelectuales y escritores. Por lo pronto, es mejor que los que estén bajo sospecha pasen a la Francia Libre; imaginamos que el poder de los nazis allí no será tan riguroso.

—Eso es mucho suponer. Ese Pétain es un fascista, no es mejor que Hitler o Franco —dijo Boris.

—No me cabe la menor duda, pero muchos franceses fieles a la libertad nos ayudarán. En esa zona apenas hay tropas alemanas y no operan ni la Gestapo ni las SS, al menos de manera oficial —explicó Rivet.

Al final de la reunión, Yvonne me acompañó hasta la puerta del edificio, encendió un cigarro y comenzó a fumar.

—¿Quieres uno?

—No, gracias —le contesté.

—Espero que encuentres a tu marido. Ahora los ministerios de París están ocupados por los nazis. Se cree que hay más de un millón y medio de prisioneros, y únicamente se está liberando a los enfermos y a los más jóvenes.

Me alejé del edificio más desanimada que unas horas antes. Tenía la sensación de que todo estaba perdido, y dudaba de la eficacia de resistirse. Éramos un puñado de intelectuales; nuestras únicas armas eran los libros y no parecían muy efectivos contra las balas. Prometí a Yvonne que mantendríamos el contacto y que, en caso de necesidad, podríamos ayudar en la fuga de algún piloto británico o de los refugiados que intentaban llegar a Portugal o Inglaterra.

París parecía paralizada por el tiempo, pero mucho más triste que un año antes cuando Antoine y yo la habíamos visitado en nuestro viaje de novios. Apenas se veía gente por las calles y las terrazas de los cafés estaban desiertas o infectadas de alemanes. Lo que más me sorprendió fue el gran número de chicas que los acompañaban. Apenas había hombres jóvenes por las calles, y aquellos guerreros vencedores parecían ser irresistibles para muchas muchachas parisinas.

Me acerqué al edificio del ministerio de guerra. En la entrada principal había unos guardias alemanes y la esvástica colgaba del balcón principal. Me dirigí a la oficina de información; al parecer no era la única mujer intentando averiguar dónde se encontraba su marido.

Una de las mujeres de la fila me sonrió y con una expresión irónica me dijo:

—Parece mentira que estemos aquí buscando a nuestros hombres. No estoy segura de si ellos harían lo mismo por nosotras.

—Yo no puedo responder por su esposo, pero el mío estoy convencida de que sí.

—Entonces, ¿por qué se fueron a esa maldita guerra?

—Los obligaron, era su deber, qué se yo. No entiendo la mentalidad masculina, pero si está aquí es porque quiere volver a ver a su esposo.

La mujer cambió el semblante y puso una mueca de tristeza.

Tras varias horas de espera en una sala atestada de mujeres, un funcionario gritó mi nombre. Pasé a un despacho repleto de papeles, y un señor delgado de piel cetrina y lentes redondas me pidió que le expusiera el caso.

—Las cosas no son fáciles, esto no son los Países Bajos. A los franceses nos consideran inferiores, ya me entiende. Hay un millón ochocientos mil hombres prisioneros en Alemania, el diez por ciento de todos los hombres del país.

—Lo entiendo —le dije algo desanimada.

—Su esposo, al ser un suboficial, está en un campo denominado Stalag. Según nuestro registro, su marido está en el campo de prisioneros Stalar Luft III, al sur de Berlín. Si es cierto que está enfermo, hablaremos con las autoridades alemanas para solicitar su repatriación, pero le advierto que este proceso puede durar aún algunos meses, y la última palabra la tiene la administración alemana. ¿Lo entiende?

—Sí, señor.

—Tengo su teléfono y su dirección. Nos pondremos en contacto en cuanto sepamos algo. Lo siento, señora Ferrec, yo tengo un hijo en esos campos, todos estamos deseando que regresen —comentó el funcionario. Por un momento vi cómo sus ojos se humedecían.

Caminé por la ciudad sin rumbo, hasta que decidí ir a por mi maleta al hotel y regresar a casa. Esa ciudad me recordaba demasiado a Antoine, lo echaba de menos y temía por su vida. Sentía una profunda soledad, algo que únicamente pueden entender las almas que se han sentido irremediablemente unidas a otras alguna vez.

CAPÍTULO 14

YO ACUSO

Saint-Malo, 28 de agosto de 1940

Tras casi toda la noche de viaje me encontraba agotada, pero no quería dejar a Céline sola por más tiempo en la biblioteca. El plazo estaba a punto de terminarse y teníamos que ocultar los libros prohibidos cuanto antes. Llamé a la puerta y la mujer me abrió algo sobresaltada.

—¿Qué sucede? —le pregunté inquieta, aún arrastraba la tensión del viaje a París.

—Pase, será mejor que hablemos con la puerta cerrada. Hay ojos y oídos por todas partes.

Su respuesta me pareció extraña, pero a veces Céline era muy misteriosa. Me llevó hasta su mesa y me entregó una nota escrita a mano.

—¿Qué es esto?

La leí brevemente. En ella alguien me acusaba por escrito de ser comunista, y a mi amigo Denis de pertenecer a la masonería y tener antepasados judíos. Antoine, mi esposo, era descrito como un traidor al cuerpo de policía.

—¿Quién ha escrito esto? Son una sarta de mentiras.

—Ya lo sé, pero hay cientos, sino miles de estas notas. Las autoridades alemanas han pedido la colaboración para capturar a supuestos terroristas y fugitivos de la justicia. Para la sorpresa de los funcionarios del ayuntamiento han llegado miles. La gente acusa a cualquiera sabiendo que su nombre quedará en el anonimato. Por desgracia, esas notas muestran el verdadero corazón de Francia.

Me quedé sin palabras. Después me senté en mi silla y leí de nuevo la nota. Sin duda la letra era de mujer, parecía una buena caligrafía, aunque algo antigua.

—¿Sabe quién es? —le pregunté, aunque casi prefería ignorar la respuesta.

—Sí, llevo décadas llevando la biblioteca, casi todos los habitantes de la ciudad han rellenado sus fichas, también las solicitudes de préstamo de libros. Además, esta letra es muy singular, se trata de la viuda Fave, su vecina.

—Esa vieja arpía, me parece increíble, jamás le hemos hecho nada malo.

—La felicidad es el peor insulto para la gente infame: su rostro enamorado, su deseo de ayudar a los demás, su belleza, todas son causas de envidia. Esa mujer está amargada. Su marido murió hace años, seguramente porque ya no soportaba más estar a su lado.

Sentía cómo la rabia y el odio me invadían de repente. Jamás había experimentado nada así. Tenía la sensación de que el mundo había enloquecido, que ya nada volvería ser como antes, aunque lográsemos echar a los nazis de Francia. No podríamos cambiar nuestra alma ensuciada por el mal que parecía contagiarlo todo hasta convertirlo en una especie de ponzoña terrible.

Céline se levantó y me pasó el brazo por el hombro.

—Querida, lo lamento, pero ya le he dicho muchas veces que el ser humano es malo por naturaleza. Los queridos filósofos de la ilustración estaban profundamente equivocados. Ellos pensaban que con el mito del buen salvaje se explicaba la evolución del hombre, que era bueno en esencia hasta que la naturaleza lo corrompía. Lo cierto es que la sociedad únicamente saca de nosotros lo que ya hay en lo más profundo del corazón.

—Pero, si los nazis no hubieran invadido Francia… —le intenté explicar.

—Nunca nos ha hecho falta un poder extranjero para matarnos entre nosotros. Piense en la Guerra de los Cien Años, las Guerras de Religión, el absolutismo despótico de Luis XIV que destruyó a todas las minorías religiosas y provinciales, por no hablar de la Revolución Francesa con su etapa del Terror, las guerras napoleónicas, después la guerra con Prusia del Segundo Imperio, la Gran Guerra y ahora esta. Podríamos continuar con la lista y comentar las matanzas en África y Asia. El ser humano está abocado a la autodestrucción.

No podía compartir aquella visión tan pesimista del ser humano.

—También hemos creado la democracia, la libertad, el progreso, la modernidad, los coches, los aviones, las vacunas y cientos de cosas buenas y positivas —le comenté.

La mujer sonrió como si no la estuviera comprendiendo. En el fondo sabía a lo que se refería, aunque no quería reconocerlo.

—Creo que somos capaces de grandes actos de bondad, pero que hay un mal en el interior de cada uno de nosotros capaz de destruirlo todo. Imagine ese odio que siente ahora hacia la señora Fave, si no es capaz de canalizarlo, la destruirá por dentro y la obligará a hacer cosas terribles.

Me puse muy seria. No quería reconocer que era capaz de las acciones más detestables. Reconocer que lo único que me separaba de esos nazis a los que tanto despreciaba era haber nacido en otro lugar y haber sido lo suficientemente cobarde para no pensar por mí misma y dejar que el odio, que siempre es el hijo bastardo del miedo, me dominase por completo.

—¿Me acompaña a la iglesia? —preguntó Céline.

—Ya sabe que no soy practicante. No es que no crea en Dios, pero desde la muerte de mis padres Él y yo no tenemos una buena relación.

—La entiendo, pero en tiempos como éstos hay que aferrarse a la fe. Hoy el padre Roth quiere dar unas palabras de ánimo a los vecinos de Saint-Malo.

Al final me decidí a seguir a mi amiga. Era tarde y prefería acompañarla antes de continuar dándole vueltas a todo aquel asunto.

En unos minutos atravesamos las calles semidesiertas. La misa se había adelantado debido a los toques de queda. Llegamos a la parroquia y nos colocamos en una de las últimas filas.

El sacerdote entró unos minutos después por una puerta lateral acompañado de los dos monaguillos. La celebración religiosa siempre me había parecido demasiado solemne y fría. Además, no conocía las letanías que los fieles repetían sin cesar, no sabía cómo santiguarme, cuándo levantarme o arrodillarme. La mayor parte de la ceremonia era en latín y, aunque podía leer y entenderlo, solía abstraerme. Unos veinte minutos más tarde, tras dar la comunión, el sacerdote se subió al púlpito y comenzó a hablar.

—Queridos hermanos. Sin duda una de las palabras más hermosas jamás pronunciadas por nuestro señor Jesucristo fue el amor a nuestros enemigos. Cuando los fariseos le preguntaron cuál era el punto más importante de la Ley de Moisés, Él les señaló que toda la Ley se resumía en dos mandamientos que eran uno solo: Ama a Dios sobre todas las cosas y al prójimo como a ti mismo. Pero, ¿quién es el prójimo? Es fácil amar a los que nos aman, pero Dios quiere que amemos incluso a aquellos que nos odian y nos persiguen.

En ese momento oí cómo se abría la puerta. No quise girarme, pero escuché las botas de un soldado alemán repiqueteando en el suelo de piedra. Después se sentó justo en la fila de detrás.

El sacerdote carraspeó, consciente de que cualquier cosa que dijera podría llevarlo a un campo de concentración o a un muro de fusilamiento.

—Los filósofos clásicos siempre recomendaron que nos alejásemos lo más posible de los enemigos. Hesíodo aconsejaba en su libro *Los trabajos y los días*, que en los convites era bueno invitar a los amigos, pero no a los enemigos. Platón nos animaba a hacer bien a los amigos y mal a los enemigos. Jesús nos pide no que no dañemos a nuestros enemigos, tampoco que les hagamos bien, sino que va mucho más allá. Nos dice que los amemos. Él mismo soportó el acoso de sus enemigos, los insultos, las críticas, sabía que andaban buscándolo para asesinarlo y hasta en la cruz pidió a Dios que perdonase a sus enemigos porque no sabían lo que hacían.

Un murmullo recorría toda la sala. La gente no parecía muy convencida por las palabras del sacerdote. Hasta a los que comenzaban a colaborar con los nazis les resultaba excesivo que el padre hablara de amarlos.

—La venganza era antes la moneda de cambio para devolver el mal a los enemigos; tras la ley del talión, se limitó al ojo por ojo y diente por diente. En el Talmud, Tobías creó la regla de plata, porque no debíamos hacer al otro lo que no nos agradaba que nos hicieran a nosotros. Jesús creó la regla de oro de hacer el bien que deseamos nosotros a los demás, pero el punto más sublime de su discurso es el de amar a los enemigos, porque sin duda es una invitación al heroísmo. Nadie jamás rechaza un acto de amor. Decía San Agustín que el que ama a los hombres ha de amarlos porque son justos, o para que sean justos. La única forma de vencer el mal es con el bien. Sin duda este tipo de amor es un misterio, pero lo que Jesús nos pide no es que colaboremos con el mal, que nos unamos a él o lo aprobemos. El límite del amor jamás está en el prójimo, siempre se encuentra en no acompañar al malvado en su maldad.

El sacerdote nos pidió que nos pusiésemos de pie. Después de despedirnos nos dirigimos a la salida. El teniente Von Choltiz se me quedó mirando y después se acercó hasta mí. Céline se mantuvo a mi lado, como si intentase protegerme.

—Señora Ferrec, la última vez nos separamos en medio de una discusión, quería pedirle disculpas.

—No sabía que era usted creyente —le dije con saña.

—Hay muchas cosas que no sabe de mí. El día uno de septiembre mandaré a mis hombres para registrar su biblioteca. Les he pedido que sean respetuosos; le aseguro que le ocasionarán el menor trastorno posible.

Fruncí el ceño. No sabía cómo podía presentarse delante de mí y hablarme de ese modo.

—Cumpla con su deber oficial. Yo cumpliré con el mío.

—No quiero que me vea como un enemigo...

—Después de las palabras del padre Roth eso no debería preocuparlo.

Céline y yo salimos de la iglesia. Los feligreses intentaban esquivar al alemán; el único que se acercó a saludarlo fue el sacerdote. Continué caminando hasta casa. Estaba ansiosa por recibir noticias de Antoine, no podía soportar la idea de estar ni un día más sin saber cómo se encontraba.

CAPÍTULO 15

CUADRAS Y LIBROS

Saint-Malo, 1 de septiembre de 1940

No pude dormir en toda la noche. Aquella mañana estaban a punto de arrebatarme la segunda cosa que más amaba en el mundo: mi biblioteca. Céline me había animado a promover una revuelta entre los vecinos para defender los libros, pero siempre me he preguntado si la vida de un ser humano puede ser sacrificada para salvar un libro. De jovencita había leído a Sebastián Castellion, *De haerectis an sint persequendi*, y una frase me había marcado para siempre: «Matar a un hombre no es defender una doctrina, es matar a un hombre». Castellion fue de los primeros en defender que a nadie se le debía obligar a creer y que la conciencia siempre debía ser libre. Los nazis estaban destruyendo el alma de Francia, pero no merecía verter una gota de sangre para defender un libro.

Me dirigí a la cocina para tomarme un café, tenía el estómago cerrado y no podía comer nada. Esperé a que la cafetera terminara y me lo serví con un poco de leche. Apenas le había dado el primer sorbo cuando entró en la cocina el teniente Bauman.

—Señora Ferrec, a veces me he preguntado si vivía aquí. Apenas la he visto en un par de ocasiones.

—¿Le han atendido bien? Yo estoy desbordada por el trabajo y cuando regreso me voy directamente a la cama.

El hombre sonrió maliciosamente.

—Lo que sin duda es un desperdicio. Hoy es el gran día, mis hombres van a su biblioteca, espero que colabore con nosotros. No me gustaría tener que llevarla al fuerte con el resto de los terroristas y rebeldes.

—No se preocupe por mí, colaboraremos con sus hombres —le dije algo preocupada, creía que eran los hombres de von Choltiz los que se ocuparían de registrar los libros.

—¿Le ha sorprendido? Mi hombre, Hermann von Choltiz ha visitado asiduamente su biblioteca y conoce bien el fondo. Será rápido y concienzudo.

Sentí un escalofrío que me recorrió la espalda. Por alguna estúpida razón siempre había pensado que von Choltiz era el jefe del teniente Bauman.

—No pretendo entorpecer su trabajo —le dije nerviosa. Después me dirigí a la puerta de la cocina pero el alemán se interpuso y posó su mano derecha sobre mi hombro.

—Las cosas podrían ser mucho más sencillas para una mujer como usted. Sé que está buscando a su marido, yo puedo traerlo de vuelta de inmediato, he investigado y se encuentra muy enfermo. Si no lo sacan del campo de concentración lo antes posible, me temo que no llegará al invierno.

¿Cómo sabía todo eso de mi marido?, me pregunté mientras

notaba cómo se me aceleraba el corazón. Sentí nauseas, pero intenté calmarme un poco.

—Gracias, pero espero que las cosas se resuelvan muy pronto.

—Esa es una de las cosas que más aborrezco de los franceses: su optimismo irracional. Muchos creen que los ingleses vendrán a liberarlos o que los norteamericanos entrarán en guerra. ¡Qué estupidez! Nadie nos va a quitar lo que es nuestro —dijo bajando la mano por mi espalda.

Sonó el timbre y di un respingo, aproveché su confusión para salir a toda prisa; la mujer que atendía la casa había llegado. Me puse una chaqueta ligera y me fui a la biblioteca.

Cuando llegué ya estaban allí Céline y Denis. Me sonrieron para infundirme ánimo. Entramos en el edificio y repasamos nuestro plan.

—Estos son los libros que entregaremos, la mayoría están repetidos o no son ediciones valiosas. Es una pena tener que sacrificarlos, pero es la única manera de que se contenten —les dije a mis amigos.

Denis los miró con cierta tristeza, acarició las cubiertas y los lomos y después los dejó en el montón.

—¿Has hecho lo mismo en tu librería?

—Sí —me contestó escueto. Desde la llegada de los nazis, ya casi nadie compraba libros. No se vendían apenas revistas ni periódicos, y lo único que lograba ingresar eran unos pocos marcos por las postales, los planos y las guías turísticas. Desde mediados de agosto el turismo había regresado a la ciudad y las playas estaban llenas a pesar de que la guerra contra el Reino Unido continuase.

Escuchamos unos golpes fuertes en la puerta. Céline abrió, y media docena de soldados alemanes vestidos de negro entraron junto a dos policías. Ambos eran compañeros de Antoine, por lo que agacharon la cabeza avergonzados al verme allí.

—Señora Ferrec, tenemos que registrar su biblioteca y requisar los libros prohibidos. Esta es la lista —dijo el policía entregándome una copia.

Al mirarla me quedé sorprendida, había muchos más títulos que en la anterior, sobre todo de autores franceses.

—Esta no es la lista —intenté explicarles.

—Ha cambiado. La nueva es la lista Otto, todavía no ha salido editada pero se aplica a las bibliotecas públicas. La ha confeccionado el Propagandastaffel. Son mil sesenta títulos, no los ciento cuarenta y tres de la lista Bernhard.

Me quedé petrificada. No nos habíamos preparado para eso. En la nueva lista había obras de Mordacq, Pierre Chaillet, Hermann Rauschning, Carl Gustav Jung y Léon Blum.

—No podemos facilitarles esos títulos —le dije al policía, pero antes de que pudiera reaccionar los soldados se dividieron por la sala y comenzaron a tirar los libros de los estantes, mientras otros los dividían en dos grandes montones. Los policías se limitaron a controlarnos a nosotros, para que no nos moviésemos.

Me tapé los oídos para no escuchar el sonido sordo de los volúmenes arrojados al suelo de madera. Denis intentó convencer al policía, pero éste le dio un empujón y le ordenó que se sentase. Céline se agachó para recoger un ejemplar y un soldado alemán le dio un puntapié.

—Estese quieta —dijo en un mal francés.

Una hora más tarde no quedaba ningún libro en la estantería, solamente dos montones gigantes: el de los libros condenados a ser destruidos y los que se salvarían de la quema.

El suboficial se aproximó sonriente, parecía disfrutar de su trabajo.

—Queremos ir a la otra planta —me ordenó el suboficial.

—Allí tenemos los libros más valiosos y ninguno de ellos está en la lista.

El alemán pegó su rostro al mío.

—¡Le he dicho que tenemos que subir a la otra planta!

Denis intentó interponerse y uno de los soldados le dio un puñetazo que lo lanzó al suelo. Me agaché para levantarlo, sangraba mucho por la nariz. Céline sacó un pañuelo blanco y lo ayudó a taponarse la nariz.

—¡Salvajes! —gritó Denis.

—Cálmate —le supliqué. Esos animales eran capaces de matarnos a los tres allí mismo.

Oí unas botas que se dirigían hacia nosotros, levanté la vista y vi al teniente Bauman.

—Me prometió que colaboraría.

—Estamos colaborando. Todos los libros prohibidos están en ese montón, pero no dijo nada de los incunables y los libros más valiosos.

El oficial se puso en cuclillas y tiró del pelo de Denis.

—Creo que no me ha entendido bien. Suba conmigo y deme la llave.

Me acerqué al escritorio y tomé las llaves del armario y del cuarto de seguridad. Comencé a subir por la escalera de caracol. Al girar, vi a mis amigos atemorizados en el suelo, a los dos policías impávidos y a los soldados comenzando a sacar los libros a montones hacia el patio interior.

El teniente me empujó para que fuera más rápido. Me tropecé con un escalón y estuve a punto de caer rodando escaleras abajo.

Abrí la puerta. La habitación olía a cerrado. Después me acerqué a la primera vitrina, pero antes de abrirla el alemán pegó su cara rojiza en el cristal. No había examinado el primer estante cuando escuchamos la voz a nuestra espalda de von Choltiz.

—¿Qué ha pasado ahí abajo?

Bauman se giró furioso y dio dos pasos hasta estar enfrente del oficial.

—Ese maldito librero judío se ha enfrentado a uno de mis hombres.

—¿Qué hacen aquí sus hombres? Antes tenían que pasar los míos para registrar los libros valiosos.

—Estoy harto de hacer el trabajo sucio. Yo limpio la basura y tú te quedas el tesoro. Seguro que te has guardado algunos libros para tu colección particular. Al acabar la guerra serás un hombre muy rico. Quiero participar.

Von Choltiz aguantó la cara pestilente del SS y sin inmutarse le dijo:

—¿Prefieres que hablemos con Rosenberg? Él tiene órdenes directas de Hitler para conservar el patrimonio de los territorios ocupados.

—Yo sólo obedezco a Himmler —dijo echando esputos por la boca.

—Saque a sus gorilas de aquí. Ya tenéis lo que queréis, vuestra basura.

Bauman apretó los puños, pero se dio la vuelta y bajó las escaleras furioso.

—Lo siento, no sabía nada —me dijo von Choltiz. En ese momento estaba tan conmocionada que no pude responder.

Vi la columna de humo y me aproximé a la ventana. Los nazis habían hecho una pila con los libros prohibidos. Después vertieron gasolina y el propio Bauman echó una cerilla, levantó la vista y me hincó su mirada asesina.

—¡Convertiré este edificio en una cuadra para mis caballos! —gritó amenazante, antes de que el humo le tapase el rostro. Mis libros ardían rápidamente. Todo aquel conocimiento, la memoria de decenas de generaciones, se esfumaba por el cielo azul de septiembre, mientras el mundo enloquecía un poco más, al borde de la destrucción total.

CAPÍTULO 16

EL LIBRERO

Saint-Malo, 10 de septiembre de 1940

ESTUVE MÁS DE UNA SEMANA SIN acudir a la biblioteca, aunque lo peor de todo era tener en mi propia casa a Adolf Bauman. Temía encontrármelo en cualquier momento, pero por fortuna se había marchado. Parte del cuerpo de alemanes que se había instalado en la ciudad tuvo que ir a Nantes para sofocar unos disturbios.

Un día antes, había visto a Josué Goll, profesor de la escuela secundaria que con frecuencia tomaba prestados libros de la biblioteca, quien estaba muy preocupado por la situación. Lo primero que me contó fue que, tras el asesinato de un cadete alemán, los nazis habían asesinado a tres prisioneros y estaban registrando a todos los judíos del país, según se creía, para deportarlos a Alemania. Por ahora, los judíos franceses se encontraban protegidos por las leyes, pero el gobierno de Vichy comenzaba a limitar los trabajos y las carreras que podían ejercer.

Aquella mañana, cuando llevé a la escuela los libros que me habían encargado para préstamo, apenas pude salir de mi asombro.

La mayoría de los alumnos de Goll parecían muy ilusionados con los desfiles e ideología nazi, a pesar de que Josué intentaba hacerles ver lo que suponían en realidad aquellas ideas racistas y populistas.

Al pasar por la puerta de la clase de Goll me quedé parada al escuchar unos gritos.

—¡Por favor, guarden silencio! —decía en voz alta el profesor. La mayor parte de los alumnos no le hizo caso, pero uno de ellos se puso en pie y comenzó a increparle.

—¡Maldito judío, cállese usted! Mi padre me ha dicho que la culpa de lo que sucede en Francia la tienen los franceses. Crearon la peste del comunismo y del capitalismo, lo único que pretenden es gobernar el mundo.

—Eso es absurdo —dijo el profesor para defenderse.

—Lo cuentan *Los protocolos de los sabios de Sion* —dijo otro alumno con gafas.

Desde hacía mucho tiempo corrían por toda Francia ejemplares de aquel texto difamatorio.

—Ese libro fue creado por los servicios secretos del zar Alejandro, para intentar relacionar al movimiento bolchevique con los judíos, pero no es más que una sarta de mentiras.

—No le creo. Trotski y otros líderes comunistas son judíos —comentó de nuevo el primer chico.

Escuché unos pasos a mi espalda, era Philiph Darnad, el director del colegio. Me observó intrigado y después, al escuchar las voces, se asomó por el cristal de la puerta.

—Francia siempre ha sido un estado en el que se defienden la libertad, la igualdad y la fraternidad. Esos son los valores de la República y la base de nuestra sociedad —intentó convencerles Josué.

Tres de los chicos se levantaron y se dirigieron hacia él. Uno lo golpeó en la cara. El hombre comenzó a sangrar por la nariz, manchándose la camisa blanca y el chaleco del traje.

—¡Cerdo judío! Ya no te queremos aquí.

Otro de los chicos goleó en el estómago al profesor y éste se dobló hacia delante Un tercero le hincó el codo en la espalda y éste cayó de rodillas. Miré estupefacta al director, no entendía cómo podía quedarse de brazos cruzados mientras golpeaban a uno de sus compañeros.

—¿No va a hacer nada? —le pregunté indignada.

—Esto es inamisible —dijo reaccionado al fin. Entró en la clase y todos los alumnos se pusieron firmes.

—¿Qué está sucediendo aquí? Es increíble que en un aula sucedan estas cosas.

—Es ese profesor judío, él tiene la culpa —dijo uno de los alumnos de Josué, quien seguía de rodillas en el suelo con un pañuelo taponando su nariz.

Entré en el aula y señalé a los chicos. Yo había visto el incidente desde el principio.

—Esos chicos comenzaron a insultar al profesor —le expliqué.

El director se giró y me hincó la mirada para que me callase de inmediato.

—Señor Josué Goll queda suspendido hoy mismo. Se le abrirá un expediente y no le extrañe si prescindimos de sus servicios. Ya sabe que no puede hablar de los judíos en clase, tampoco mencionar las viejas ideas republicanas. Ahora estamos bajo un nuevo régimen, que pretende terminar con el caduco sistema de la Tercera República. Sus queridos amigos comunistas nos han llevado hasta donde estamos.

El hombre no se defendió. Se puso en pie, y se dirigió hacia la puerta. Yo me interpuse.

—Esto es increíble. A los que tiene que sancionar y expulsar de clase es a esos energúmenos —comenté señalando a los alumnos implicados que me miraban sonrientes.

—Tú eres como él, una comunista, todo el mundo sabe lo que sucedió en la biblioteca el otro día. Dentro de poco nos ocuparemos de ti y de tus libros de judíos y socialistas —dijo el primer chico. Le conocía de vista. Era el hijo del charcutero, un adolescente por el que estaban medio locas todas las jovencitas de la ciudad.

—Jovencito, no te consiento... —comencé a hablar, pero el director me detuvo.

—¡Salgan los dos de aquí! Este es mi colegio y soy yo el que imparte la disciplina.

Ayudé al profesor a recoger sus gafas medio rotas y nos dirigimos a la salida. Al llegar al patio el hombre rompió a llorar.

—Dios mío no reconozco a este país. ¿Qué nos están haciendo esos nazis? —dijo el hombre con el rostro embadurnado de sangre y lágrimas.

—Lo lamento —le dije para intentar animarlo un poco.

—Mi hermana, que tiene la tienda de máquinas de coser, a partir de este mes debe poner en la fachada que se trata de una tienda judía. Nos están marcando como el ganado antes de sacrificarlo en el matadero. Nadie hace nada. La mayoría mira para otro lado, pero muchos se aprovechan de la situación para resucitar viejas querellas.

Caminamos por la calle y el profesor se quitó el pañuelo de la nariz. Ya no sangraba, pero tenía parte de la cara enrojecida por la sangre y los golpes.

—¿Se encuentra bien? ¿Quiere que lo acompañe a casa?

—No, pero tenga cuidado. Ya sabe que esos nazis y los fascistas franceses no pararán hasta terminar con cualquier tipo de resistencia. Los profesores, los escritores, los libreros y los bibliotecarios les molestamos. En el fondo nos temen, saben que podemos deshacer sus mentiras en cuestión de minutos.

—Seguro que esta pesadilla terminará pronto —comenté para animarlo.

—Me temo que no.

Pasamos al lado de la librería de Denis y me sorprendió ver todas las vidrieras rotas. Corrí hacia la puerta. Los libros estaban revueltos por el suelo, mezclados con los cristales.

—¿Denis, te encuentras bien? —grité. Después me dirigí a la parte trasera de la tienda, pero no había ni rastro de mi amigo. El profesor me siguió. Después salimos a la calle, pero Denis no aparecía por ninguna parte. Comencé a llorar. Los nazis se lo habían llevado, y supe que había sido el cerdo de Bauman. No se encontraba en la ciudad, pero sus tentáculos eran demasiado largos.

El profesor me acompañó hasta casa y se marchó. Parecíamos dos náufragos zarandeados por la más terrible de las tormentas, la de la intolerancia que sacudía nuestro amado país.

Mientras subía por las escaleras me encontré con von Choltiz. El alemán se paró frente a mí y se quitó la gorra de plato.

—Veo que se ha enterado. Las SS ordenaron la detención de su amigo esta mañana por venta de libros prohibidos. Al parecer, un topo le pidió unos ejemplares de Marx y él se los facilitó. Es un delito muy grave; se lo han llevado a Nantes.

Lo miré horrorizada.

—¿Puede hacer algo por él?

—No será fácil. Si quiere, podemos ir hasta allí e intentar solucionar todo esto. No le prometo nada, su amigo ha cometido un delito muy grave y yo no pertenezco a las SS. Bauman se quejó a mis superiores porque impedí que destruyera la biblioteca.

—Por favor —le supliqué ahogada por las lágrimas.

El hombre puso su mano derecha en mi hombro.

—Intentaré que lo trasladen a una prisión dirigida por el ejército y en unos días intentaremos ir a por él. Tengo que hablar con Berlín.

—Muchas gracias —dije mientras me abrazaba al oficial. Acababan de robarme a la única persona que me mantenía a flote. No tenía noticias de mi marido y no podía imaginar un golpe peor. El oficial se quedó rígido, me aparté y corrí escaleras arriba.

No sabía si todos tenemos un destino prefijado o simplemente flotamos en una nebulosa de incertidumbre. A veces pensaba que las dos cosas sucedían a la vez. Entré en mi casa, entré en la habitación y caí de rodillas rogando a Dios que protegiera a mi amigo. Estaba segura de que no podría soportar otro golpe más sin deshacerme en mil pedazos.

CAPÍTULO 17

DENIS

Camino a Nantes, 15 de septiembre de 1940

En ocasiones me pregunto por qué le envío estas cartas contándole mi vida. El detonante fue sin duda el viaje con von Choltiz a Nantes. Quería que usted, querido Marcel Zola, hiciera de esta minúscula e insignificante cosa a la que llamamos vida, una experiencia inmortal. No es que pretenda que mi anodina existencia traspase el tupido telón de los siglos, sino más bien que nadie olvide cómo son estos años grises y terribles. Sé que al entregarle el depósito de lo sucedido pierdo el control sobre lo que escriba, aunque usted también lo perderá un día, cuando publique esta historia y los lectores la hagan suya. No sé cómo me juzgarán esas personas. Sin duda entenderán que el amor es el único capaz de transformar lo prosaico hasta convertirlo en épico.

Von Choltiz me esperaba a primera hora de la mañana en la puerta de la biblioteca. No quería que me recogiera en mi casa para que los vecinos no pudieran pensar que había algo entre nosotros. Estaba nerviosa, como si estuviera a punto de acudir a una cita. No era tanto porque me gustara el alemán, como mi intento de agradarle para que me ayudase a liberar a Denis. Sabía que mi amigo no soportaría una prisión alemana por mucho tiempo.

Cuando llegué a la esquina, ya me esperaba sentado en un Mercedes descapotable. Tenía la gorra de plato en el asiento de atrás, con una maleta pequeña de cuero marrón desgastado.

—Buenos días, espero no llegar muy tarde.

—Llevo cinco minutos aquí —me contestó sonriente, mientras los hoyuelos de sus mejillas se acentuaban—. Le he dicho a mi comandante que usted es bibliotecaria y tiene que ayudarme a encontrar unos libros valiosos en la biblioteca de Nantes: tratados de teología y libros de filosofía del siglo xvii escritos por hugonotes. Deberemos ir allí antes de regresar mañana.

—¿Está seguro de qué es necesario pasar la noche en la ciudad? —le pregunté inquieta. Me lo había dicho la noche anterior, pero seguía sin estar convencida del todo.

—Son tres horas en coche, aunque las carreteras todavía están algo atascadas y hay muchos controles.

El alemán tomó mi maleta, me abrió la puerta y después corrió hacia la suya. Arrancó y el coche salió despedido por las calles estrechas. A aquellas horas no había demasiada gente caminando por las aceras, pero sí la suficiente para que me viera junto a un oficial nazi en su coche descapotable. Aunque la mayor parte de la gente colaboraba, todo el mundo criticaba a las mujeres que mantenían relaciones sentimentales con el enemigo. Muchas lo hacían para sobrevivir. Sin trabajo ni padres o esposos, la amistad con un alemán al menos les aseguraba algo que llevar a su casa. Ninguna de ellas podía ver a sus hijos o hermanos pequeños morirse de hambre sin hacer nada.

Salimos en dirección a Rennes. Llevaba meses dentro de

Saint-Malo, por lo que al principio tuve la sensación de que estaba haciendo una breve escapada con un amigo, evadiéndome de los últimos meses de temores y ansiedades.

Al principio viajamos en silencio, observando la campiña y mirando a aquel cielo azul adornado de nubes muy blancas y con formas extrañas. Pero a la media hora von Choltiz comenzó a hablar.

—Echo de menos Alemania. No creo que tarde demasiado en volver. Llegaremos a un acuerdo con Inglaterra y todo esto acabará —comentó sin dejar de mirar al frente.

—Entonces, ¿los alemanes dejarán Francia pronto? —le pregunté emocionada.

—No creo que sea algo inminente, pero no hemos venido para quedarnos. Mientras Francia cumpla nuestras condiciones, no hay razón para ocupar el país. El *Führer* ya ha dicho que lo único que desea es que le devuelvan las tierras habitadas por los arios durante siglos, una zona para repoblar en Polonia, un país antinatural que siempre ha pertenecido a Prusia. También nos quedaremos en Luxemburgo, Holanda y poco más; el resto de los países no nos importan. Esta guerra no la hemos comenzado nosotros —me explicó orgulloso.

Me sorprendió aquella afirmación. Todo el mundo sabía que los nazis habían atacado Polonia un año antes, a pesar de la advertencia de Francia y el Reino Unido.

—No estoy tan segura de que lo peor haya terminado. Tengo entendido que hay enfrentamientos en Egipto entre italianos e ingleses.

—Minucias. Lo importante es que tras los bombardeos en Inglaterra, el primer ministro no tardará demasiado en pedirnos el armisticio.

Fruncí el ceño. Toda aquella palabrería teutónica no era más que el eco de lo que cada día salía en los noticiarios de los cines o se escuchaba por la radio oficial.

—¿Cuándo regresarán nuestros hombres? —le pregunté inquieta. A pesar de las promesas que me habían hecho en París, continuaba sin saber nada de mi esposo.

—Eso puede tardar un poco, hasta que se firme la paz en todos los frentes. Lo siento por su marido.

Me molestó que lo mencionase. ¿Quién era él para hablar de Antoine?

—¿Denis está bien?

—Imagino que le deben haber golpeado en los interrogatorios, pero su delito es menor: venta de libros ilegales. De lo que estoy seguro es de que perderá la licencia y tendrá que cerrar la librería.

—¿Por qué los nazis le tienen tanto miedo a los libros? —le pregunté algo molesta.

Von Choltiz giró la cabeza por un instante, su rostro era una mezcla de perplejidad y enfado.

—Ya le he comentado en varias ocasiones que todos los alemanes no son iguales. Yo estudié Literatura y trabajé en varios archivos y bibliotecas. Tengo una formación francófona, adoro a su país, pero había algunas cosas que corregir. Francia y la civilización occidental estaban a punto de autodestruirse. Nuestro deseo es reconstruir el mundo, pero de una forma pura, sin la contaminante atmosfera que surgió tras la Gran Guerra y la crisis del 1929.

—No creo que el mundo que están construyendo sea mejor que el anterior. Seguramente la democracia tenga sus fallos, pero la dictadura del partido único conduce a la masa al pensamiento único. Sin libertad, el mundo se convierte en una pesadilla.

—¿Libertad? ¿Qué es la libertad? Nadie es libre. Todos somos prisioneros, prisioneros de la gente que nos rodea e incluso de nosotros mismos. La sociedad impone sus reglas. Tenemos que estudiar, casarnos, tener hijos y después jubilarnos, para luego ver a nuestros nietos. La única forma de libertad total estaría en medio de un bosque, alejado de la sociedad, pero ¿quién es capaz de tener una vida como ésa?

Respiré hondo. La mañana era perfecta. Los días calurosos del verano habían dado paso a un otoño templado. Al alejarme de Saint-Malo, tenía la sensación de que la guerra ya no existía, que mi propia vida había sido un mal sueño y que charlaba con un amigo camino de un viaje maravilloso. Nada más alejado de la realidad. Aquel hombre era mi enemigo, por mucho que se empeñara en agradarme.

—Son ustedes unos bárbaros.

—Puede que tenga razón. Los guerreros son los únicos capaces de construir un mundo nuevo. Todos los imperios se han edificado sobre la muerte y la destrucción, pero después se han sofisticado. Le pasó al Imperio Persa, a los macedonios, a los romanos, a los españoles que conquistaron medio mundo y hasta a los británicos, que ahora pueden parecernos muy civilizados pero que han esclavizado a medio mundo. Entonces, la gente como yo tendrá algo que decir. Adolf Hitler es un idealista. Quiere rehacer el mundo. ¿Cómo no lo entiende?

—Para eso ¿tienen que perseguir a los judíos y todos los que son diferentes? ¿Cuántas vidas más hay que sacrificar para que los alemanes construyan su nuevo imperio?

—Los franceses deberían saber que hay que saber amar la derrota; nosotros aprendimos de las nuestras. Son los fracasos los que nos ayudan a disfrutar las victorias.

Llegamos a Nantes a mediodía. Pasamos todos los controles sin problema. Dejamos el coche frente al hotel y, tras subir las maletas a la habitación, nos dirigimos a la cárcel. Von Choltiz me pidió que lo esperara en la puerta. Durante casi una hora me quedé cerca de la entrada, pero al final me senté en un café que había justo en frente; no quería levantar sospechas. Estaba tomando el segundo café cuando von Choltiz salió del edificio y se dirigió directamente hasta mi mesa. No hizo falta que pronunciase ni una sola palabra.

—Me temo que Bauman se nos ha adelantado. Ayer lo llevaron al Campo de Dachau.

—¿Un campo de concentración? ¡Dios mío!

Todos habíamos escuchado de los campos abiertos por toda Alemania tras la victoria nazi.

—¿Lo han llevado allí por vender libros? —le pregunté indignada.

—No, lo cierto es que Bauman lo acusó de pertenecer a la Resistencia. Además, ha dado también tu nombre, pero he logrado que desestimen el caso, por eso he tardado tanto. He tenido que dar mi palabra de que no tenías nada que ver con algún grupo de rebeldes. ¿Verdad?

—Es usted como ellos. No se diferencia en nada. Puede que se crea mejor, menos salvaje que esas hordas nazis, pero eso realmente lo convierte en alguien mucho peor —le dije poniéndome en pie y golpeándolo con los puños en su pecho. El hombre terminó por sujetarme las manos. Me miró con los ojos apagados, como si por primera vez en años contemplara el mundo tal y como era. Aquella verdad le desgarró el alma, ya no podía seguir engañándose.

Me fui al hotel, subí a la habitación y me derrumbé en la cama. Sabía que jamás volvería a ver a Denis. La guerra me había robado a Antoine, después a mis amados libros y ahora al amigo más fiel que había tenido jamás. Aquella misma tarde comencé a escribirle mis cartas. Aún no sabía cómo se las haría llegar, pero estaba convencida de que sería capaz de transmitir lo que yo no podía. Ser escritor, en el fondo, consiste en ser capaz de sentir las cosas de una forma más profunda que el resto del mundo y saber transmitirlo, logrando que los lectores vean la realidad de una forma que no han visto nunca antes.

CAPÍTULO 18

LOS AMIGOS DE PARÍS

Saint-Malo, 2 de octubre de 1940

DURANTE DOS SEMANAS APENAS PUDE SEPARARME de las cuartillas en las que rellenaba todo lo que me había sucedido hasta ese momento. Me levantaba temprano y comenzaba a escribir, apenas comía y muchas veces mi escritura precipitada se emborronaba con las lágrimas. Durante mi existencia había pasado momentos muy difíciles. Parecía que la vida no quería darme tregua. Antes siempre pensaba que la gente en el fondo era buena y que el mundo poco a poco iría a mejor. Desde aquel momento comprendí que no podía confiar en nadie, que ya no me quedaba esperanza y que la existencia no tenía ningún sentido. Poco a poco mis palabras, aquellas cuartillas emborronadas, dejaron de ser eso, simplemente letras y signos, para convertirse en voces que desde el pasado deseaban arrancar a todo el mundo de su sueño y despertarlos.

Bauman apareció a primeros días de octubre y volvió a ocupar una habitación en mi casa. A pesar de que intentaba esquivarlo, parecía vigilarme cada mañana para cruzarse conmigo antes de que me marchase al trabajo.

—Señora Ferrec, es un placer volver a verla. Su semblante está más triste que la última vez que la vi, ya no parece la mujer desafiante dispuesta a morir por sus ideas —dijo mientras se ponía en la entrada de la cocina impidiéndome el paso.

—No entiende a las mujeres, teniente Bauman. Nosotras no nos movemos por ideales, eso es algo banal, el juego al que siempre han jugado los hombres. Nosotras estamos gobernadas por algo más profundo, lo que realmente mueve el mundo: los afectos. Eso usted no lo entenderá jamás. Somos capaces de soportar mejor el dolor que los hombres, nos sacrificamos por las personas que amamos, damos nuestra propia vida por nuestros hijos, pero nada de eso lo mueven nuestros ideales. El verdadero motor es el amor.

El hombre comenzó a reírse a carcajadas.

—¿Acaso hay algo más débil y fútil que el amor? Yo he logrado después de una sesión de tortura que un hijo matase a su propia madre. ¿Dónde estaba su amor?

Comencé a temblar al escuchar sus palabras.

—Su querido amigo gritó como un loco su nombre acusándola de pertenecer a la Resistencia. Me gustaría detenerla. En unas horas sería usted capaz de hacer todo lo que yo le pidiese, pero tiene un amigo poderoso. Cuando se marche, y no será dentro de mucho tiempo, estará completamente a mi merced.

Intenté salir pero el hombre me rodeó con un brazo y me comenzó a apretar.

—Me gusta más cazar a la presa que devorarla. Aunque me lleve media vida, terminará en mis garras —susurró al lado de mi cara con sus labios babeantes. Después me soltó tan bruscamente que casi perdí el equilibrio.

Salí a toda prisa. Afortunadamente tenía mis cartas guardadas en le biblioteca, fuera de su alcance. No quería ni pensar qué sucedería si llegaba a leerlas.

Era una mañana muy fría. Llovía intensamente y el agua traspasaba mi abrigo. Había olvidado mi paraguas en la entrada, y para cuando llegué a la puerta de la biblioteca me encontraba calada hasta los huesos. Temí una recaída en mi enfermedad, pero no sé si era la furia o el odio que sentía hacia aquel hombre lo que me fortalecía y animaba. Me encontré a la puerta al chico que unos meses antes había estado consultando libros sobre dibujo.

—Señora Ferrec, un gusto volver a verla.

Aún me encontraba demasiado azorada para contestarle. Me limité a abrir la puerta y dejarlo entrar. Me quité el abrigo empapado, lo coloqué en uno de los radiadores y me dirigí a mi mesa. El chico se fue directamente a la sección de dibujo y tardó un buen rato en aparecer.

—Señora Ferrec…

—Puedes llamarme Jocelyn. Perdona que antes no te contestara, pero he tenido una mala mañana.

—Lo entiendo, hace un día de perros. Yo vengo en bicicleta desde Saint-Servan.

Entonces me fijé que estaba completamente calado.

—Dame el abrigo y acércate a ese radiador, puedes coger una pulmonía.

El joven sonrió y me dio su abrigo verde. Después se pegó al radiador; estaba temblando.

—Espero que no te enfermes.

—No se preocupe, señora... perdón, Jocelyn, estoy acostumbrado al frío y la lluvia. Soy un *éclaireur*, muchas veces acampamos hasta con nieve. Este fin de semana tengo que ir a París a una reunión del comité.

—¿Tienes que viajar a París?

—Sí, voy casi una vez al mes. Tomo el tren de Rennes, y desde allí a París es poco tiempo.

—¿No te ponen problemas los alemanes? —le pregunté intrigada.

—No, jamás. Llevo puesto mi uniforme y tengo permiso para viajar.

Mi corazón dio un vuelco de repente. Aquel joven podía ayudarme a enviarle mis cartas.

—¿Harías algo por mí? Pero sería un secreto entre nosotros.

El chico sonrió. Su cara infantil y su pelo rubio le hacían parecer casi angelical.

—Lo que necesite.

—Es simplemente llevar unas cartas. La primera a un escritor llamado Marcel Zola y la otra a una amiga que es bibliotecaria que se llama Yvonne Oddon.

El chico asintió con la cabeza.

—Será un placer, Jocelyn.

Le pedí que esperase un rato. Guardé en un sobre las cartas que ya le había escrito y en otro una nota para Yvonne. Después de lo sucedido a mi amigo y ante las amenazas del teniente Bauman, mi vida estaba en peligro. Debía actuar y unirme a la Resistencia.

Pierre tomó los dos pequeños paquetes y un libro que quería leer, los escondió debajo del abrigo y salió a la calle. Seguía lloviendo copiosamente cuando lo vi desaparecer entre la cortina de agua.

Me senté en el escritorio y, por primera vez en mucho tiempo, esbocé una pequeña sonrisa. Apenas estaba saboreando aquel momento de paz, cuando la puerta se abrió de nuevo. Era la señora Remarque, una de mis vecinas.

—Marie, un placer verla por aquí.

La mujer no era muy asidua a la biblioteca. Con una familia muy extensa y su marido retenido como el mío, pasaba todo el día buscando qué dar de comer a sus hijos.

La señora Remarque se paró frente a mí. Llevaba mucho tiempo sin verla; había envejecido prematuramente en aquellos meses, como si la vida hubiera caído sobre ella de repente.

—Señora Ferrec, vengo a usted desesperada, no sé a quién acudir.

—Usted me dirá, por favor tome asiento, le haré un poco de té caliente.

Me levanté y se lo preparé. Después me senté a su lado. Nuestras tazas humeantes nos velaban en parte la cara.

—Ya sabe que mi esposo, al igual que el suyo, continúa preso de los alemanes.

—Para nuestra desgracia —le aseguré.

—Mi hijo pequeño se encuentra muy débil, lleva meses sin beber leche y apenas come un poco de pan y mantequilla cada día. En el colegio le ofrecen una comida, pero desde ayer ha caído enfermo. Tiene mucha fiebre, pero no tengo dinero para las medicinas y temo que muy pronto el resto de sus hermanos se contagiarán. No le pediría nada si no fuera…

—Es muy difícil conseguir medicinas. Cada vez escasean más cosas y muchos tienen miedo a lo que suceda este invierno. Los alemanes se lo están llevando todo, pero ¿no está viviendo el teniente Hermann von Choltiz en su piso?

—Lo estaba hasta hace unos días y gracias a las raciones que traía sobrevivíamos. Pero al volver de Nantes comenzó a decir que quería regresar a Alemania y que estaba esperando nuevo destino. Mientras tanto se ha ido al cuartel que los alemanes tienen en la ciudad.

Aquellas palabras me dejaron helada. Sabía exactamente por qué el oficial había tomado la decisión. Sin darme cuenta, mi pelea con von Choltiz había perjudicado a una familia entera. En el viaje de vuelta de Nantes no cruzamos ni una sola palabra. Ahora me daba cuenta de que tal vez había sido demasiado injusta con él. Von Choltiz únicamente había tratado de ayudarme.

—¿Qué puedo hacer yo?

—Todo el mundo sabe que es amiga del teniente, tal vez si hablara con él.

—No somos amigos —le contesté asustada. No era consciente hasta ese momento de los rumores que circulaban sobre mí en la ciudad.

—Bueno, no sé qué relación tienen ni la juzgo, pero mis pobres hijos…

Me quedé sin palabras. Mi primera reacción habría sido pedirle que se marchara, pero su rostro se encontraba tan triste y demacrado. Coloqué mi mano derecha sobre las suyas huesudas y secas de tanto fregar suelos y le prometí que iría a hablar con von Choltiz.

Aquella misma tarde me dirigí hasta el cuartel alemán. No estaba segura de que von Choltiz quisiera verme, pero al menos debía intentarlo. Uno de los guardas me hizo esperar y después me llevó hasta un cuarto con las paredes pintadas de blanco. El oficial alemán no tardó en aparecer.

—Jocelyn, era la última persona que esperaba ver.

Su recibimiento fue muy frío, pero alargué la mano y él me la estrechó con suavidad.

—Vengo a pedirle un favor, me han dicho que se marcha.

Sabía lo que eso suponía para la familia Remarque, pero también para mí misma. Sin su protección, el teniente Bauman tendría vía libre para hacerme lo que quisiera y, lo que me preocupaba aún más, destruiría por completo la biblioteca.

—No pensé que eso le importara en lo más mínimo. No se preocupe por sus libros, en un informe he dicho que no hay nada de interés para Alemania.

Aquellas palabras me sorprendieron.

—Gracias —le dije confusa.

—Imagino que era eso lo que le preocupaba. He pedido el traslado a la Biblioteca Nacional de Berlín, espero irme muy pronto.

—No puede marcharse —dije sin darme cuenta de que aquellas palabras se escapaban de mis labios.

Von Choltiz me miró sorprendido y se sentó a mi lado.

—¿Por qué no puedo marcharme?

—La familia Remarque ha quedado desprotegida. Marie no tiene ni medicinas para su hijo enfermo.

—¿Ha venido a verme por eso? Pediré a los encargados de racionamiento que le entreguen más comida y un médico irá a ver al niño —comentó decepcionado.

Me quedé observando sus grandes ojos verdes. Me sentía tan sola y desvalida.

—No es sólo por eso —le contesté.

—Teme que el teniente Bauman le haga algo tras mi partida. Ante eso no puedo hacer demasiado, será mejor que se traslade a París e intente pasar desapercibida. El teniente terminará olvidándose de usted, puedo arreglar un pase para que le permitan ir a la ciudad.

Por un momento me sentí tentada a aceptar. Escapar era lo más sencillo, pero ¿cómo me encontraría Antoine si regresaba de

Alemania? ¿Qué le sucedería a la biblioteca en mi ausencia? Además, había aprendido a amar a Saint-Malo, mi corazón se encontraba entre aquellos muros, era el único lugar en el que había sido feliz alguna vez.

—No puedo dejar Saint-Malo. La biblioteca es mi vida, no me queda nada —dije comenzando a llorar. No me había atrevido a pronunciar aquellas palabras hasta ese momento. Mi corazón se rompía en mil pedazos; la tristeza me devoraba como la enfermedad lo había hecho un año antes. Me sentía tan confusa. ¿Seguía amando a Antoine? Tal vez estuviera muerto, apenas me quedaban esperanzas. Dudé por un momento si anhelaba a mi marido o únicamente la sensación de amar. Siempre había estado sola, sin saberlo había sido la única cosa que me mantenía con vida.

Von Choltiz me cogió por los hombros y me miró muy de cerca, casi como si nuestras pupilas se reflejaran una en otra.

—La amo, Jocelyn. Me enamoré el primer día que la vi en aquel callejón. La amé cuando se mostró tan valiente, dispuesta a morir por esos libros. Cuando ya ninguno de nosotros esté aquí, vendrán otros a ocupar nuestro lugar. Nuevos escritores compondrán historias, buscarán la fama y la fortuna, pero tras ellos otros los seguirán. ¿Qué queda después de amar?

Di un largo suspiro y me puse en pie, temblaba y noté cómo las lágrimas recorrían mis mejillas ruborizadas.

—No lo sé, todavía amo a mi marido.

Salí del cuartel mareada, caminé bajo la lluvia que se mezclaba con mis lágrimas y subí a la muralla. Miré el mar que golpeaba con fuerza hasta salpicarme. Mis lágrimas se mezclaron con la sal de aquel océano eterno al que no le importaba nuestra frágil existencia. Entonces, cuando más confusa me sentía, recibí tres cartas. Dos de ellas venían de París y otra de Alemania.

CAPÍTULO 19

TRES CARTAS

Saint-Malo, 6 de octubre de 1940

APENAS DORMÍ AQUELLA NOCHE NI LAS siguientes. El otoño comenzó a devorar la vida, tiñendo todo de sus colores rojizos y marrones. Después de aquel día con von Choltiz estaba confusa. Sentía algo hacia él, aunque no podía calificarlo de amor. Comencé a caer en una pequeña depresión; la ciudad cada vez era más triste. Los niños ya no jugaban en las calles ni corrían con sus bicicletas mientras los ancianos les maldecían por su osadía. La gente no confiaba en nadie, tu vecino podía venderte al enemigo por un par de marcos o para quedarse con tu casa o tus tierras. Las nubes grises y las nieblas encerraban a los habitantes de Saint-Malo en sus casas hasta la primavera, pero sobre todo la ocupación había terminado con el sentido de comunidad y el orgullo de ser franceses. Era mejor ser cobarde y estar vivo que convertirse en un héroe muerto.

Me dirigí a la biblioteca a la mañana siguiente mirando a mis espaldas. Temía que Bauman me siguiera. Aquella noche había soñado con él. Había sido una pesadilla terrible: el nazi me encerraba en una celda y me torturaba y, justo antes de morir, von Choltiz me lograba rescatar de sus garras. Me desperté sobresaltada, casi más asqueada de poder ver en von Choltiz a la persona que podía salvarme de aquella bestia, mientras que cada vez me costaba más recordar el rostro de mi esposo.

En la puerta de la biblioteca me esperaba Pierre. Su sonrisa me hizo recuperar un poco la calma. Abrí la puerta y, en cuanto colgué el abrigo, el joven dejó dos cartas sobre la mesa.

—Hice lo que me pidió. Esperan respuesta. Si lo necesita puedo llevarla la semana que viene.

—Muchas gracias. Les contestaré lo antes posible.

Después dejó sobre la mesa el libro de dibujo y se fue a buscar otro.

Primero abrí la carta de Yvonne. Enseguida reconocí su letra. Nos habíamos escrito durante algunos años, cuando yo todavía estudiaba y ella estaba formándose en los Estados Unidos:

Querida Jocelyn:

Me alegra mucho que hayas dado este paso trascendental. Es el momento de hacer algo, no podemos quedarnos cruzados de brazos. El mundo necesita héroes y puede que nosotras no estemos hechas de esa madera, pero los verdaderos héroes son siempre personas de carne y hueso como nosotras que deciden pasar a la acción.

Dentro de poco te enviaré algunos ejemplares del periódico *La Résistance*. Espero que puedas distribuirlo entre las personas adecuadas y participes con algún artículo. Siempre quisiste escribir y esta es tu oportunidad. La literatura es un arma contra el mal.

El chico que nos ha traído tu carta será nuestro enlace.

Todavía no estamos muy organizados, pero ya no hay marcha atrás. Es mejor dar la vida por la libertad que vivir de rodillas.

Espero que como Marie Durand, la mujer que resistió en la torre de Constance durante treinta y ocho años sin negar su fe, nosotras luchemos hasta nuestro último aliento.

Tu amiga y amante de los libros,
Yvonne

P.D.: Por favor, destruye esta carta. A partir de ahora utilizaremos nombres falsos por seguridad.

Dejé la carta sobre la mesa, tomé unas cerillas y la quemé de inmediato y dejé caer sus cenizas en la papelera metálica. Entonces tomé la segunda carta.

Querida Jocelyn:

Los escritores estamos acostumbrados a escuchar historias. En cierto sentido, son el fuego que alimenta nuestra alma. Sin embargo, sus cartas me han conmovido profundamente. Dicen que hay un paraíso de los escritores, un lugar mágico en el que podemos reescribir la triste historia del mundo. Nosotros tenemos en nuestra pluma la vida y la muerte de nuestros personajes, pero no podemos hacer nada contra la realidad.

Nunca había encontrado una historia de amor tan profundamente dolorosa y al mismo tiempo tan placentera. ¿Acaso nos queda algo más que el amor en estos tiempos que corren?

No me siento digno de escribir su historia. Estoy acostumbrado a cambiar el destino de mis personajes en un abrir y cerrar de ojos, pero su vida, estos años de lucha y sufrimiento, son sin duda, como diría el eterno Balzac, el poder de la comedia humana. Creo que su historia retrata mejor que ninguna otra nuestra época.

Será un honor escribir su vida, aunque me tiemble el pulso ante este proyecto. Cada vez que un escritor lanza un nuevo libro al mundo se arriesga a ser amado y odiado por igual, aunque nadie piensa que en el fondo es un verdadero acto de generosidad. Los escritores exponemos nuestra alma en cada línea que escribimos, pero en este caso será usted la que quedará expuesta. Muchos la juzgarán y no entenderán sus decisiones. ¿Quién puede entrar en el alma de otra persona y entender sus actos?

Desde hoy me encuentro en deuda con usted. Nosotros únicamente podemos reflejar la realidad, pero es usted la que la construye día a día con su propia sangre.

Un afectuoso saludo de su gran admirador,
Marcel Zola

Tras la segunda carta me quedé sin aliento. Estuve tentada a quemarla como la otra. ¿Quién era yo para que alguien escribiera mi historia? Pero, sobre todo, ¿qué pensarían de mi los que la leyeran? ¿Entenderían lo que hice? ¿Sabrían interpretar mi corazón?

Pierre regresó con su libro de arte debajo del brazo. Lo dejó sobre la mesa y me preguntó curioso.

—¿Es lo que esperaba?

—Imagino que sí —le contesté mientras hacía la ficha del libro.

—Me he sentido como un espía— me confesó.

—Ten cuidado. La vida no es como el cine, las cosas que suceden son reales y no tienen remedio.

—No se preocupe, seré muy cuidadoso, además, los adultos nunca se fijan en nosotros. Piensan que nos movemos en un mundo paralelo al suyo.

Pierre tomó el gordo volumen y se marchó después de despedirse. Guardé su carta y me quedé un rato meditando. Antes de ir a por mi abrigo para ir a casa de Céline a comer algo, el cartero entró a la biblioteca.

—Tengo una carta para usted, señora Ferrec. Es de Alemania, espero que sean buenas noticias.

Me dio un vuelco el corazón. Observé el sobre. Estaba escrito a máquina. Me temblaron las manos mientras lo cogía y comenzaba a abrirlo. A veces es mejor no enfrentarse a la vida, dejar que la incertidumbre termine por ahogar los sentimientos y convertirnos en autómatas que se limitan a sobrevivir. Respiré hondo y rasgue el sobre mientras la carta de papel fino casi transparente se escapaba de su prisión. Puse la mente en blanco y me limité a dejar que el destino tomara de nuevo las riendas, aunque en el fondo sabía que nunca las había soltado del todo.

Segunda parte

EN LA SALUD
Y EN LA ENFERMEDAD

CAPÍTULO 20

AMOR ENFERMO

Rennes, 11 de noviembre de 1940

LA ESPERA SE ME HIZO INSOPORTABLE. La carta de Alemania me informaba la pronta liberación de Antoine por razones humanitarias y de salud, pero los trámites de repatriación fueron lentos y largos. Una carta de París me informó que un tren traería a mi esposo a primera hora de la mañana del 11 de noviembre.

En las últimas semanas había intentado evitar a Hermann, sobre todo después de lo sucedido y de la atracción que parecía entre nosotros. No quería que me mal interpretase. Era consciente de que necesitaba su protección y que en algún momento me había sentido atraída hacia él, pero amaba a mi esposo.

Las cosas en casa iban de mal en peor. El teniente Bauman me acosaba y, aunque la mayoría de las veces intentaba darle esquinazo, no sabía cómo mi marido reaccionaría a sus insinuaciones y amenazas.

Esperé impaciente en el andén. El tren llegaba con retraso, nada funcionaba bien en la Francia ocupada; los alemanes y sus intereses tenían prioridad absoluta, aunque eso supusiera un gran sufrimiento para la población. Únicamente un pequeño grupo de colaboracionistas prosperaba a costa de las privaciones de la mayoría.

Escuché el bufido del tren y vi cómo se acercaba. Una columna de humo subía al cielo gris y plomizo mientras el sonido crecía poco a poco hasta hacerse casi insoportable.

Miré cada ventana que pasaba ante mis ojos. Temía que Antoine estuviera muy cambiado o que no hubiera podido viajar en su precario estado de salud. No lo vi. Esperé impaciente en el andén, con los nervios a flor de piel y cuando ya estaba comenzando a desesperarme un hombre mayor bajó del último vagón y caminó fatigoso bajo la lluvia que comenzaba a caer despacio. Tuve que observarlo un buen rato antes de reconocerlo. Su pelo se había vuelto gris y estaba muy delgado, los ojos hundidos y una profunda expresión de tristeza que pareció transformarse en emoción al verme. Apenas habíamos estado un año separados, pero parecía una eternidad.

Abrió los brazos, soltó la maleta y corrí hacía él. Nos abrazamos entre lágrimas, dejando que el tiempo pasara, intentando atrapar aquel instante para recuperar los días robados por aquella guerra absurda. Había pasado tanto miedo, yo que siempre me había sentido fuerte y capaz de enfrentarme a todo. No me interesaban las palabras, cuando el amor nos inunda, ya nada importa a nuestro alrededor.

—¡Cuánto te he echado de menos! —me dijo atrapando mis mejillas con sus manos huesudas y llenas de cicatrices. La guerra parecía haberle robado la salud y la juventud tan rápidamente como a mí la paz y la felicidad. Desde que nos casamos todo habían sido malas noticias, desgracias y dolor, pero eso ya no importaba, estábamos juntos por fin.

Salimos de la estación abrazados, como si nada pudiera separarnos de nuevo. Había usado el coche de Denis. Me angustiaba la idea de tener que contarle todo lo que le había sucedido a nuestro amigo.

Antoine puso su maleta en la parte de atrás y se animó a conducir.

—Me hará bien, tendré por fin la sensación de ser libre. Los alemanes me han llevado hasta el tren de París escoltado. Ha sido un viaje terrible.

Acaricié su pelo encanecido. Necesitaba tocarlo, saber que era real y no un fantasma creado por mi mente. Apenas salimos de la estación y nos encaminamos hacia Saint-Malo nos detuvo una patrulla de la gendarmería.

—Por favor, papeles —dijo un policía con un bigote negro y semblante inexpresivo.

—¿Qué sucede? Soy policía en Saint-Malo.

El gendarme pareció mostrarse más amigable tras escuchar a mi esposo.

—Unos jóvenes han puesto una bandera tricolor en la torre de la catedral de Nantes y la población de la ciudad ha comenzado a cantar «La Marsellesa». Las autoridades alemanas han tenido que intervenir y se han producido disturbios.

—Claro, hoy es 11 de noviembre —dijo mi esposo. Aquel día era el aniversario del armisticio de 1918. La población celebraba la victoria sobre los alemanes.

—Viajen con precaución y sepárense de cualquier concentración o tumulto.

Seguimos nuestro camino. Salimos de Rennes y vimos la campiña adormecida por el frío y la proximidad del invierno.

—Me hubiera gustado venir en primavera —comentó Antoine.

Apoyé mi cabeza en su hombro.

—En Alemania siempre hace frío. Hemos pasado mucha hambre, nos obligaban a trabajar de sol a sol. Pensé que jamás regresaría... estaba herido y no me recuperaba, después caí enfermo.

—Olvídate de todo eso, ya estás a salvo.

—¿A salvo? Me fui a la guerra para luchar por nuestra libertad y ahora los nazis dominan Francia.

—Tendrás que adaptarte. Es mejor que pasemos desapercibidos, los alemanes no molestan a los que no se meten en problemas.

Antoine frunció el ceño. No podía creer lo que estaba escuchando.

—Me extraña que alguien como tú se limite a obedecer órdenes. Creo que tienes mucho que contarme. No omitas nada, prefiero saber lo que ha pasado.

Mi marido y yo jamás habíamos guardado secretos, pero era consciente que para su seguridad debía ocultar algunos detalles, sobre todo de lo sucedido con Hermann.

—¿Dónde está Denis? Me ha extrañado que no te acompañara.

Incliné la cabeza. Esperaba poder prepararlo antes de contarle lo sucedido, pero la vida normalmente no nos da tregua. Tragué saliva para ahogar las lágrimas y él intuyó lo que había sucedido.

—Lo detuvieron los nazis. Las SS le acusaron de vender libros ilegales. Normalmente es una falta leve, pero un teniente llamado Bauman consiguió que lo llevaran a un campo de concentración en Dachau, Alemania.

Antoine apartó la mirada de la carretera por un momento.

—¡Dios mío! Dachau es un campo mucho peor que en el en que yo he estado. Lo construyeron los nazis para encerrar a los disidentes políticos, pero ahora hay muchos judíos.

—Tal vez lo suelten pronto, como a ti.

Antoine comenzó a llorar, las lágrimas recorrían su piel pálida y terminaban en el cuello de su camisa raída y sucia. Denis y él se conocían desde niños, llevaban toda la vida juntos.

—¿Cuándo se terminará esta pesadilla?

Lo abracé, porque a veces un abrazo es capaz de sanar un corazón enfermo. Entramos en Saint-Malo y su rostro se iluminó de nuevo. Amaba su ciudad, y al verla sintió que todo podía ser como antes, aunque era consciente de que se engañaba.

Aparcamos el coche en la plaza cercana y caminamos despacio hasta casa. Entonces pasamos junto al monumento a los caídos durante la Gran Guerra. Normalmente, en aquella fecha dejaba flores en el sencillo recordatoria para honrar a sus muertos. Nadie se había atrevido a hacerlo ese año. La gente pasaba deprisa para intentar escapar de su cobardía. Unos chicos se aproximaron al monumento y la policía los increpó para que se alejaran. Antoine se acercó a los policías, sus antiguos compañeros.

—Antoine, que alegría verte —le comentó el más viejo de los dos.

—¿Qué sucede?

—Nos han ordenado que nadie deje flores sobre el monumento o se atreva a conmemorar la victoria de la Gran Guerra. No podemos provocar a los alemanes.

Mientras mi esposo hablaba con sus compañeros, una niña de unos once años se acercó hasta el obelisco. En las manos llevaba un ramo de flores. Los dos policías se quedaron petrificados y la gente comenzó a pararse y a observar emocionada a la niña. Con aquel pequeño gesto había salvado la dignidad de nuestro país.

Entonces apareció un grupo de alemanes armados. Comenzaron a empujar y patear a los transeúntes que se habían parado frente al monumento y habían comenzado a cantar «La Marsellesa».

Antoine miró a sus compañeros. Los policías se quedaron paralizados por un momento, pero después ayudaron a los nazis a desalojar la plaza. La mirada de mi esposo no podía ser más expresiva. Ya sabía lo que había sucedido en su amada Saint-Malo mientras se encontraba fuera; el mundo ya no era el mismo.

CAPÍTULO 21

ENCUENTRO

Saint-Malo, 23 de diciembre de 1940

DURANTE LAS SEMANAS SIGUIENTES, ANTOINE ESTUVO en casa. Apenas salía, se encontraba agotado y parecía que la realidad lo hacía sumergirse en los libros y aislarse por completo. Mientras yo estaba en la biblioteca, él se pasaba las horas muertas en la terraza acristalada contemplando cómo el océano golpeaba con fuerza los muros de la ciudad. El teniente Bauman pasó unas semanas en Berlín, lo que al menos nos permitió una tregua y la posibilidad de que mi marido se adaptara a la nueva realidad. Sus pulmones empeoraban cada vez más y no parecía responder bien a la medicina, aunque yo lo achacaba también a su poco ánimo. Parecía como si le faltaran las ganas de vivir. No mencionaba mucho de lo que había vivido en la guerra ni tampoco durante el tiempo de internamiento.

Hermann comenzó a venir por las mañanas a la biblioteca. Al principio casi no cruzábamos palabra. Se dirigía normalmente a

Céline o me pasaba la ficha del libro que se llevaba para que la firmase, pero poco a poco comenzamos a recuperar el contacto.

—¿Cómo se encuentra tu marido? —me preguntó unos días antes de Navidad. La ciudad permanecía apagada; apenas el ayuntamiento se había atrevido a poner adornos. La gente no entendía por qué los alemanes continuaban en el país. Nadie asumía que habían venido para quedarse. La mayor parte de la ciudad los odiaba y evitaba, pero no había apenas actos de resistencia, a pesar de que escaseaba casi todo y las cartillas de racionamiento no alcanzaban para lo más básico.

—No se encuentra bien, está muy enfermo de los pulmones. Hay días que apenas puede moverse de la cama —le expliqué algo nerviosa. Siempre que hablábamos lo hacíamos de literatura e historia.

—Lo lamento. Esta guerra está terminando con todos nosotros. Veo a mis compañeros fatigados. Al principio se tomaron lo de servir en Francia como un privilegio, unas largas vacaciones, pero todos quieren regresar a casa y más en estas fechas. Además, ha habido varios atentados, ya no se sienten seguros.

Pensé que si lo que intentaba era darme pena, la suerte de sus compatriotas me importaba un bledo. Nosotros habíamos perdido mucho. La felicidad siempre era más efímera que la desgracia. Aquella Navidad sería de las más tristes que había vivido jamás. Eso que, tras la muerte de mis padres, me había prometido no celebrarla otra vez.

—¿Cuándo se marcharán de aquí tus compañeros? —le pregunté, aunque dudaba que supiera qué responder.

—Imagino que pronto. Corren rumores de que Hitler quiere invadir la Unión Soviética, pero primero tiene que solucionar los desaguisados de los italianos en el norte de África y Grecia.

Aquellas palabras me desalentaron. Siempre había pensado que la guerra terminaría en breve y todo sería de nuevo como antes.

—Quería decirte algo —comentó mientras miraba de reojo a Céline que no nos perdía de vista.

—Vamos a la otra planta —le indiqué.

Subimos a la segunda planta y nos sentamos frente a la ventana. Miré los estantes cerrados con llave donde guardábamos las obras más valiosas, aquéllas mismas que Hermann había querido llevarse al principio.

—No te preocupes, creo que están mejor aquí —me comentó como si estuviera leyéndome el pensamiento.

—¿Qué es eso tan importante que querías decirme?

El alemán me miró a los ojos; aparté la vista por unos instantes.

—Sé que eres una mujer casada y lo respeto, pero tal vez dentro de poco tenga que marcharme y no quiero hacerlo sin que sepas lo que siento por ti.

—A veces nos enamoramos más de la idea que tenemos de una persona que de ella —le contesté.

—No, te conozco bien. Adoro tu valor, tu energía, tu inteligencia. Si no hubiera habido esta guerra y te hubiera conocido en otras circunstancias, estoy convencido de que habrías sido el amor de mi vida.

—Lo siento por ti, yo ya tengo al amor de mi vida. Puede que esté destrozado por dentro y por fuera, que parezca una sombra de lo que fue, pero amar es mucho más que un sentimiento, es una decisión.

—Lo entiendo y por eso te amo más —dijo acercando su mano a mi pelo suelto.

Me aparté. No quería que se atreviera tocarme. Aun estar sentados solos me hacía sentir culpable.

—Ojalá tuviéramos varias vidas, te amaría hasta el final —dijo mientras se ponía en pie.

Dejó un sobre encima de la mesa.

—El comandante ha invitado a todos los policías a la fiesta de Navidad, será mañana por la noche —me dijo sin mirarme a los ojos.

—No creo que vayamos —le contesté.

—Lo tomarían como un desprecio. Estarán todos los miembros del gobierno municipal, la policía y tú eres la bibliotecaria y tu esposo uno de los oficiales de policía.

—Ya veré lo que hago.

—No puedo protegerte si no me ayudas.

—Está bien.

—Siempre estarás en mi corazón —dijo mientras se ponía en pie.

Me dejó allí sentada, con el sobre cerrado sobre la mesa. Me sentía tan confusa. Cerré los ojos y me eché a llorar, pidiendo a Dios que todo volviera a ser como antes. Añoré los días felices, las mañanas luminosas en las que Antoine y yo caminábamos de la mano para comer en algún restaurante cerca del puerto, las tardes sentados leyendo con el océano de fondo, sus cuidados mientras me encontraba enferma. Ahora todo parecía confuso y doloroso. Recordar siempre es fácil, pero el amor nos impide olvidarnos de que una vez hemos amado y soñado con vivir eternamente al lado de la persona amada.

CAPÍTULO 22

EL PEQUEÑO ESPÍA

Saint-Malo, 24 de diciembre de 1940

CUANDO LE COMENTÉ A ANTOINE QUE debíamos ir a la fiesta organizada por los nazis, casi le da un síncope. Finalmente, sin embargo, aceptó acompañarme. Desde su regreso había evitado a todo el mundo. No había querido ver ni a sus compañeros ni amigos, tan solo a su anciana madre y su tío, que vivían a las afueras de la ciudad. Le saqué su esmoquin y yo saqué mi mejor traje del armario: un precioso vestido de raso de color verde, con guantes altos y zapatos a juego. Me encerré en el baño y me pasé buena parte de la tarde acicalándome. Después fui a la cómoda y me puse las joyas que mi marido me había regalado desde que nos conocíamos y que jamás llevaba. Lo encontré sentado en el salón y me acerqué hasta él. Le quedaba muy bien el traje; aunque había adelgazado mucho, siempre había tenido buen porte.

—Estás bellísima —dijo mientras se le iluminaban los ojos. Por primera vez desde su regreso, su semblante brillaba de nuevo.

Me abrazó por la cintura y estuvimos unos minutos así, soñando con la terminación de la guerra y el fin de ese largo paréntesis en nuestra vida.

—Tenemos que marcharnos.

No podíamos besarnos. Antoine temía que pudiera pegarme de nuevo la enfermedad.

Bajamos por las escaleras y en el rellano vimos a la señora Fave.

—Es un placer volver a verlo, señor Ferrec.

—Lo mismo digo —comentó mi marido mientras bajábamos de la mano.

—Veo que van a una fiesta. En los tiempos que corren, no muchos pueden permitirse esos lujos, pero mientras usted se encontraba fuera su esposa ha hecho muy buenos contactos con los alemanes.

Miré fríamente a la mujer. Ésta me devolvió la mirada y sonrió.

—Feliz Navidad —dijo antes de abrir su puerta y escabullirse dentro de la casa.

Mi marido me observó algo confuso, pero se limitó a seguir bajando las escaleras. Subimos al coche y recorrimos los pocos kilómetros que nos separaban de la residencia del comandante, una antigua mansión a las afueras de Saint-Malo. Era tarde, pero teníamos un pase especial.

Llegamos a la villa en unos minutos. La noche era fría. La escalinata que daba a la entrada principal estaba adornada con luces blancas y al pie había un soldado que hacía de aparcacoches y dos guardias armados vestidos con uniforme de gala. Subimos la escalinata hasta la puerta. Un soldado nos abrió y pasamos al gran recibidor donde un alemán vestido de camarero se quedó nuestros abrigos. Luego, nos dirigimos al salón principal. Casi medio centenar de personas charlaban tomando una copa o bailaban al son de la banda del ejército. No habría más de diez o doce franceses. El alcalde, varios concejales, un conde y su esposa, dos de los hombres más ricos de Saint-Malo y sus señoras y los líderes del partido fascista de Saint-Malo. Conocíamos a todos de vista, pero Antoine era buen amigo del jefe de la policía.

—¡Querido Antoine! —nos dijo el comisario al vernos y nos llamó para que nos uniésemos a su grupo.

—Jean. Me alegro de volverte a ver.

—Estos son Marcel, Honoré y William. Hacen tratos con el gobierno alemán para suministrarles provisiones, ropa de invierno y otros equipos.

Sentía verdadera repulsión hacia esa gente, pero intenté disimular con una sonrisa pétrea.

Una mujer rubia, la esposa de Marcel, el distribuidor de carne más importante del departamento, vino a sacarme de allí.

—Será mejor que la rescate de estos aburridos charlatanes. Se pasarán el rato hablando de negocios. Las mujeres francesas estamos junto a la mesa de canapés.

—Susan, me llamo Susan. Encantada de conocerla. Hace una gran labor en la biblioteca. Me han comentado que lleva libros a la escuela. Mi hijo estudia allí, seguro que lo ha visto alguna vez.

Entonces relacioné su parecido con la del chico que meses antes había golpeado al profesor judío.

—Estas son Anna y Joséphine.

Las dos mujeres vestían vestidos caros pero vulgares, seña de distinción de su reciente fortuna.

Nos sentamos en unos sillones y las tres comenzaron a hablar.

—Es una fiesta preciosa. No había nada igual en Saint-Malo desde hacía años. Luego dicen que los alemanes son unos bárbaros. Al menos han puesto orden y han terminado con esos malditos comunistas y judíos —comentó Susan.

—Sí, el presidente Pétain ha salvado a Francia de la anarquía y el comunismo —añadió Joséphine.

Fruncí el ceño y tomé un poco de champán para relajarme. No quería enzarzarme en una discusión con esas mujeres.

—Su marido ha regresado hace poco de Alemania. Espero que pronto todos nuestros hombres vuelvan. Ya no estamos en guerra con los alemanes, aunque no tenemos ninguna prisa en que regrese la paz a Europa. Nuestros maridos se están haciendo muy ricos gracias a los militares —comentó Susan.

—Cuando no son sus hijos los que mueren en el frente, es fácil desear la guerra —le contesté.

La mujer frunció los labios y las arrugas afearon aún más su rostro.

Miré a un lado y observé sorprendida a Pierre, el chico que me ayudaba a llevar cartas a París.

—Disculpen, señoras, tengo que saludar a alguien.

Las tres mujeres comenzaron a murmurar de mí en cuanto me alejé de ellas. Al menos tendrían algo interesante con lo que ocupar sus ociosas vidas, pensé mientras hacía una señal a Pierre.

—Señora Ferrec, perdón Jocelyn, es la última persona que pensaba encontrar en este lugar.

—Lo mismo digo.

—Mi padre es alcalde en Saint-Servan, no le gusta confraternizar con los nazis, pero hoy no le quedaba más remedio.

—Creo que nos ha pasado algo parecido —bromeé. Comenzaba a sentirme de mejor humor, a pesar de estar rodeada de uniformes alemanes y de las amantes de los oficiales.

—Ahora trabajo para la Dirección de Operaciones Especiales. Jean Moreau es el apodo que me han puesto, tengo que dibujar las defensas de la ciudad. ¿Sabe que los alemanes están empezando a construir fortalezas por toda la costa atlántica? Creen que en un futuro los británicos y los norteamericanos pueden intentar un desembarco.

Aquella idea me pareció absurda. Había asumido que los nazis terminarían marchándose, los británicos firmando la paz y que Francia regresaría poco a poco a la normalidad. Aunque para ello estaba dispuesta a unirme a la Resistencia y exigir que el gobierno de Vichy aceptara la legalidad de todos los partidos y el regreso lo antes posible a una nueva república.

—¿No es eso muy peligros?

—Sí lo es, pero ya le comenté que para la mayoría de los alemanes los niños y los adolescentes somos casi invisibles —dijo con su sonrisa angelical.

En ese momento, Hermann se acercó hasta nosotros y Pierre se despidió de mí.

—Señora Ferrec —dijo fríamente el alemán.

—Von Choltiz, espero que esté disfrutando de la fiesta.

—Toda esta gente me revuelve el estómago, son unas especie de sanguijuelas.

—Pues parece encontrarse en su salsa —le dije mientras observaba su uniforme elegante, su pelo repeinado para atrás y el cigarrillo que estaba fumando mientras bebía algo de champán.

—Todos tenemos que sobrevivir, ya vendrán tiempos mejores.

Antoine se acercó hasta nosotros y miró fríamente al alemán.

—Usted debe ser Antoine, el marido de Jocelyn.

—Pues yo no sé quién es usted —contestó Antoine molesto.

—Disculpe que no me haya presentado, mi nombre es Hermann von Choltiz, me encargo del registro de librerías y bibliotecas, por eso conozco a su esposa. También intenté ayudarla a sacar a su amigo Denis de prisión, pero ya no se encontraba en Francia.

Antoine se quedó sorprendido.

—Muchas gracias, aunque sus gestiones no sirvieran para nada. ¿Piensa que podríamos hacer algo para que lo saquen de allí?

—Me temo que no. Dachau está bajo la jurisdicción de las SS, ellos son los únicos con potestad para liberarlo.

Uno de los camareros comenzó a pedir a los invitados que se dirigieran al comedor. Nos sentamos en una larga mesa presidida por el comandante, quien se puso su monóculo y en pie dio unas breves palabras.

—Gracias a todos por venir. Estamos todavía en guerra, pero seguramente ésta será la última Navidad que suframos los desgraciados azotes de este conflicto. Hace unos pocos meses éramos enemigos, hemos luchado frente a frente en dos guerras cruentas, pero el Tercer Reich traerá el periodo más largo de paz y prosperidad que ha conocido el mundo. ¡Larga vida al *Führer*! ¡Feliz Navidad a todos!

La mesa en pleno se puso en pie y brindó por Adolf Hitler. Antoine y yo nos miramos, y al final chocamos las copas con los franceses que estaban a nuestro lado. No sabía qué nos traería el nuevo año. Si algo había aprendido de la vida y de la guerra, era que no podíamos hacer planes y que todo podía cambiar en cuestión de segundos.

CAPÍTULO 23

RESISTIR

Saint-Malo, 14 de febrero de 1941

PIERRE SE PASEABA TODAS LAS SEMANAS con su bicicleta por la costa, frente a las construcciones que los alemanes poco a poco iban edificando allí. No podía hacer fotografías, ni siquiera sacar su cuaderno y dibujar, pero intentaba memorizarlo todo. Después venía a la biblioteca y se pasaba dibujando durante horas.

Desde diciembre habían comenzado a llegar los periódicos de *La Résistance*. Pierre los transportaba desde París y yo los llevaba en mano a todos nuestros contactos en la ciudad con mi bicicleta. Aquella mañana preparé diez de ellos y los dejé en las alforjas. Después pedí a Céline que se hiciera cargo de cerrar el edificio al mediodía y me subí a la bicicleta. El suelo estaba algo congelado. Por las noches llegábamos a bajo cero y había nevado en varias ocasiones, pero a las doce los caminos eran más seguros y no solía haber placas de hielo.

Salí de las murallas y me acerqué a la casa del profesor Josué Goll. Las únicas veces que nos veíamos era cuando le acercaba el periódico. Me paré enfrente de su casa y llamé a la puerta. El hombre tardó un poco en abrirme. Desde que lo habían despedido apenas salía de casa, atemorizado por las hordas de fascistas que cada vez se veían más por las calles persiguiendo a los judíos y a todo aquel que no se adaptara a la nueva Francia.

—Señora Ferrec, me alegro mucho de verla. Por favor pase, le prepararé un café.

Normalmente no me quedaba demasiado en los lugares de reparto —era peligroso llevar encima periódicos clandestinos— pero el viejo profesor me causaba una especial ternura. Me senté en la mesa redonda de su minúsculo salón. El hombre tardó unos minutos en regresar con dos tazas de café humeantes y unas galletas.

—No tengo mucho que ofrecerle, apenas me dan nada. Mi paga de profesor jubilado es mínima, pero no me quejo, sé que hay gente en situaciones peores.

Le sonreí. Me gustaba su actitud humilde.

—Hay rumores de que los aliados están resistiendo bien en Grecia y Egipto —me contó con una sonrisa en los labios—. Escucho la BBC siempre que puedo.

—Tenga cuidado —le aconsejé.

—¿Qué pueden quitarme que no lo hayan hecho ya? ¿La vida? La enseñanza lo era todo para mí, ahora soy un parásito social, un viejo que espera la muerte.

—No diga eso.

—Es la verdad. Si los norteamericanos entrasen en guerra... pero están demasiado ocupados con hacerse ricos a costa de vender armas a los británicos.

—Pronto los alemanes se marcharán y podremos retomar nuestras vidas —le contesté.

El anciano se rio sarcásticamente y mordisqueó una galleta.

—Soy de origen alemán, aunque llevo en Francia desde el treinta y tres. En cuanto Hitler ascendió al poder me marché, aunque Alemania se había echado a perder mucho antes. Estoy convencido de que si no hubiera sido Hitler, otro fanático habría inventado algo parecido al nazismo. Los alemanes nunca superaron el trauma de la Gran Guerra. Se creían una gran potencia, sobre todo desde que el espíritu prusiano lo invadió todo. Mi ciudad natal era Núremberg, allí se encontraba la cuna del nazismo. Celebraban su reunión anual y la convirtieron junto a Múnich en el símbolo de la Alemania eterna. Poco a poco, los judíos fuimos excluidos de la vida cotidiana. Éramos como fantasmas, espectros en vida. Pensé que en Francia me encontraría a salvo, por eso me nacionalicé, para escapar de sus garras, como hicieron muchos alemanes. Ahora soy un apátrida: para los alemanes un sucio judío, para los franceses un extranjero. Cada día espero que vengan a por mí y me peguen un tiro.

—No creo que sean capaces de algo así.

—Los judíos en Alemania, y sobre todo en Polonia, están siendo aniquilados. Han creado nuevos guetos para que los pobres mueran de hambre y desaparezcan sin dejar rastro. Lo peor de todo es que jamás me he considerado judío. Mi familia no era religiosa y no he pisado más de un par de veces una sinagoga. Muchos de nosotros renunciamos a nuestra cultura para integrarnos, para que desapareciera el estigma de ser diferentes, pero para los nazis el que nace judío es siempre judío.

—Aquí está a salvo, se lo aseguro. Las autoridades francesas jamás serán cómplices de crímenes de ese tipo.

El hombre frunció los labios, como si estuviera pensando una respuesta.

—Desde el año setenta, cuando perdimos nuestra patria, nos han perseguido. No sé cómo hemos logrado sobrevivir, pero le aseguro que en Francia hay tanto antisemitismo como en Alemania. No estaremos seguros en ningún sitio, jamás.

Las palabras de Josué me acompañaron mientras repartía los otros ejemplares del periódico. Una granja, la casa de un noble, el piso humilde de un pescador y la casa baja de una costurera. Estaba regresando a Saint-Malo para repartir los últimos ejemplares, cuando una camioneta alemana pasó a toda velocidad y me caí a un lado del arcén.

La rueda delantera de la bicicleta se pinchó y dobló. Me quedé unos segundos tirada sobre el suelo helado intentando recuperarme del susto. Me dolían la pierna y el costado. Escuché unas voces y levanté la cabeza.

—Señorita, sentimos haberla empujado fuera de la carretera, mi compañero no la vio.

Al ver que los dos soldados se habían parado a socorrerme comencé a temblar.

—No importa, me encuentro bien.

—Le sangra la pierna y la bicicleta está destrozada. Déjenos llevarla a su casa.

—No se molesten, empujaré la bicicleta hasta mi casa. Vivo cerca.

Uno de los alemanes tomó la bicicleta y la metió en la parte trasera de la furgoneta, mientras que el otro me ayudaba a incorporarme. Miré al zurrón y vi que sobresalían unos papeles. Si veían el periódico estaría perdida.

El soldado me ayudó a subir a la parte delantera, me senté en medio y me llevaron hasta un taller de bicicletas.

—No se molesten, ya la traeré yo más tarde —les comenté mientras la bajaban. Uno de los soldados la cogió en volandas y al dejarla delante del mecánico se cayó un ejemplar del periódico. El alemán frunció el ceño y se guardó con rapidez el ejemplar.

Lo observé temerosa, estaba segura de que se había dado cuenta de qué se trataba.

—¿Dónde la dejamos ahora? —me preguntó el alemán sin hacer ningún comentario sobre lo que acababa de ver.

—Bueno, enfrente de la biblioteca.

Me llevaron hasta allí y bajé con dificultad. Justo estaba descendiendo del vehículo, cuando apareció por la puerta Céline.

—¿Qué le ha sucedido? —preguntó preocupada al verme herida y con dos soldados alemanes.

—La hemos atropellado sin querer —dijo el soldado que me estaba ayudando a bajar.

Céline abrió la biblioteca, me subieron hasta dentro y después me sentaron en una silla.

—Me disculpo de nuevo —comentó el alemán antes de irse.

—No se preocupe —le contesté.

En cuanto se marchó respiré aliviada.

—¿Ya había repartido todos los periódicos?

—No, tenía unos en la bicicleta. El alemán los ha visto y se ha llevado uno.

—¡Dios mío!

—Lo extraño es que no me haya detenido de inmediato.

Céline comenzó a curarme la pierna. Dolía un poco, pero se trataba tan solo de un rasguño.

—Es muy peligroso, debería dejar de hacerlo.

—No. Tenemos que luchar, mantener algo de unidad, contar a la gente lo que está sucediendo en realidad en Francia y en el mundo.

Céline me miró como si fuera mi madre, con una mezcla de desaprobación y ternura.

—¿La acompaño a casa?

—No, estoy cerca. Prefiero quedarme un rato aquí para serenarme, estoy muy nerviosa.

La mujer me dejó a los pocos minutos y me recosté en la silla. El dolor era intenso, pero me preocupaba más el alemán. Pensaba que no tardaría mucho en denunciarme, entonces sonó el teléfono.

—¿Jocelyn? —escuché al otro lado de la línea.

—Sí —contesté inquieta.

—Soy Yvonne. Llamo para pedirte que tengas cuidado. Alguien nos ha delatado, la Gestapo está buscándome, no les diré nada, aunque me maten. Pide a Pierre que no se acerque aquí, estarán vigilando el edificio para atrapar al mayor número posible.

—¿Estás segura? Intenta huir.

—Estoy en mi despacho, el conserje me ha llamado para advertirme que están viniendo hacia aquí. ¿A dónde puedo ir? Que Dios me ayude, espero que tenga misericordia de mí, únicamente soy una soñadora que cree en la libertad.

Escuché claramente los golpes de la puerta, después unas voces en alemán.

—Soy libre, querida Jocelyn, eso es lo que importa. Nunca podrán encerrar mi alma, no les pertenece —dijo antes de colgar.

Me quedé con el auricular en la mano. Se escuchaba el sonido de la comunicación cortada, pero no podía colgarlo; estaba paralizada por el miedo. Cerré los ojos y rogué por la vida de Yvonne. Nunca había conocido a nadie tan valiente. Me entristecía que los mejores fueran los primeros en desaparecer. La vida respetaba a los cobardes, pero era implacable con los héroes.

CAPÍTULO 24

EL INGLÉS

Saint-Malo, 3 de mayo de 1941

DESDE LA LLEGADA DE LOS DÍAS más cálidos, Antoine había empeorado en lugar de mejorar, y el doctor Paul Aubry iba a verlo casi todos los días. No quería preocuparme, pero las cosas no iban bien. A partir de la cena en la villa del comandante alemán, Antoine parecía haberse distanciado un poco, y cada vez me costaba más que nos comunicáramos. Por eso pasaba cada vez más tiempo en la biblioteca. Hermann venía a verme, aunque evitaba quedarme a solas con él.

Durante semanas esperé ansiosa que las SS o la Gestapo viniesen a detenerme. En marzo cayeron varios miembros de la Resistencia en París, pero el soldado alemán que había descubierto los periódicos no dio señales de vida hasta una mañana de primavera.

Al principio no lo reconocí. Había intentado borrar todo lo que había sucedido aquel día, pero en cuanto dejó sobre mi mesa el ejemplar del periódico, levanté la vista y me eché a temblar.

—No estoy seguro de que se acuerde de mí, pero sí de este

periódico clandestino. Mi francés no es muy bueno, pero se ve a la legua que es un periódico de la Resistencia.

—No sé de qué me habla —le contesté.

—Es la mujer que atropellamos en febrero. Le he dado muchas vueltas desde entonces, pero ya estoy decidido.

—¿Decidido a qué? No le entiendo.

—Me llamo Klaus, soy de Berlín. Mi familia era de clase obrera y mis padres comunistas, pero me incorporé al partido nazi en el treinta y cinco, con apenas diecisiete años. Era una forma de rebelarme a mis mayores. Creía que Hitler construiría una nueva sociedad más igualitaria. Pero comenzó encerrando a los comunistas, después a los socialistas y a cualquier disidente político, a los sacerdotes y pastores que no estaban de acuerdo con sus políticas, y ahora está asesinando a cientos de miles de polacos, checos y gente de otros países. Estoy hastiado, he visto demasiadas cosas. Tengo que hacer algo.

Me quedé boquiabierta. Podía tratarse de una trampa. Tal vez la Gestapo intentaba atrapar a todo el grupo, aunque tras la redada de París en febrero, la única persona que conocía de la Resistencia era a Pierre.

—Yo no conozco a nadie de la Resistencia —le confesé.

—Pero, llevaba esos periódicos subversivos.

—Han detenido a todo el grupo en París —le expliqué, aunque el alemán no parecía darse por vencido.

—No lo entiende. Si no hacemos algo, millones de personas morirán. Hitler no se va a detener jamás. Cuando conquiste toda Europa se marchará a América y después a Asia. Usted no sabe lo que está pasando en Polonia y otros lugares, es terrible.

Me quedé callada. Era consciente de que tenía razón, pero ¿qué podía hacer una pobre bibliotecaria para impedirlo?

—Está bien —dije—. Tengo una idea.

Le expliqué brevemente lo que había pensado: una de las pocas maneras de no levantar sospechas era crear un club de lectores. No podíamos ser más de cinco personas dado que los nazis prohibían reuniones con un número más grande a excepción de los actos religiosos.

—Me parece una gran idea, nadie sospechará de ustedes si asiste un alemán.

Klaus me sonrió. Le faltaban un par de muelas y su expresión triste mostraba la dureza de lo que había visto en ese año y medio de guerra.

En cuanto el soldado se fue, hice una lista para considerar con qué personas podía contar. Antoine se encontraba muy enfermo y dudaba que estuviera a favor de arriesgarnos a ser fusilados por los nazis. Céline tampoco me parecía muy decidida y era demasiado mayor. Me quedaban Josué, el profesor, y Pierre. Debía conseguir a una o dos personas más.

—¡Claro! —exclamé en voz alta sin darme cuenta. Céline, que acababa de entrar, me observó con extrañeza.

—¿Qué sucede? —me preguntó mientras se acercaba a la mesa.

—Nada —le contesté mientras tapaba en parte la lista con la mano.

—¿Para qué es esa lista?

No supe qué responder. Para intentar jugar a los espías, era muy mala mintiendo.

—Creo que va a meterse en problemas. He escuchado que los nazis están fusilando a resistentes por toda Francia. A los que no tienen delitos de sangre los envían a Alemania para cumplir condenas muy duras de trabajos forzados. Ya sabe que su salud no es buena y puede recaer. Además, ¿qué le sucedería a su esposo si usted le faltase?

—Tiene demasiada imaginación, Céline.

—¿Demasiada imaginación? He visto cómo la mira Hermann, el oficial nazi. Si no hubiera sido por él, ese cerdo de las SS hubiera quemado el edificio con nosotras dentro. Por no hablar de Pierre, sé que le lleva cosas a París, seguramente esas largas cartas que escribe todos los días.

Al parecer mi compañera era mucho menos despistada de lo que aparentaba.

—No se preocupe —continuó—. Odio a esos nazis. No voy a delatarla, pero quiero unirme.

La miré con los ojos muy abiertos.

—Puede que sea vieja y delicada, pero soy lista, y esos nazis no sospecharán de mí. Puedo ayudarles de enlace, refugiar a alguien en casa, cualquier cosa que necesiten.

Me puse en pie y la abracé; su valor me infundió esperanza. No llevábamos ni un año de ocupación y tenía la sensación de que a la mayoría no le importaba. Mientras algunos se hacían ricos a costa del sufrimiento de gran parte de los demás, el pueblo miraba hacia otro lado, las mujeres se acostaban con los soldados para conseguir mejores raciones y los niños comenzaban a verlos como héroes.

—El conde Honoré D'Estienne está en su lista.

—Sí, era uno de los contactos al que llevaba el periódico.

Nos sentamos juntas y comenzamos a planificar las reuniones: su contenido, los nombres clave, los horarios y todos los detalles. Esperaba que todas las personas con las que queríamos contactar se animaran a colaborar con nosotros.

Al mediodía comimos juntas en un restaurante cercano. Después, nos dirigimos a la villa de Honoré D'Estienne. Él no era natural de Saint-Malo. Había nacido en Verrières-le-Buisson, en el departamento de Essone. Sus padres pertenecían a una respetada y conservadora familia católica. Había estudiado en París y se había unido a la Escuela Naval. El día que Francia capituló estaba muy lejos, en Egipto, o al menos eso me contó Céline mientras comíamos.

Atravesamos la verja que llevaba a un jardín amplio, subimos las escaleras y llamamos a la puerta. El hombre tardó en abrir y se quedó mirándonos sorprendido.

—Soy Céline, la bibliotecaria, nos conocimos hace años, vino a por unos libros hace poco.

—Sí, perdone, creo que no los he devuelto a tiempo, aunque no pensaba que los recogían a domicilio. ¿Tengo que pagar alguna multa?

—No, señor D'Estienne, realmente venimos por otro asunto. ¿Podemos pasar?

—Sí, por supuesto. Lamento mis modales, no tengo servicio y la casa está algo desordenada.

—Lo entiendo, señor. Los hombres no son muy ordenados —dijo Céline.

Nos llevó a la biblioteca. Enseguida me sorprendió la gran cantidad de libros que tenía, algunos de ellos primeras ediciones de escritores franceses famosos.

—No son míos —nos explicó al ver que me acercaba a los estantes.

—Pues es una pena —le contesté.

—No le he presentado a mi compañera y actual directora de la biblioteca, Jocelyn Ferrec.

—¿La esposa del sargento de policía? —preguntó mientras me estrechaba la mano.

—La misma —le dije sonriendo.

Nos sentamos en un gran sillón de terciopelo que estaba demasiado ajado y viejo, pero que continuaba siendo muy cómodo.

—¿Quieren un té?

—No, seremos breves. Mi amiga Jocelyn y yo queremos abrir un club de lectura.

El hombre frunció el ceño confuso. Era muy atractivo, moreno, de facciones delicadas y ojos grandes. Su porte era elegante y algo marcial, sin duda por sus años sirviendo en el ejército.

—Me temo que no tengo demasiado tiempo. Aunque no lo crean me paso el día viajando, exportando e importando productos.

Céline me miró, como si me pidiera permiso para contarle la verdad. Yo afirmé con la cabeza.

—Lo cierto es que no se trataría de un club de lectura al uso... Mi amiga le estuvo trayendo un periódico clandestino, usted estaba en una lista de personas que quieren hacer algo por la república, pasar a la acción.

El hombre se mostró impasible, como si no supiera de qué estábamos hablando.

—El club se encargaría de realizar acciones clandestinas, crear folletos, ayudar a miembros de la Resistencia y ese tipo de cosas.

El hombre se rio escandalosamente, como si las palabras de mi amiga le pareciesen ridículas.

—Ustedes son dos bibliotecarias, por el amor de Dios. ¿Qué pueden hacer contra los alemanes?

—En los tiempos que corren, cada francés tiene que cumplir con su deber, no podemos esperar nada del gobierno de Vichy —dijo Céline furiosa.

—El régimen de Vichy es una simple marioneta de los alemanes, pero hasta que de Gaulle no desembarque con sus tropas poco podemos hacer —contestó.

—¿Se va a quedar de brazos cruzados mientras los nazis expolian y someten a nuestro pueblo? —le pregunté inclinándome hacia delante

—Soy un militar profesional. El ejército alemán es el más poderoso del mundo. Están creando una defensa atlántica para prevenir un futuro desembarco. Hasta entonces, es mejor que no hagamos nada que ponga las cosas aún peor.

El aristócrata se puso en pie. Las dos lo imitamos y salimos de la casa furiosas, pero antes de abandonar el jardín un hombre nos llamó. Nos acercamos algo asustadas, pensábamos que nos habían seguido hasta allí. Estaba oscuro y apenas nos vio la cara.

—Me llamo Alfred Gaessler. Soy socio de Honoré, no le hagan caso. Su idea me ha parecido muy buena. He escuchado todo desde la habitación de al lado. Necesito que me ayuden a esconder a un aviador inglés. En una semana lo recogerá un barco pesquero para llevarlo hasta Inglaterra.

Nos miramos una a la otra. Habíamos entrado oficialmente en la Resistencia sin apenas darnos cuenta.

CAPÍTULO 25

EL PROFESOR LEVÍ

Saint-Malo, 16 de julio de 1941

Nos reuníamos una vez a la semana a las ocho de la noche. Klaus era el único que no podía acudir a todas las reuniones. Después de más de dos meses, habíamos logrado algunas cosas importantes. Céline había refugiado a un aviador británico durante quince días, tras lo cual Honoré lo había llevado a Saint Michel, junto a su amigo Alfred Gaessler, donde el inglés partió en un pesquero hacia Inglaterra. Aquél había sido nuestro primer éxito, pero apenas habíamos logrado muchos más progresos. Klaus dejaba informaciones en los baños de los restaurantes que frecuentaban los alemanes, con la esperanza de que poco a poco fueran despertando su conciencia. Céline y yo distribuíamos un rudimentario boletín cada dos semanas a medio centenar de personas de confianza, y el profesor Josué intentaba transmitir información por radio junto a Alfred.

Aquel día nos reunimos como de costumbre en la biblioteca. Había discutido con Antoine al comentarle que regresaría tarde.

En un comportamiento poco usual en él, me gritó que si me iba a ver con mi amante. Llevaba casi dos semanas sin ver a Hermann, hasta que apareció aquella noche en la biblioteca.

Estábamos en la planta de arriba, con la puerta principal cerrada, pero todos los miembros del club sabían que por una lateral podían acceder al edificio sin ser vistos. En caso de que nos descubrieran, habría bastado con decir que éramos un club de lectura. De hecho, habíamos pedido permiso a las autoridades locales y a la comandancia alemana.

Pierre y Josué llegaron pronto, y Honoré y Alfred un poco más tarde. Céline había preparado unas hojas sobre la lectura de la novela de Alejandro Dumas, *Los tres mosqueteros*, por si los alemanes enviaban una inspección.

—¿Esperamos a Klaus? —preguntó Pierre.

—No —dije—, si no ha llegado a estas horas, ya no vendrá.

—Pues hablemos de la inmortal obra del gran Alejandro Dumas —bromeó Céline.

—El otro día casi nos localizan. Los alemanes tienen un sistema prácticamente infalible para detectar emisoras de radio. Cada semana cambiamos de ubicación, pero de todas formas terminan siempre dando con la señal —explicó Alfred.

—Creo que no deberíamos transmitir dos veces desde el mismo sitio —comentó Josué.

El resto afirmó con la cabeza.

—Hay movimientos de tropas; muchos alemanes están siendo enviados a Rusia. Debemos informar cuanto antes a las Oficinas Navales —dijo Honoré, que tenía la esperanza de que los ingleses se animaran a desembarcar si veían que las tropas nazis se retiraban para luchar contra los soviéticos.

—Son cifras muy bajas todavía. Se han unido a las tropas

alemanas enviadas a Rusia algunos franceses en la Legión de Voluntarios Franceses —explicó Alfred.

—Espero que los soviéticos den una buena paliza a los alemanes —añadió Céline.

—El ejército alemán es muy superior —dijo algo resignado Alfred.

—Sin duda, pero vencieron a Napoleón. El mayor aliado de los rusos es el frío. Si resisten hasta el invierno, no lograrán dominarlos.

—Eso espero, Céline, aunque el diablo parece de parte de Adolf Hitler.

Escuchamos pasos en la escalera, alguien subía y por el sonido parecía tratarse de botas militares

Todos nos giramos y observamos con inquietud la puerta. Ésta se abrió despacio y apareció Hermann. Nos miró con cierto recelo y se quedó parado en el umbral, mientras la mayoría del grupo se movía inquieta en la silla.

Me levanté y fui hasta él. Después cerré la puerta y nos dirigimos a otro cuarto.

—¿Qué está sucediendo? Si es una reunión ilegal debo informar —me dijo amenazante, con un comportamiento ofuscado y confuso.

—No es lo que parece —le contesté—, simplemente se trata de un club de lectura.

El hombre hizo una mueca de burla.

—Piensas que soy un estúpido.

En ese momento se escucharon pasos de nuevo. Me asomé a la escalera, era Klaus. Hermann se le quedó mirando muy serio.

—Teniente —dijo mientras se ponía firme.

—Descanse, soldado, ¿qué diablos hace aquí?

—He venido al club de lectura.

Hermann frunció el ceño y volvimos a entrar en el cuarto.

—No sé qué estás tramando, pero no puedo protegerte si te metes en líos. Para tu fortuna el teniente Bauman ha sido destinado al frente ruso, pero eso no garantiza tu seguridad.

Me alegró recibir aquella noticia. Llevábamos mucho tiempo sin verlo y ya casi me había olvidado de que existía, pero la continua amenaza de su presencia me seguía quitando el sueño por las noches.

—Si quieres, puedes asistir. Verás que no hacemos nada malo ni ilegal.

—No eres consciente de que estás jugando con fuego. En casi todos los grupos clandestinos tenemos introducidos a topos y a confidentes de las SS y la Gestapo. No creas que el vuestro es seguro.

Se marchó furioso y cerró la puerta de un portazo. Cuando me uní al grupo de nuevo observé sus caras preocupadas.

—¿Qué quería? —preguntó Céline.

—Nada, tenía que contarme algo.

Klaus sudaba. Se apartó un poco el cuello de la camisa. Estaba rojo y su expresión nerviosa no dejaba lugar a dudas.

—Me denunciará al comandante —dijo con la voz temblorosa.

—No te preocupes por él, no lo hará. Esta tan cansado de esta guerra como tú —le contesté mientras me sentaba.

—Será mejor que se disuelva la reunión —comentó Honoré.

—Sí, pero no salgamos todos a la vez —dijo Céline.

Primero se fueron Josué y Alfred, después Klaus y Honoré y el último fue Pierre.

—Tengan cuidado —nos pidió con su rostro angelical.

—Nos preocupas más tú —le contesté.

Cuando todos se hubieron machado, apagamos la luz y nos dirigimos a la escalera.

—Tengo un mal presentimiento —me comentó Céline.

—Es absurdo, no creo que Hermann nos denuncie.

—Puede que no, pero cada día se escucha de más grupos que son perseguidos y neutralizados por los nazis. Deberíamos dejarlo ahora que estamos a tiempo. Los soviéticos se ocuparán de Hitler y sus secuaces.

—¿Ahora le caen bien los comunistas? —le pregunté.

—Adoro a cualquiera que se encargue de esos malditos *boches*. No hay nada que pueda ser peor.

Me dirigí a casa. Antoine me esperaba despierto, sentado en la mesa-camilla, con las piernas tapadas con una manta a pesar del calor.

—¿Dónde has estado? —me preguntó cuando le besé la frente.

—En el club de lectura, ya te lo comenté.

—¿Has estado con él?

Aquel comentario me sacó de mis casillas. Nunca había amado a nadie como a mi marido. Ni siquiera cuando estaba sola y asustada y Hermann me ayudó.

—Eres el hombre de mi vida.

—¿Cómo puedes amar a un despojo humano? Ya no soy ningún hombre.

—Te pondrás bien, el doctor dice…

—No me mientas, apenas llegan medicinas y sin ellas no me recuperaré jamás. Cada vez que toso echo más sangre, me siento débil, ya apenas puedo ir de la cama hasta aquí solo.

Sabía que era cierto, pero intentaba negar la evidencia. No sabía cómo comportarme. Él me había ayudado cuando estaba tan enferma, pero ahora me aterrorizaba estar a su lado, observar cómo se apagaba poco a poco hasta convertirse en un fantasma.

Me senté fatigada a su lado y subí un poco el volumen de la radio que estaba escuchando. Desde la BBC anunciaban que los judíos no franceses serían concentrados en campos en Francia.

—¡Dios mío! —exclamé preocupada. Pensaba en toda la gente judía que conocía en la ciudad, en especial en Josué y la familia Remarque.

Antoine levantó la vista y, por primera vez, observé de nuevo su semblante cariñoso. Me tocó la cabeza mientras mis lágrimas se vertían sobre el mantel de hilo.

—Algún día toda esta pesadilla terminará —me dijo mientras en la radio comenzaba a sonar música. Cerré los ojos intentando recordar los buenos tiempos, aquellos días de vino y rosas en los que parecía que nada malo podía sucedernos y el mundo era un lugar seguro y hermoso.

CAPÍTULO 26

LAS FLORES DE LA REPÚBLICA

Saint-Malo, 17 de julio de 1941

Oímos ruidos de madrugada. Me desperté sobresaltada, y a mi lado estaba Antoine, sentado en la cama y respirando muy fuerte.

—¿Qué ha sido eso?

—Ruidos en la escalera —comentó.

Me puse la bata y me dirigí a la entrada. Abrí una pequeña rendija y escuché botas y golpes en las puertas. Me asomé al hueco de la escalera. Algo sucedía más abajo. Me decidí a ir a la otra planta; el corazón me latía con fuerza. Al llegar, vi la puerta de los Remarque abierta, los niños lloraban y gritaban, pero no se veía a nadie. Me quedé parada unos instantes y después entré.

Unos gendarmes habían reunido a todos los miembros de la familia en el salón. Menos los dos mayores, el resto de los niños gritaba y lloraba intentando aferrarse a las faldas de su madre. Ella levantó la vista y pude contemplar su rostro aterrorizado. Parecían un pequeño grupo de animales acorralados por las fieras.

—¿Qué hace aquí, señora? —me preguntó uno de los policías. Después me empujó hacia la puerta. Intenté resistirme, pero fue inútil. Me llevó hasta el rellano y me gritó—: ¡No se meta en líos, no merece la pena!

—¿Qué han hecho? Son una buena familia —le dije mientras mis mejillas se llenaban de lágrimas.

—El gobierno ha ordenada que todos los judíos se concentren en campos. Es una medida provisional. Seguramente pensarán que son espías soviéticos; la mayoría de los judíos son comunistas —dijo el gendarme con una sonrisa irónica.

—¿También los niños son peligrosos?

—Los niños son como las ratas, de pequeños parecen inofensivos, pero si los dejan crecer se convierten en una plaga.

Los niños comenzaron a llorar de nuevo mientras venían por el pasillo con los otros dos policías. Llevaban un par de maletas pequeñas y se habían cambiado. La señora Remarque me miró asustada al pasar.

—¡No pueden llevárselos! —comencé a gritar—. ¡Vecinos! ¡Se están llevando a una familia inocente!

En ese momento, la señora Fave salió de su apartamento.

—¿A qué viene tanto escándalo?

—Se llevan a los Remarque —le dije mientras me aferraba al brazo de uno de los niños.

—¿Por eso tanto escándalo? Que se lleven a esos judíos. Todo el mundo lo sabía, pero a los alemanes no les constaba. Yo misma los he denunciado.

—¿Usted? Es una bruja, una maldita vieja asesina —le dije mientras los gendarmes llevaban a los niños a la escalera.

Antoine apareció por las escaleras y gritó a los hombres.

—¡Michel! ¿Qué está sucediendo aquí?

Se había puesto el uniforme, aunque tenía los botones torcidos y las zapatillas de estar en casa.

—Lo siento, Antoine, pero tenemos prisa. Aún hay que pasar por muchas casas.

—Soy tu sargento —le dijo furioso, pero su voz temblaba por la debilidad.

—Son órdenes de arriba. No teníamos a esta familia registrada, pero vuestra vecina nos ha dado pruebas de que eran judíos.

—¡Dejar a la familia! Yo respondo por ella. Mañana iré a la gendarmería a hablar con el capitán.

—Lo siento —dijo, después empujó a la mujer escaleras abajo.

Intenté resistir el brazo de uno de los policías, pero me apartó la mano y tiró del niño. Antoine bajó los dos escalones del tramo de escalera y apoyó sus manos en la espalda de Michel.

—¡Dejad a los niños al menos!

El policía que cerraba el pequeño grupo apartó las manos de Antoine y éste se cayó escaleras abajo.

Los gendarmes no lo socorrieron. Se limitaron a marcharse con los Remarque. Corrí por las escaleras y ayudé a mi marido a incorporarse. Desde la parte alta la señora Fave nos miraba con desprecio.

—¡Espero que los próximos sean ustedes! Al fin alguien va a limpiar Francia de comunistas, judíos y masones.

Después se dio media vuelta y se marchó.

Antoine había perdido el conocimiento. Intenté subirlo apoyado de mi hombro, pero pesaba demasiado. Unos minutos más tarde, cuando todo estaba en calma, salió Marcel, uno de los vecinos que no se había atrevido a intervenir, y me ayudó a subirlo y meterlo en la cama.

Una hora más tarde el doctor vino a vernos. Mi vecino lo había llamado y éste no había tenido ninguna duda en acudir, aunque aún era de madrugada.

Examinó brevemente a Antoine que seguía sin volver en sí y estaba bañado en sudor.

—Tiene que ayudarme a bajarle la fiebre.

Lo metimos en la bañera con agua fría, pero seguía sin reaccionar. El doctor comenzó a preocuparse. Lo llevamos de nuevo a la cama y lo tuvimos destapado con la ventana abierta, pero aquella noche era muy calurosa, casi asfixiante. Justo al despuntar el alba pareció recuperarse en parte. Me miró y se quedó dormido.

El teléfono me despertó un par de horas más tarde. Me había dormido sentada en una silla con la mano extendida hacia la de Antoine. Me acerqué aturdida al aparato.

—¿Quién es? —pregunté nerviosa.

—Jocelyn, se han llevado a Josué. Todos los judíos de la ciudad están en autobuses en dirección a Rennes y desde allí creo que los llevarán a París —dijo Céline alterada.

—Antoine está enfermo, no puedo dejarle solo —le dije a mi amiga.

—Llamaré a Honoré, pero todo esto es muy grave. Nunca pensé que se atreviesen a tanto. Tenemos que convocar una reunión urgente esta noche, pero la haremos en mi casa, no en la biblioteca.

Me quedé preocupada toda la mañana. Intenté dar algo de comer a mi marido, pero no aceptaba nada. Su rostro se volvía más pálido cada hora que pasaba.

Llegó la mujer que hacía las cosas de la casa y le pedí que se quedase hasta que yo pudiera regresar. Me vestí, sin peinarme ni arreglarme, y salí a la calle.

Lo que más me horrorizó fue lo normal que parecía todo. La gente regresaba de la playa, los niños llevaban sus helados como si nada y los veraneantes tomaban refrescos en las terrazas de los cafés.

La casa de Céline no se encontraba muy lejos. Llamé a la puerta y esperé. La mujer me recibió algo nerviosa y miró a un lado y al otro antes de volver a cerrar.

—¿Ha comprobado que nadie la seguía?

—¿Quién iba a seguirme?

—Un colaboracionista o uno de esos fascistas con bigotito.

Estaba demasiado angustiada por Antoine para que todo aquello me preocupase. Entramos en el salón donde únicamente estaban Honoré y Klaus. Pierre y Alfred no habían llegado.

—Tenemos que destruir cualquier prueba. No sé si la radio estaba en casa de Josué —dijo Honoré alterado.

—Me he podido escapar con dificultad. Están trasladando a los judíos y hay una movilización especial de seguridad. Las autoridades temen ataques de la Resistencia —dijo Klaus.

—Tenemos que serenarnos, no sirve de nada que perdamos los estribos. Que Honoré vaya con Pierre para buscar la radio; no creo que los alemanes registraran su casa. Klaus no podrá volver a vernos jamás —les dije.

Estábamos a punto de disolver la reunión, cuando escuchamos que llamaban a la puerta. Céline fue a abrir, pero antes intentó ver de quién se trataba por la mirilla.

—Dios mío, los alemanes —dijo en voz baja.

Pierre y el resto de nosotros nos dirigimos a la parte trasera de la casa. No sabíamos si los nazis habrían acordonado la zona, pero estaba claro que alguien nos había delatado. Tal vez el propio Josué al verse prisionero de los gendarmes.

—Salid por detrás. Yo los entretendré —dijo Céline.

—La detendrán —le dije angustiada.

—Da igual, he tenido una vida larga y feliz, no me he dejado acobardar por estos *boches* y no voy a hacerlo ahora. Si no los entretengo nos cogerán a todos.

Nos dirigimos a la puerta trasera, pero justo cuando Honoré y Klaus estaban saliendo, dos alemanes los capturaron. Corrimos escaleras arriba hasta la segunda planta. Pierre me miró aterrorizado, después abrió una ventana y caminamos por el tejado. Llegamos a otro edificio y entramos por una ventana. Afortunadamente la casa estaba vacía. Sentía cómo el corazón me latía a mil. Bajamos las escaleras y salimos por la puerta principal. Al fondo de la calle se veía a los alemanes, pero caminamos tranquilamente para no levantar sospechas y nos alejamos.

Pierre se marchó a su casa. Por el momento era mejor aparentar normalidad. Me sentía tan alterada que, antes de regresar a mi piso, pasé por la biblioteca. Quería destruir cualquier papel que pudiera incriminar al grupo.

Quemé los documentos en una papelera metálica y estaba a punto de irme cuando entró en la sala Alfred.

—¿Alfred? ¿Ha podido escapar del bombardeo?

El hombre me observó con una expresión indiferente. Después se acercó hasta mí y me dijo.

—No he dicho nada sobre ti ni el muchacho. Soy un sentimental, el chico es demasiado joven, pero contigo tengo un interés personal. Sé que guardas algunos manuscritos valiosos. Me los llevaré, pero antes tendrás que hacerme otro favor.

El hombre sacó un arma y me apuntó.

—No me haga daño. Llévese lo que quiera.

—Justo eso es lo que voy a hacer, pero antes lo pasaremos bien juntos.

El hombre se abalanzó sobre mí. Intenté apartarlo, pero era demasiado fuerte. Comencé a golpearle el pecho con los puños, aunque apenas se inmutó.

—Por favor —le supliqué.

Escuché unos pasos a mi espalda, el hombre se giró y apuntó. Detonaron dos disparos y Alfred se derrumbó al suelo. Hermann aún apuntaba con su arma cuando nuestras miradas se cruzaron. Yo estaba temblando, con la sensación asqueada de que ya no quedaba nadie en quien confiar y de que mi pequeño mundo parecía a punto de desaparecer para siempre.

CAPÍTULO 27

AMANTE Y MUERTE

Saint-Malo, 22 de julio de 1941

CÉLINE FUE ENCERRADA EN EL CASTILLO de Saint-Malo junto a Klaus y Honoré; ninguno de ellos nos delató. Klaus fue fusilado por traición a los pocos días, y mis otros dos amigos enviados a Berlín. Hermann se deshizo del cuerpo de Alfred; estaba segura de que nadie lo echaría de menos.

Aquella noche llegué a casa temblando. Antoine se encontraba un poco mejor. No me separé de su lecho ni una sola hora en aquellos días. Intuía que el tiempo que nos quedaba era muy poco. Una vez más, sentía que la vida se reía de mí, robándome lo que más quería en el mundo.

—Por favor, ¿puedes leerme un poco? —me pidió Antoine. El sol estaba declinando en el horizonte y el mar parecía en calma.

—Sí —contesté con un nudo en la garganta mientras tomaba el libro. Comencé a leer despacio, con la sensación de que cuando parara, él ya no estaría a mi lado. Mi voz se escuchaba triste y monótona, sin apenas matices ni entonación, como una lenta letanía, parecida a los susurros que levanta el viento al pasar entre las hojas de los árboles. De vez en cuando lo miraba para comprobar que seguía conmigo. Entonces, él hacía un esfuerzo y me sonreía. Sus ojos brillaban un instante y parecía el hombre de siempre, el joven del que me había enamorado, esa persona que había rescatado mi existencia de un monótono y anodino exilio. Tras la muerte de mis padres me había negado a ser feliz, pero Antoine me había devuelto a la vida.

—La gente no quiere morirse. Yo tampoco lo deseo, pero me siento satisfecho de haberte conocido, de que Dios, por un instante pequeño, nos haya reunido. Nunca he sido tan feliz como en tus brazos, eres mi hogar, mi casa y mi vida entera.

Sus palabras me atravesaron el corazón. Mis ojos se nublaron de lágrimas y dio un corto suspiro.

—Ruego a Dios que te proteja; perdóname si en estos últimos meses no he sabido valorar nuestro amor. Me sentía confuso y rabioso, no estaba preparado para morir. No porque tuviera temor o ansiedad, sino que lo que realmente me costaba era dejarte. El mundo se ha vuelto loco y tú me parecías lo único cuerdo y por lo que merecía la pena vivir. En el frente vi a muchos caer a mi lado. Las balas silbaban por todas partes alcanzando a mis compañeros y dejándome a mí ileso. Me pregunté muchas veces por qué unos morían y yo vivía. ¿Qué sentido tenía eso? Ahora lo sé: no tenía ninguno. Forma parte de nuestra existencia. Pero, quiero creer que somos parte de algo más grande, que toda esta belleza, que los siglos de conocimiento humanos, que las buenas acciones no se desvanecerán.

—No hagas más esfuerzos —le supliqué. Deseaba alargar cada segundo, robarle a la muerte un poco más de tiempo.

—Ya únicamente queda despedirse. Doy gracias de estar consciente y lúcido. Este cuerpo ya no puede más, pero nunca he sentido la mente tan despejada, ni he visto con tanta claridad las cosas. Nos afanamos por poseer, por conseguir, por triunfar, pero la verdadera victoria está siempre en el amor. En darse sin esperar nada a cambio, en perdonar y ser capaces de convertir el mundo en un lugar mejor.

—Te amo —le dije rompiendo a llorar. Las lágrimas me ahogaban, como si mi corazón navegase en un mar embravecido.

—Yo también te amo. Por favor, sé feliz, no me olvides. Te esperaré al otro lado de la eternidad. Imagino el cielo como una inmensa biblioteca, pero en cada uno de sus volúmenes se encuentra la vida de las millones de personas que han poblado el mundo. Nada será borrado, nada será olvidado.

Lo abrace, dejando que el libro cayera al suelo. Noté cómo su cuerpo se apagaba poco a poco, mientras su alma ascendía a ese paraíso que acababa de describirme. A la biblioteca donde cada alma guarda su historia, hasta que los sellos sean abiertos un día y todas las almas renazcan formando un nuevo cielo y una nueva tierra.

CAPÍTULO 28

V

Saint-Malo, 25 de agosto de 1941

ANTOINE MURIÓ DOS VECES. LA PRIMERA fue cuando lo creía perdido en medio de la guerra, ahogado en aquel océano de fugitivos que llenó los caminos de Francia. La segunda en el cuarto de nuestro apartamento, mirando siempre hacia el océano, mientras éste se convertía en una sombra absoluta.

Los días posteriores fueron terribles. No tenía a nadie con quién volcar la pena que me atenazaba por dentro, asfixiándome hasta convertirme en un ser vacío. En aquellos días hubiera agradecido que una bomba o una bala perdida me hubiera alcanzado.

Después de meses sin recibir los zarpazos de la guerra, los británicos lograron bombardear los puertos del Atlántico. En Normandía y Bretaña fue donde primero se sintieron éstos. Mucha gente inocente caía abatida por las bombas, aunque en cierto sentido pensaba que era justo que nuestro país se purgara, comenzando a despertarse de nuevo.

Los nazis me habían arrebatado todo lo que amaba. Antoine

había muerto por su culpa, por sus maltratos y castigos. Céline capturada y Denis desaparecido en algún campo de Alemania. La única persona que me quedaba era Pierre, que me animó a abrir la biblioteca de nuevo y de vez en cuando me obligaba a tomar la bicicleta y comer juntos en el campo.

Aquel día el joven espía apareció con su bicicleta y una pequeña cesta colgada.

—Mi madre nos ha hecho un pequeño tentempié. He añadido vino para usted y un refresco para mí. Iremos a la playa, ya no quedan muchos días de calor.

Fruncí el ceño. El campo era una forma de escapar de la realidad de la ciudad, pero la playa simbolizaba algo muy diferente. Antoine y yo siempre íbamos al mar para ser felices y yo ya no quería ser feliz.

—Mejor vamos al bosque —le dije intentando parecer animada.

—No, me he traído el bañador. La playa es el único sitio en el que me olvido de la guerra.

Al final me convenció. La juventud siempre es mucho más persuasiva que la madurez. Nos muestra de nuevo lo que habíamos olvidado: que el presente es lo único que existe en realidad.

Tomamos las bicicletas y pedaleamos durante media hora antes de llegar a la playa preferida de Pierre. No había demasiada gente, apenas unas pocas familias con su picnic y las sombrillas, un grupo de muchachos y, algo más retirados, varios soldados alemanes.

Pierre colocó dos toallas y nos quitamos la ropa; después nos tumbamos. Las gafas de sol amortiguaban en parte la luz, y un gran sombrero de paja me cubría la cara.

—Escuche —me dijo Pierre señalando el océano.

Las olas nos susurraban sus hermosas canciones mientras las voces de los muchachos creaban una atmosfera de vida que se me hacía casi insoportable.

Tomé el libro que había traído y comencé a leer.

—No, hoy no le permito leer —me dijo mientras me tiraba de las manos. Me quité el sombrero y las gafas. Tiró de mi hasta el agua y nos metimos dando grandes zancadas. Noté el contraste del frío. Odiaba percibir cualquier cosa que me hiciera sentir viva. No me creía con derecho a ser feliz.

Después del baño nos dirigimos a las toallas y nos tumbamos. La brisa me erizaba la piel y el sol poco a poco se bebía las gotas que brillaban en mi espalda.

—Mire —dijo Pierre enseñándome una foto.

—No me acordaba de esto —le dije tomándola entre mis dedos aún húmedos.

En la foto estábamos todos los miembros del club de lectura. Me costaba creer que unos meses antes todos estuviéramos juntos.

—Sólo quedamos nosotros. Al principio pensé que vendrían a por mí en cualquier momento, pero no conocían nuestros nombres. Ese traidor los ocultó por algo.

No le conté lo que sabía, tampoco que Hermann había acabado con él.

—Los alemanes avanzan rápidamente en Rusia, parece que nada se resiste a esos diablos —dijo el joven.

Todos esperábamos que los soviéticos dieran una gran paliza a Hitler, pero Stalin parecía paralizado por el terror, y Gran Bretaña se limitaba a sobrevivir y frenar a los alemanes en África.

Varios de los niños de la familia que estaba junto a las rocas a nuestra derecha comenzaron a correr, mientras se disparaban con unas pistolas y fusiles de madera. Me horrorizó verlos jugar a la guerra; tenía la sensación de que generación tras generación, estábamos condenados a repetir los mismos errores.

—La Dirección de Operaciones Especiales me ha facilitado un nuevo contacto. Se llama Raymonde. Puedo volver a llevar sus cartas a París.

Aquello me dejó sin palabras. Llevaba muchas semanas sin escribir y dudaba si tenía las fuerzas necesarias para seguir contando mi historia. Entonces recordé las palabras de Antoine: el cielo era como una gran biblioteca en la que se encontraban las historias de todos los que habían existido antes que nosotros. ¿No sería algo maravilloso traer un poco de ese paraíso al infierno en el que vivíamos cada día?

—Seguro que escribir le hará bien —insistió Pierre.

—¿Cómo es Marcel Zola? —me atreví a preguntar. Jamás había visto una foto suya, tampoco conocía su personalidad, aunque intuía su alma a través de sus escritos.

—Es muy diferente a otras personas que he conocido. Tiene unos cincuenta años, pelo cano, casi blanco, entradas, arrugas en su amplia frente, unos ojos pequeños y pícaros que parecen haber visto muchas cosas. Una sonrisa amplia que le llena sus mejillas algo gruesas, a pesar de que esta delgado. Siempre viste de forma elegante, pero sin ostentación. Se muestra amable y sosegado, parece inmerso en un vasto mundo interior del que tan solo sale para enseñar algo.

—¿Cómo lo conoces tanto? —le pregunté extrañada.

—Me enteré de que daba una charla sobre literatura en la Sorbona. No es profesor titular, pero lo invitan en ciertas ocasiones. Imagino que la sala estaba repleta de espías nazis, pero nadie pudo acusarlo de nada, en cambio todos salimos animados y con la sensación de que las cosas podían cambiar.

Comimos algo. Los alimentos saben más intensamente en la naturaleza, como si de alguna forma regresasen a su entorno natural. Después caminamos por la orilla. Un grupo de soldados alemanes chapoteaba despreocupado.

—¿Ves eso? Mientras ellos se sientan seguros, nosotros no lo estaremos.

Pierre miró hacia la arena. Después me hizo un gesto para que lo siguiera. Tomamos la ropa de los soldados y corrimos hasta el paseo, y más tarde tiramos todo a la basura. Aquella pequeña hazaña nos alegró el día. De todas las de aquel verano, es la única que recuerdo feliz.

Tomamos nuestras bicicletas y regresamos a Saint-Malo. En el camino algo me llamó la atención.

—¿Has visto eso? —le dije señalando una gran «V» dibujada en algunas paredes.

—No me había fijado —comentó Pierre.

Durante todo el camino vimos decenas de «V» por todos lados. Era una señal de que mucha gente estaba dejando de tener miedo a los alemanes y que deseaban la victoria de los aliados. La luna de miel de Francia con el Tercer Reich estaba a punto de terminar. No tardarían en mostrarse como los terribles y maliciosos ocupantes que siempre habían sido, aunque la mayoría de la gente había mirado para otro lado. Nuestros queridos compatriotas fantasearon con la idea de que, si no eran judíos, comunistas o socialistas, no tenían nada que temer. No comprendieron a tiempo que el simple hecho de no pertenecer a la «raza superior» alemana los convertía, a los ojos de los nazis, en poco más que bestias.

CAPÍTULO 29

LOS GENDARMES

París, 28 de diciembre de 1941

AQUELLA NAVIDAD FUE MUCHO PEOR QUE la anterior. Escaseaba todo. Los alemanes necesitaban muchos recursos para su guerra en Rusia, que poco a poco comenzaba a atravesárseles, y Francia era la vaca gorda y jugosa a la que exprimir hasta la sangre. Los alemanes se llevaron la mayor parte de las cosechas, las materias primas, el petróleo, los animales y, por último, comenzaron a mandar a los jóvenes para que trabajaran en sus industrias vacías de hombres. El primer ministro Darlan intentaba contentar a los nazis, pero que al menos las migajas sirvieran para alimentar a los franceses.

Pierre siguió viajando durante todo el verano y el otoño a París. Yo retomé la escritura de mis cartas y al mismo tiempo intenté formar un pequeño grupo de resistencia. No éramos muchos ni hacíamos acciones muy contundentes, pero nos dedicábamos a hacerles la vida más difícil a los alemanes.

El contingente nazi en Saint-Malo se redujo notablemente. Ya no había tantos soldados por las calles, las mujeres se cuidaban mucho de dejarse ver en público con el enemigo y las pintadas en contra de los alemanes estaban por todas partes.

Aquel año recibí una carta del Ministerio de Cultura: querían hacer una reunión en París para promover dos campañas de propaganda. Una ya había sido presentada en una reunión previa, y había tenido un gran éxito en la capital: era sobre los judíos y Francia. Dentro de poco querían hacer otra sobre los bolcheviques y Francia y pretendían concienciarnos de la importancia de transmitir esas ideas en los diferentes departamentos del país.

Viajé con Pierre. La excusa era perfecta para tener un encuentro con su contacto y recibir instrucciones de cómo ayudar a la Resistencia de forma más efectiva, pero también tenía la secreta intención de ir a conocerlo a usted.

Tras leer durante tantos meses sus cartas, se había creado entre nosotros una amistad epistolar. Tenía curiosidad si usted era como me imaginaba o simplemente la proyección de mis propios anhelos.

Tomamos un tren a Rennes, pues ya no partían directos desde Saint-Malo. El sistema ferroviario estaba al servicio del Tercer Reich y las necesidades de los franceses eran algo secundario. En el vagón de tercera me sorprendió encontrarme con mucha gente que continuaba viajando a pesar de las restricciones, la necesidad de visados y lo caro de los billetes.

En nuestro compartimento había un sacerdote católico, una mujer con dos niñas y dos estudiantes que debían regresar a sus casas por vacaciones. Pierre dormitaba a mi lado poco después de salir de Rennes. El viaje duraba casi toda la noche y los jóvenes parecen siempre hambrientos y somnolientos. A medida que uno se hace más mayor, el cuerpo deja de dominarnos por la falta de energía y comienza a hacerlo por la falta de salud; yo todavía me encontraba en el punto intermedio.

Me puse a caminar por los pasillos para descansar la mente y vi que nos parábamos mucho tiempo en una estación apartada cerca de Laval. Me asomé por los sucios cristales y vi cómo un gran número de gendarmes y perros comenzaban a subir por uno de los extremos del tren.

No me costó mucho imaginarme que lo que buscaban esos vendidos al régimen era a los pobres judíos y algún tipo de disidente, en especial los comunistas. En los últimos meses se habían convertido en una verdadera obsesión para los nazis y los colaboracionistas.

Me puse algo nerviosa, pero después me tranquilicé. Teníamos los papeles en regla y ninguna prueba que pudieran usar contra nosotros. Regresé al compartimento y vi a la madre mirando inquieta por las ventanas. El resto de los pasajeros, incluidas sus hijas, dormían.

—¿Qué sucede? —me preguntó al verme entrar.

—Son los gendarmes, están haciendo un control.

La mujer comenzó a temblar y buscó algo en su bolso de mano, aunque al parecer los nervios no le permitían encontrarlo.

—¿Se encuentra bien? —le pregunté en voz baja. Estaba justo enfrente y ella se agachó para contestarme.

—No tengo papeles. Logramos escapar de las redadas de julio y agosto y nos íbamos a París para ocultarnos con unos amigos. Al parecer, en la ciudad es más fácil pasar desapercibidos, aunque muchos nos dijeron que era mejor huir a Vichy.

—¿Son judías? —le pregunté casi en un susurro.

La mujer asintió con la cabeza.

Escuchamos las botas de los gendarmes acercándose por el pasillo.

El sacerdote se despertó, sin duda había escuchado la conversación.

—¿Qué puedo hacer? —preguntó desesperada la mujer.

El sacerdote se giró hacia nosotras, su gran barriga sobresalía de su sotana.

—Hija, no puedo protegerla a usted, pero sí a las niñas. Les diré que son dos alumnas del colegio de Monjas de la Caridad en el que soy profesor. Debería huir e intentar después encontrar la escuela, allí estarán seguras.

La mujer observó a sus dos hijas que dormían plácidamente y comenzó a llorar. Se me partía el alma al ver a una madre teniendo que tomar la decisión más dura de su vida.

—Cuídelas, se lo ruego, es lo único que me queda en esta vida. Ya he perdido a mis padres, a mi esposo y hermanas. Nos quitaron nuestra tienda de conservas, la casa y lo único que nos queda son esas dos maletas pequeñas. En ellas están los restos de nuestra desdichada familia.

El sacerdote pareció conmoverse ante las palabras de la mujer.

—A quien pierda padre o madre, posesiones o cualquier cosa en mi nombre, yo le daré el doble. Dios la compensará, hija, si no es en esta vida, en la venidera.

Aquella desconocida se puso en pie y nos abrazamos. Nos unía algo más profundo que la amistad: las dos no habíamos perdido nuestra humanidad. Muchos creen que el problema del mundo son los seres humanos, pero el verdadero problema es la deshumanización. La filosofía nos ha devuelto a la condición de animales racionales, robándonos todas las virtudes que nos hacían especiales y reduciéndonos a simples animales, con el único propósito de intentar perpetuarnos para que nuestra descendencia sobreviva.

—Gracias —dijo girándose hacia el cura.

El hombre se secó las lágrimas con las manos y beso las de la mujer.

La vimos salir del compartimento y rezamos para que le diera tiempo a bajar y escabullirse por la oscuridad. Logró apearse. Nos asomamos a la ventana y observamos cómo cruzaba las vías, pero le dieron el alto antes de llegar a la oscuridad del bosque. Siguió corriendo y escuchamos unos disparos lejanos.

Los gendarmes llamaron al compartimento. Un hombre calvo y grueso de aspecto sudoroso nos pidió los papeles. Las niñas seguían dormidas y el policía las señaló.

—Son dos sobrinas que llevo al colegio. Su familia no puede atenderlas —dijo el sacerdote.

—¿Dónde están sus papeles? —preguntó el gendarme con el ceño fruncido.

—Son menores a mi cargo. Con mi carnet le es suficiente.

—Necesitamos algún papel —insistió el gendarme. En ese momento entró un sargento y se nos quedó mirando.

—¿Qué sucede?

—Las niñas no tienen papeles, van con el sacerdote.

El hombre hizo un saludo al sacerdote, miró su documentación y le dijo:

—Gracias, que Dios lo guarde, padre.

Salieron del compartimento y todos respiramos aliviados. Pierre me miró sin entender nada, y al poco rato se volvió a quedar profundamente dormido. Yo no dejaba de pensar en qué pasaría cuando las dos niñas despertasen y no vieran a su madre.

Al final el sueño me venció y llegamos a París. Las dos niñas se despertaron a la vez que la mayoría de los pasajeros.

—¡Mamá! —gritó la más pequeña, de apenas cuatro años. La mayor de diez miró a uno y otro lado. En sus ojos podía percibirse el miedo, aunque intentaba controlarse para no asustar a su hermana pequeña.

—Vuestra madre ha tenido que irse. Yo os llevaré a un colegio y ella os recogerá pronto. No temáis —dijo el sacerdote con un tono de voz suave, intentando amortiguar el golpe que suponía para ellas lo que acababan de descubrir.

La pequeña comenzó a llorar amargamente, la mayor la abrazó y logró aguantar las lágrimas.

—No llores, Alice, vamos a una escuela. ¿Te acuerdas que te he contado muchas veces cómo eran los colegios antes de que llegaran los alemanes? Cuando no teníamos que llevar la estrella amarilla.

La niña se secó las lágrimas y ambas tomaron sus pequeñas maletas y siguieron al sacerdote. Miré cómo caminaban por el andén, sin saber si se volverían a reunir con su madre o se quedarían solas para siempre.

Me dirigí primero a la reunión de bibliotecarios en el edificio del Ministerio. Pierre se marchó a sus reuniones de su grupo de exploradores, que suponían su coartada para viajar tanto a la capital, y prometimos vernos a la hora de la comida.

París me parecía aún más triste que el año anterior, aunque a veces pensaba que uno odia o ama los sitios en los que ha estado según cuán feliz haya sido en ellos. La bella ciudad de la luz para mí siempre había sido tinieblas.

Lo primero que me chocó al entrar al edificio del Ministerio era que en gran parte estaba repleto de soldados alemanes, en especial de las SS. Los funcionarios franceses parecían sus ayudantes, el aparato del estado se encontraba en manos nazis.

Entré en el amplio auditorio donde casi un millar de bibliotecarios esperaban en sus butacas. La mayoría de las filas estaban llenas, y tuve que sentarme en una de las primeras.

Entonces escuché una voz que me llamaba:

—¡Jocelyn!

Me giré y vi en la fila de detrás a una vieja compañera de la universidad. Hélène Mordkovitch, bibliotecaria del departamento de Física de la Sorbona.

—¡Dios mío, que sorpresa!

—No te marches sin saludarme —dijo justo antes de que comenzara la ponencia.

Un hombre algo grueso, de gafas redondas, estaba sentado detrás de una mesa vestida con terciopelo rojo, una jarra de agua y tres vasos. A su lado, dos altos cargos de las SS.

—¡Queridos camaradas bibliotecarios!

La gente comenzó a callarse y todas las miradas se dirigieron hacia el estrado.

—Estamos en una gran cruzada con el comunismo bolchevique y el judaísmo internacional. La única forma de vencer a estas dos plagas es a través de la propaganda. Nuestros amados compatriotas han de saber que nos estamos jugando mucho más que nuestra seguridad: lo que realmente está en juego es la felicidad de nuestra amada Francia. Ahora mismo, compatriotas nuestros se están enfrentando a la terrible máquina de asesinar bolchevique. Ellos son la vanguardia y los guardianes de nuestra cultura católica y occidental, pero nosotros, como bibliotecarios, tenemos un deber sagrado. Hasta hace muy poco tiempo, muchos pensaban que la libertad era el paradigma de la humanidad, pero el exceso de libertad ha convertido a esta sociedad en un desecho humano. Hombres y mujeres débiles, movidos por cualquier viento ideológico marxista o capitalista. Nuestros amigos alemanes —dijo mientras enfocaba su cara a uno y al otro lado—, nos han liberado de una República corrupta, débil y manipulada por los judíos. Ahora podemos devolverles el favor mostrando nuestra fidelidad y amor a su causa. Hace unos meses fue un gran éxito la exposición sobre los judíos en Francia. Podrán llevarse folletos y buscar una fecha para trasladar a su ciudad o pueblo parte de ésta. Los judíos están comenzando a manifestar su verdadera naturaleza, ahora que ya no se pueden diluir como un veneno entre nosotros.

Sus palabras me revolvieron el estómago. Terminaba de ver cómo una madre tenía que abandonar a sus hijas, y cada día era más evidente la opresión que los judíos sufrían por las autoridades francesas y alemanas.

La sala comenzó a aplaudir. Yo no sabía qué hacer, y al final comencé a imitar al resto, temerosa de que alguien estuviera tomando nota de los disidentes en la sala.

—Todavía hay libros prohibidos en algunas bibliotecas. Hasta ahora hemos sido benevolentes, pero no vamos a consentir que se desobedezcan y cuestionen las nuevas normas. Si poseen ejemplares de singular valor, pero cuya lectura está prohibida, avisen a la ERR, la Einsatzstab Reichsleiter Rosenberg. Ellos tomarán los ejemplares para almacenarlos en París. Nuestro amado presidente, el mariscal Pétain, nos pide este esfuerzo en la guerra contra el comunismo.

La sala volvió a aplaudir, frenética. A continuación, proyectaron parte de un documental en contra del comunismo y salimos poco antes del mediodía.

Hélène Mordkovitch me tocó el hombro. Al girarme, me mostró su amplia sonrisa.

—¿Comemos juntas?

Encogí los hombros y la mujer me tomó de la mano. Llegamos a un pequeño restaurante al lado del río. Nos sentamos en el interior, junto a la cristalera, y comenzamos a ponernos al día. Llevábamos años sin vernos.

—Lamento mucho lo que le ha sucedido a tu esposo. La vida es siempre una caja de sorpresas.

—Pensé que te habrías marchado de Francia —le comenté en voz baja. Todo el mundo sabía que era de origen judío.

—He tenido que falsear mi procedencia, no creo que lo descubran. Lo mejor hubiera sido marcharse, pero quería luchar. Ya me entiendes. Para muchos no somos más que malditos intelectuales parásitos, pero no saben el poder que tienen las palabras. Los nazis han construido todo su Reich sobre las palabras. Han utilizado la radio, la propaganda, la prensa e incluso los libros. Nosotros estamos haciendo lo mismo —dijo casi susurrando.

—Hace poco han detenido a todos los componentes de la Resistencia en París y también en Saint-Malo. La lucha es cada vez más difícil —le contesté algo desanimada. Pierre pensaba igual que Hélène, pero yo ya no estaba tan convencida. La muerte de Antoine me había dejado casi sin fuerzas.

—Ya se ha formado una nueva red; los británicos nos están ayudando. Pronto seremos miles y después cientos de miles.

—¿No has visto cómo aplaudían en la sala?

—La mayoría lo hace por miedo.

—Puede ser, Hélène, pero lo que importa es que están de su lado.

Mi amiga frunció el ceño.

—Hemos de asumir nuestras responsabilidades. La gente necesita escuchar otra voz; de otra manera, no podremos pedirles que sean valientes. La mayoría cree que el único mundo posible es éste. Ayúdame a mostrarle uno mejor.

Sus palabras me emocionaron; de nuevo creía que mi vida valía para algo. Muchas veces me había sentido perdida en un mundo que parecía sin propósito, pero el nazismo nos había dado a todos una misión: acabar con él.

Le pasé por escrito mi teléfono y dirección.

—Nos volveremos a ver pronto —me dijo mientras se ponía en pie.

Me quedé sentada unos instantes. Las palabras de Hélène continuaban rondándome la cabeza. Los libros y Antoine lo habían significado todo para mí. Ahora debía luchar por cambiar las cosas. Mientras Francia estuviera ocupada, no podíamos rendirnos.

CAPÍTULO 30

MUJER EMBARAZADA

París, 28 de diciembre de 1941

Pierre me esperaba impaciente en el lugar acordado; teníamos que regresar a casa antes del toque de queda. Nos dirigimos a su dirección. Me sentía algo nerviosa. Llamamos y esperamos respuesta, pero nadie nos abrió. Miré sorprendida a mi amigo.

—No lo entiendo, estuve aquí hace un par de semanas.

En mi bolso llevaba media docena de cartas. Me hacía ilusión entregárselas en mano. Ahora tendría que llevármelas de vuelta a Saint-Malo, aunque lo que realmente me preocupaba era lo que había podido pasarle.

—No insistan —dijo una anciana abriendo una ventanita de la puerta de al lado. La mujer nos miró a través de sus grandes lentes como si estuviera analizándonos.

—¿Conoce a Marcel Zola? —le pregunté.

—Desde niño —respondió—. En esta casa vivieron sus padres. Ambos fallecieron hace años, eran unas bellísimas personas. Siempre dispuestos, amables y generosos. Su hijo ha salido a ellos.

—¿Dónde está el señor Zola? —preguntó Pierre.

—Me suena tu cara, jovencito. Ya te he visto en otras ocasiones por aquí. Una vieja como yo no tiene mucho en lo que entretenerse.

Pierre sonrió. A él parecía sonarle también la cara de la abuela.

—¿Tardará en regresar?

—Se ha marchado unos días a Cannes. Estaba algo agobiado en París, pero me pidió que si llegaba algo de correspondencia se la remitiese, en especial la de una tal Jocelyn Ferrec de Saint-Malo. Estuve allí de vacaciones una vez. La ciudad de los piratas —comentó la anciana mientras abría la puerta. Encima de su vestido raído de flores llevaba un mandil blanco impoluto.

Dudé por unos instantes. La mujer parecía de fiar, pero era consciente que en muchas de mis cartas había información comprometida que podía perjudicarnos a los dos.

—¿Puede darnos su dirección? —preguntó Pierre.

—Me temo que no. Un amigo va a pasarse mañana para llevarle la correspondencia. Marcel no se fía mucho del tránsito de cartas entre la Francia de Vichy y la zona ocupada —nos explicó la mujer.

Al final abrí el bolso y le entregué las cartas atadas con un cordel rojo.

La mujer extendió su mano arrugada y llena de venas azules, tomó el paquete y lo dejó sobre el recibidor de su casa.

—Les deseo suerte. En la anterior guerra perdí a mi esposo y en esta ha muerto mi hijo. Francia no puede pedirme más sacrificios, pero ustedes son jóvenes. Cuando todo esto termine podrán continuar con sus vidas —dijo mientras entraba de nuevo en la casa y cerraba la puerta.

Nos quedamos un rato parados sin saber qué hacer. Después, Pierre miró la hora y nos dirigimos hasta el tranvía. En el trayecto apenas cruzamos palabra. No se veían alemanes de permiso, pero en las calles los coches de los nazis patrullaban a todas horas. Llegamos a la estación y corrimos hacia el andén, justo antes de que el tren se pusiera en marcha.

El compartimento estaba vacío, por lo que pudimos estirar las piernas e intentamos descansar. El viaje era largo; aquel expreso nocturno paraba en casi todas las estaciones del recorrido hasta Rennes.

—¿Qué tal le fue la mañana? —preguntó el chico. Le expliqué brevemente el discurso y el encuentro con mi vieja amiga. El chico parecía algo preocupado.

—¿Piensa que no debería haber hablado de este tema con mi amiga?

—Es peligroso. Los nazis tienen informadores en todas partes, no nos podemos fiar de nadie. Hoy he visto a mi contacto, Raymond, y me ha advertido de los peligros que corremos. En Nantes se está formando una nueva red de la Dirección de Operaciones Especiales. Ha llegado gente muy preparada, pero la Gestapo está capturando a muchas células de la Resistencia. ¿No se ha enterado de lo que sucedió hace unos días en La Rochelle?

Negué con la cabeza.

—Un grupo de obreros se organizó para hacer operaciones de boicot contra los alemanes. Las primeras operaciones salieron muy bien y se confiaron. Uno de los obreros se emborrachó y lo detuvo una patrulla alemana. El hombre se asustó y les pidió que lo soltaran. Los soldados se extrañaron de su actitud y se lo entregaron a la Gestapo. Lo interrogaron durante toda la noche y al día siguiente ya había delatado a sus compañeros. Los nazis los detuvieron y se los llevaron a su cuartel en la ciudad. En total doce personas, todas ellas trabajadores de fábricas. Las esposas de los prisioneros estaban desesperadas. Una de ellas, llamada Anna, convenció a cinco amigos que la ayudaran a asaltar la cárcel.

Me quedé sorprendida al escuchar que la Resistencia se había atrevido a atacar una prisión de las SS.

—Atacaron de noche, cuando menos guardias había. Los pillaron por sorpresa. Imagino que no creían que fueran capaces de tanto. Rajaron el cuello de los guardas, capturaron a otros dos que dormitaban dentro y sacaron a los quince miembros de la Resistencia. Al día siguiente, los nazis estaban furiosos, nadie se había atrevido a tanto. Los buscaron por toda la ciudad y lograron dar con todos ellos. Se llevaron también a las mujeres, incluida la embarazada, Anna. Estaba a punto de dar a luz. Un oficial alemán le dijo al jefe de la Gestapo que no la fusilase hasta que tuviera al niño. Al principio, el jefe de la Gestapo aceptó, llevaron a la mujer a una clínica y la vigilaron, pero tras una semana sin dar a luz, la sacaron del hospital y la tirotearon sin piedad.

Miré mi reflejo en el cristal del compartimento. Aunque no era madre, sabía lo que debía haberle pasado por la cabeza mientras le disparaban; debió sentir cómo la vida de su hijo se apagaba en su interior.

—¿Cuándo terminará todo este sufrimiento? —pregunté a Pierre mientras apoyaba mi cabeza en la ventana.

Mi amigo era demasiado joven para entender lo que me sucedía. Para él, la vida era todavía una aventura emocionante, la muerte una simple idea abstracta, las personas que lo rodeábamos meros actores de una tragicomedia que observaba desde su mente adolescente. La mayoría de las personas de su edad jugaban a hacerse adultos, pero él arriesgaba la vida, como si fuera el protagonista de una novela de espías por entregas.

—Imagino que forma parte de la guerra —dijo—. Mucha gente inocente muere, mientras que sus verdugos continúan con vida.

Llegamos al amanecer a Saint-Malo, después de tomar otro tren en Rennes. Nos despedimos antes de descender; no queríamos que nos vieran bajar juntos. Nuestra ciudad era muy pequeña, y lo último que necesitaba era que nos relacionaran de alguna forma.

Me dirigí a casa, completamente agotada. Tenía una profunda sensación de soledad. Nadie me esperaba, ya no me quedaban amigos, no podía confiar en nadie. Los libros eran lo único que me hacía levantarme cada día y, ahora, aquella lucha desesperada contra el mal.

Me quité la ropa, preparé un baño caliente y cuando la bañera estuvo llena, me metí lentamente en el agua casi hirviendo. El año estaba a punto de terminar. Había sido el peor de mi vida. No tenía ilusión ni esperanza en 1942, pero sí algo de curiosidad. En ese momento no lo sabía, pero a veces la curiosidad es lo único que nos permite levantarnos cada mañana, querer saber un poco más lo que sucederá con nuestras vidas y con la de las personas que amamos. El vapor comenzó a llenar el baño y poco a poco caí en un profundo sueño, una pesadilla en la que llevaba viviendo casi dos años. Me hubiera gustado despertar y sentir a mi lado a Antoine, escuchar el timbre suave de su voz mientras me susurraba palabras de amor al oído.

CAPÍTULO 31

APLAUSOS

Saint-Malo, 25 de mayo de 1942

La soledad es la más terrible de las compañeras. La gente que jamás ha estado sola podría pensar que es simplemente la ausencia de personas a las que amar o con las que compartir tu vida, pero no es así. La soledad siempre muestra su implacable y constante presencia. La sentía a cada momento: al levantarme por la mañana y comprobar que era real lo que me estaba sucediendo, al desayunar frente a una silla vacía, sin ganas y con la mirada perdida, al trabajar sin ánimo, apenas como una autómata, movida por la inercia de la vida, al llegar a casa de nuevo, asearme y cenar frente a la misma pared en blanco. Había días que apenas cruzaba una palabra con nadie. La gente casi no acudía a la biblioteca, a pesar de que el invierno fue extremadamente duro y difícil para todos. Escaseaban el alimento, el carbón, la gasolina... casi todo. Mucha gente dedicaba el día entero al único oficio de sobrevivir. En algunas ocasiones me cruzaba con Hermann, pero ambos bajábamos la cabeza sin saludarnos, como si fuéramos dos completos desconocidos. Pierre me visitaba una vez a la semana para recoger las cartas, conversábamos unos minutos y se marchaba. El doctor Paul Aubry también me venía a ver algunas tardes y charlábamos sobre la guerra.

Los norteamericanos habían entrado en el conflicto tras el traicionero ataque japonés a sus bases en el Pacífico, y los alemanes se encontraban estancados en Rusia. Los yugoslavos se había revelado a la ocupación alemana gracias a sus partisanos comunistas y en Francia, de nuevo en el poder, el primer ministro Laval, se volcaba en colaborar con la maquinaria bélica de Hitler.

—Señora Ferrec, estoy seguro de que en un año los alemanes habrán perdido la guerra —me comentó el doctor Aubry. Sabía que podía fiarme de él, era una de las personas más buenas de la ciudad.

—No soy tan optimista. Los nazis tienen una gran voluntad, son capaces de darle la vuelta a la situación. Hasta que no los vea escapando con el rabo entre las piernas, no me lo creeré —le contesté al doctor.

El hombre dejó en la mesa el libro que iba a sacar e hice rápidamente la ficha.

—He estado atendiendo a un oficial alemán, creo que usted lo conoce, vivió en la casa de su vecina.

Sentí que me daba un vuelco el corazón. Llevaba un par de semanas sin encontrarme a Hermann. Aunque nunca hablábamos, me tranquilizaba el verlo bien.

—Hermann von Choltiz. Lo habían destinado a Berlín, aunque después le mandaron una nueva orden para ir a Rusia.

Comencé a temblar, sabía que el frente ruso era uno de los más duros de la guerra.

—Enfermó y lo han dejado aquí por ahora.

—¿Qué le sucede? —le pregunté sin poder ocultar mi preocupación.

—Comenzó a adelgazar y le cambió el semblante, le he realizado algunas pruebas y tenía un problema hepático, gracias a la medicación ha mejorado mucho. Esta mañana lo visité en el hospital de las hermanas, parece tener mejor semblante.

—¿Podría visitarlo? —le dije sin darme cuenta.

—Claro, le hará bien su visita. Justamente hemos estado hablando de usted.

Me quedé preocupada e intrigada. Pensaba que me había olvidado.

—Es un amante de los libros como usted. Quería regresar a Berlín para incorporarse a la biblioteca nacional, pero ahora los nazis necesitan a todos sus hombres. No parece una mala persona.

—No lo es —le contesté.

El doctor tomó su libro y lo golpeó con los dedos de la otra mano.

—Llévele algo de lectura. En los hospitales el tiempo pasa muy lentamente.

En cuanto el doctor se marchó, tomé el abrigo y salí en dirección al hospital. Antes había cogido un ejemplar de *Nana* de Émile Zola. No tardé más de quince minutos en plantarme delante del edificio. No era muy grande, apenas cuatro plantas y algo más de medio centenar de camas. Me sudaban las manos y tenía la garganta seca. En la puerta estaba una de las monjitas, era española y se llamaba Clara.

—Hola hermana Clara, vengo a visitar a un oficial alemán llamado…

—Únicamente tenemos a un alemán —comentó la monja sin disimular su desprecio. Los españoles habían sufrido antes que los franceses las zarpas del fascismo y, a pesar de que el bando republicano había permitido la persecución a la Iglesia católica, algunas monjas no estaban a favor del franquismo.

Me indicó la planta y la cama. Subí las escaleras con las piernas temblorosas, me sentía mal por aquella reacción. Simplemente iba a ver a un amigo, me dije una y otra vez, pero en cuanto lo vi en una de las camas del fondo, me dio un vuelco el corazón.

Hermann se puso rígido en la cama cuando me acerqué. Intentó peinarse un poco el flequillo y sonrió. Su aspecto era terrible, las mejillas hundidas por la delgadez, los ojos amarillentos y una barba de dos días que lo hacía parecer mucho más viejo.

—Jocelyn —pronunció con una mezcla de emoción y sorpresa.

—Hermann, me he enterado hoy por el doctor que has estado muy enfermo.

El alemán agachó la cabeza, como si su dolencia le diera algo de vergüenza.

—Tenía que haber salido para Alemania hace meses. Me habían destinado al frente de Rusia, y en el fondo deseaba ir. Sé que muy pocos regresan, la invasión de la Unión Soviética está siendo una verdadera masacre, pero ya nada me ilusiona. El peso de esta guerra ha caído sobre mí, creo que la única forma de redimirme es morir en el frente.

Sus palabras me enfadaron.

—¿Y seguir apoyando a ese régimen monstruoso? —le repliqué alzando la voz. Después miré al resto de los enfermos, pero la mayoría estaban convalecientes.

—No lo entenderás jamás. No lucho por Hitler ni por los nazis, lo hago por mi país. ¿Qué le sucederá a Alemania si perdemos? ¿Crees que nuestros enemigos mostrarán algo de misericordia hacia las mujeres, ancianos y niños inocentes?

Sabía que no. Los términos del armisticio en la Gran Guerra habían sido terribles para los alemanes, miles habían muerto de hambre y penurias.

—No podemos vencer al mal con el mal —le contesté.

El hombre arqueó una ceja.

—La Resistencia también hace cosas malas. Asesina a soldados desarmados, a supuestos colaboracionistas, y roba en las granjas para poder subsistir.

—No lo compares. Nosotros tenemos que luchar para liberarnos de vosotros, no hemos comenzado esto.

Hermann se quedó callado. Parecía fatigado, como si aquella breve discusión lo hubiera dejado exhausto.

—Lo siento —dije mientras me acomodaba en la silla de al lado.

—Siempre tengo la sensación de que jamás dejaremos de ser enemigos. Odio esta guerra y sus terribles consecuencias. No me considero tu enemigo.

Le aferré la mano, estaba fría y sudorosa.

—¿Cómo te encuentras?

Tardó unos segundos en responder. Me miró con sus ojos expresivos, que parecían casi aguados por las lágrimas.

—La muerte me ha rondado muchas veces, pero esta sí que ha estado cerca. Tal vez sea mejor así, desaparecer para siempre. Muchas veces he maldecido el día en el que nací. Habría deseado que ese día no hubiera existido jamás; los nonatos son más felices que nosotros. Ellos no tienen que ver todo este mal y sufrimiento. ¿Para qué sirve la existencia? El mismo fin hay para ricos y pobres, hombres y mujeres, sabios y necios. La muerte nos espera a todos. ¿De qué le sirven al rico sus riquezas o al hombre de fama su grandeza? No le encuentro sentido a todo esto.

Lo entendía a la perfección, pero había aprendido a buscar paz en medio de la tormenta en la que a veces se convertía la existencia.

—La vida cobra sentido cuando la dedicamos a los demás. El amor y el sacrificio son las únicas cosas que pueden redimirnos, no el inmolarse en un conflicto absurdo. La guerra pasará y podremos rehacer nuestras vidas.

Apenas había pronunciado esas palabras, cuando me pregunté si las creía realmente. ¿Qué clase de vida me esperaba sola? ¿Qué haría cuando todo esto terminase? Si cada día me levantaba, era con la esperanza de cambiar las cosas y poder ser de ayuda.

—Siento mucho lo que les sucedió a tu esposo y a Céline. Hemos causado tanto sufrimiento.

Aún percibía la rabia que bullía en mi interior. Me hubiera gustado tomar un arma y comenzar a matar nazis, pero la venganza tampoco era la respuesta. El odio te carcome por dentro y termina por consumirte.

—Gracias —le contesté apartando la mano.

—Al menos tus libros siguen a salvo, espero que Bauman no regrese jamás de Rusia. La gente como él no merece vivir.

En los últimos meses me había olvidado casi por completo de aquel individuo. Lo recordaba como si fuera una pesadilla lejana.

—¿Cómo te encuentras? ¿Cuándo te darán el alta?

—El doctor es muy optimista. Yo no lo soy tanto. Me ha comentado que en un par de semanas podré dejar el hospital y en un par de meses ir al frente.

Miré hacia el amplio ventanal que daba al océano. Justo al otro lado se encontraba la libertad. Ahora que los norteamericanos habían entrado en la guerra, las esperanzas de un desembarco crecían. Deseaba que la lucha terminase mucho antes.

—Intentaré visitarte cada vez que pueda. Te he traído un libro, a veces es la mejor forma de enfrentarse al abismo en el que todos estamos.

Hermann sonrió por primera vez al recibirlo y lo miró brevemente.

—¡Magnífico! No lo he leído.

—Descansa —le dije mientras le acariciaba el pelo con la mano.

Nuestros ojos se encontraron por un segundo. Las miradas a veces son más elocuentes que las palabras; se expresan en un lenguaje universal muy anterior al habla. Un bebé puede con sus ojos mostrar a su madre casi cualquier pensamiento.

Salí del hospital menos nerviosa, pero mucho más confusa. Hermann hasta ese momento me había parecido un capítulo oscuro de mi vida, que además se había cerrado por completo. Al parecer el destino tenía una idea muy diferente.

Caminé sin rumbo unos momentos hasta que me paré enfrente de la puerta de un cine. Proyectaban *Sueño de hadas*, protagonizada por Shirley Temple. Compré la entrada y me senté en una de las últimas butacas. La sala estaba casi llena. Muchos sentían que el cine era la mejor forma de evadirse de la realidad. Una verdadera fábrica de sueños.

La película comenzó con el famoso himno británico «God Save the King». Todos los asistentes comenzaron a aplaudir, mientras que un par de soldados y algunos franceses abandonaron el cine increpando a la gente. Me emocionó que mis compatriotas por fin recuperaran la dignidad. La esperanza crecía de día en día, pero a veces no es suficiente para cambiar las cosas. La libertad se consigue a un alto precio.

Durante el resto de la proyección hubo un silencio reverencial, pero al terminar, mientras todos veíamos a las flamantes tropas británicas desfilar, el público se emocionó de nuevo y comenzó a aplaudir. De repente, se cortó la emisión, como si alguien hubiera obligado al técnico a parar aquel acto de rebeldía. Salí del cine más animada. Sentía que al menos podía ayudar a Hermann, que pronto la pesadilla de la guerra terminaría y, quién sabe si tras la muerte nos esperaría una nueva resurrección, otra vida que no podemos ni imaginar mientras somos consumidos por la tristeza.

CAPÍTULO 32

RUMORES DE INVASIÓN

Saint-Malo, 5 de junio de 1942

LA ESTANCIA DE HERMANN EN EL hospital se prolongó más de lo previsto. La recuperación fue muy lenta y su mejoría paulatina. Mis visitas se convirtieron en una costumbre todas las tardes. Pasábamos un par de horas hablando de libros, filosofía, religión y el estado de la guerra. A veces discutíamos como locos, otras nos reíamos hasta las lágrimas o llorábamos pensando en algunos momentos difíciles de nuestras vidas. Cada tarde me despedía de Clara, la monja, y ella fruncía el ceño, como si el simple hecho de visitar a un enemigo constituyera en sí mismo una traición. Me parecía que le faltaba amor cristiano, hasta la noche en la que me paré al escucharla sollozar en la habitación contigua a la recepción.

—Hermana Clara, ¿se encuentra bien? —le pregunté mientras entraba en la pequeña sala.

El calendario a colores de un Cristo era todo lo que adornaba las paredes desnudas de la habitación. La mujer estaba sentada en una silla con la cabeza gacha.

—No me pasa nada —dijo entre sollozos.

—¿En qué puedo ayudarla? ¿Qué le sucede?

Cuando la mujer levantó la cara pude ver sus ojos rojos y su expresión de dolor.

—He recibido una carta de mi madre. Vive en Santander, de allí soy yo. Hacía mucho que no sabía nada de mi familia. Han estado escondiéndose hasta hace poco; el régimen de Franco los ha perseguido. La posguerra ha sido mucho peor que la guerra. La represión contra los vencidos fue atroz. Miles de fusilados, encarcelados, exiliados y mucha hambre. Hace unos meses decidieron salir de la aldea en la que se ocultaban. Pensaban que más de tres años después no les harían nada, pero las autoridades detuvieron a mi padre. Un hombre mayor de más de sesenta años que no ha hecho daño a una mosca, pero un conocido sindicalista del carbón. Lo han condenado por traición y crímenes de guerra, él que jamás ha pegado un tiro. La pena máxima, el garrote vil, la guillotina española.

—¡Dios mío! —exclamé—. ¿No se puede hacer nada?

—Allí no hay justicia, señora. Aquello es un cuartel en el que manda el Caudillo, Pétain a su lado es un principiante. Lo van a matar a sangre fría y mi pobre madre se quedará sola en el mundo.

Abracé a la mujer. Me observó con sus grandes ojos negros de niña, el pelo rizado y oscuro apenas se asomaba por el velo.

—Lo siento mucho.

—¿No entiendo cómo puede ver a un nazi? ¿No sabe lo que esa gente está haciendo en Francia y por el mundo? En este mismo edificio…, será mejor que no hable —dijo arrepentida de haber casi revelado su secreto.

—No se preocupe por el alemán, no es como los otros.

La mujer frunció el ceño, incrédula.

—Un lobo es siempre un lobo y un cordero únicamente puede ser un cordero.

—Hermann es un cordero.

La monja dejó de llorar y me miró directamente a los ojos.

—Tenga cuidado, dicen que la guerra acabará pronto y la pueden acusar de tener un amante alemán.

La miré sorprendida.

—No es mi amante, soy una mujer viuda. Ese hombre, aunque no lo crea, me ha salvado dos veces la vida. Le debo al menos intentar cuidarlo mientras esté en la ciudad. Pronto regresará a Alemania —le contesté ofendida, aunque era consciente de que no era la única que lo pensaba. En una ciudad de provincias, las habladurías y los rumores eran el pan nuestro de cada día.

Me dirigí a casa. Estaba abriendo el portal cuando escuché un chisteo y me giré. Una sombra se acercó a mí dándome un buen susto.

—Soy Hélène, será mejor que no nos vean juntas.

Me sorprendió que se presentara en casa sin avisar. Apenas habíamos tenido contacto todo este tiempo. Yo no me había atrevido a reunir un nuevo grupo de resistencia; me limitaba a ayudar a Pierre y pasarle cualquier cosa relevante que me comentase Hermann, aunque al no estar en el servicio activo no sabía demasiado sobre el estado de la guerra.

Subimos las escaleras sin encender la luz del pasillo; era consciente de que la señora Fave me vigilaba. Abrí con cuidado la puerta y colgué la chaqueta en la percha.

—¿Has cenado? ¿Te preparo un bocadillo? —le pregunté.

—Bueno, no me vendrá mal algo de comida. He venido directo desde París.

Nos dirigimos a la cocina, preparé unos bocadillos de vegetales y nos sentamos juntas a cenar. Era agradable tener alguien en casa.

—Han descubierto mi identidad y he tenido que huir. La Dirección de Operaciones Especiales me está preparando una vía de escape.

—Puedes quedarte aquí. Los nazis no se meten mucho con los habitantes de Saint-Malo. El alcalde ha logrado que nos respeten un poco. Lo malo son algunos vecinos que son capaces de delatar a cualquiera. Podemos decir que te han enviado para ayudarme desde París —le comenté.

—¿No pedirán una confirmación desde el ayuntamiento?

—La administración está revuelta. La mayoría no sabe si dirigirse a Vichy o a París para estas cosas. Es lo malo de tener dos amos —bromeé.

Hélène me miró muy seria.

—¿Dos amos? El único amo es Hitler, Pétain es un perro adiestrado, viejo y estúpido —contestó ofuscada.

Comimos en silencio. Las dos teníamos mucha hambre y, sobre todo, intentábamos aliviar la tensión.

—Estoy en contacto con Maurice August, el arquitecto, y con Margarite Blot. Ambos pertenecen a la célula de la Resistencia que se está creando en la zona. Esperamos que dentro de poco los aliados intenten una invasión.

—¿Una invasión por mar? Los alemanes llevan desde que llegaron reforzando las defensas de la costa. Pierre ha dibujado en detalle decenas de kilómetros cercanos, es prácticamente inexpugnable.

—Los alemanes necesitan enviar cada vez más gente al frente ruso y a África. No lograron tomar Malta. Los británicos están bombardeando sus ciudades y sus fábricas. Pronto la gente se cansará de

Hitler, los militares le darán la espalda y, si los aliados regresan al continente, escaparán como conejos a sus madrigueras.

El optimismo de Hélène me animaba, pero en aquel momento yo no veía a los alemanes en retirada; parecían muy convencidos de que podían ganar. Hermann, que era contrario a la guerra, estaba seguro de que Hitler lograría conquistar Rusia o al menos una parte, y que se firmaría un armisticio con los aliados antes de 1944.

—La célula de la Resistencia tiene algunos objetivos en la ciudad, aquí los alemanes parecen muy confiados —comentó mi amiga.

—Cada vez que se mata a un soldado hay represalias contra la población —le dije preocupada.

—Es la guerra, y en las batallas siempre se producen daños colaterales —contestó tan cínicamente que me enfureció.

—Parece que hablas como ellos. Cada vida es valiosa…

—No lo dudo. Muchos han muerto por salvar Francia y muchos lo harán todavía, mientras la mayoría se conforma con sobrevivir, y una parte con medrar a costa de los nazis. Cada vez que matamos a un alemán, todos los que tiene alrededor comienzan a temernos y desean regresar a su país. Debemos desmoralizarlos antes de que se produzca la batalla final.

Preparé un té y nos fuimos al salón. Hélène se descalzó los pies.

—¿No has traído ropa?

—Tuve que huir con lo puesto.

—No te preocupes, tenemos casi la misma talla y me sobra ropa.

Mi amiga me sonrió, y por primera vez dejamos de hablar de política para comentar algunas de las cosas que nos habían pasado desde que nos separamos en la universidad.

—No he tenido una vida sencilla. Siempre me he considerado extranjera, aunque me crie en Francia. Soy medio judía, católica, polaca y rusa. Casi todas ellas perseguidas por los nazis, siempre viajando de un lado a otro y cuando conseguí el trabajo en la Facultad de Física de la Sorbona pensé que mi peregrinaje había terminado, pero no fue así.

La comprendía. Yo también tenía ese sentido de desarraigo, de no pertenecer a ningún lugar, lo que muchos llaman libertad, pero que al mismo tiempo es soledad y confusión.

—Lo que está sucediendo en París es horroroso —continuó—. Han obligado a los judíos a llevar una estrella amarilla como en la Edad Media. El otro día, un chico de doce años se suicidó tirándose por una ventana porque sus amigos ya no querían hablar con él. Los ancianos se han colocado junto a la estrella sus medallas de la Gran Guerra, y muchos fascistas se las arrancan del pecho y los muelen a palos. El mundo se ha vuelto loco —dijo asqueada. Después dio otro sorbo al té y recostó la cabeza, como si intentara sacar de su cabeza aquellos pensamientos—. Por eso he tomado las armas. Los hombres las han tirado cobardemente al suelo; es el momento de las mujeres.

—Eres muy valiente, Hélène.

—Únicamente nos queda el valor o la muerte —contestó mirándome de nuevo.

—A veces creo que estaría mejor muerta —le confesé.

—No digas eso, superarás lo de Antoine. Nunca olvidamos a nuestros difuntos, pero al final logramos vivir con sus recuerdos.

Mientras me iba a la cama pensé en sus palabras. No se lo había contado a nadie, pero no me había atrevido a deshacer la cama desde el día en el que él murió. No tenía fuerzas. Aquel había sido nuestro lecho, nuestro altar del amor. Ahora era como una tumba. Me aferré al oso que me había regalado cuando éramos novios. A veces dormía abrazada al peluche, intentando mitigar un poco mi soledad. Muchas mañanas aparecía empapado en lágrimas.

CAPÍTULO 33

CATÓLICOS Y COMUNISTAS

Saint-Malo, 20 de junio de 1942

La guerra es siempre entre jóvenes, casi niños, que no se conocen ni se odian, pero que por las órdenes de unos viejos que sí lo hacen, deben matar y morir. Mi rutina cambió un poco desde la llegada de Hélène. Mi amiga me acompañaba por las mañanas y por las tardes en la biblioteca, y hacía que el día corriera de una manera más amable. No pasaba tantas horas sola pensando y lamentándome. Por las tardes visitaba a Hermann, aunque no le había dicho nada a mi amiga para que no me mal interpretase, y regresaba justo a la hora de la cena. Tomábamos después un té y hablábamos hasta estar agotadas. Cuando llegaba a la cama, me encontraba tan cansada que apenas pensaba en Antoine.

Aquel día me crucé con el padre Roth. Desde la muerte de mi marido no había vuelto a pisar la iglesia. No me consideraba católica, me sentía más cercana al protestantismo de mis padres, aunque si alguien me hubiera preguntado me habría definido como cristiana con profundas dudas.

—Hija, cuánto tiempo sin verte. ¿Cómo te encuentras?

—Bien, padre —le contesté.

—Sabes que puedes llamarme para hablar de cualquier cosa. Es muy duro atravesar un duelo y yo, por la gracia de Dios, soy un «cura de almas».

—Muchas gracias.

—Rezo por ti todos los días y porque esta guerra termine pronto. ¿Sabes lo que está sucediendo con los judíos de toda Francia? Lo que ocurrió aquí el año pasado no fue nada. A la mayoría los enviaron a campos de refugiados franceses, pero ahora se rumorea que los mandarán a Alemania para realizar trabajos forzados. ¡Qué horror! Hombres, mujeres y niños. A esos salvajes no les importa nada, no respetan nada.

El rostro del sacerdote comenzó a enrojecerse.

—Me han comentado que visitas al oficial alemán.

—Sí, ha estado muy enfermo.

—No te juzgo, hija. Debemos ayudar a todos, amar hasta a nuestros enemigos decía el Señor, pero necesito algo de ti. Tienes que guardar el secreto —dijo mientras miraba a un lado y al otro.

—Usted dirá, padre.

—Aquí en el Hotel Dieu, hay una docena de refugiados judíos camuflados entre los enfermos, varios de ellos niños. Queremos llevarlos hasta los Pirineos, para que desde allí pasen a España y luego a Portugal, pero tenemos un problema: no tienen papeles. Es muy difícil conseguir documentos. ¿Ese alemán tuyo es de fiar?

Me quedé un rato pensando. No sabía si Hermann estaría dispuesto a llegar tan lejos.

—Se lo insinuaré.

—Tienes que hacerlo rápido, las cosas para los pobres judíos está empeorando. También han detenido a gitanos y gente sin hogar, pero a ellos los mandan a los campos franceses del sur, a los judíos —dijo mientras hacía una señal con el dedo sobre su cuello— los mandan a trabajar.

—Le diré algo pronto.

—Gracias, hija —dijo después de bendecirme.

Subí las escaleras hasta la planta de la habitación de Hermann con esa idea en la cabeza. En cuanto mi amigo me vio, me preguntó si me sucedía algo.

—No, cosas del trabajo —le mentí.

No me concentraba en la conversación; todo el tiempo pensaba en cómo pedirle aquel favor.

—Ahora sí que me encuentro bien. El doctor me dejará salir la semana que viene, pero prefiero estar en el hospital y verte todos los días. En cuanto me den el alta me enviarán a Rusia.

—Esperemos que no.

—Están enviando a todo el mundo y la mayoría regresa con un pijama de madera. A veces la vida nos roba la felicidad y queremos perderla, para de repente devolvernos la ilusión y quitarnos la existencia.

—Puedes pedir que te trasladen a París o quedarte aquí.

—No está en mis manos, Jocelyn, te aseguro que si lo estuviera procuraría no alejarme de ti.

Me agarró el brazo y yo di un respingo. En todas esas semanas habíamos hablado de muchas cosas, pero jamás habíamos atravesado la línea roja de los sentimientos.

—Lo siento —dijo al ver mi reacción.

—No estoy preparada y no creo que lo esté jamás. Me gusta tu amistad, pero mi corazón sigue siendo de Antoine.

La mirada de mi amigo se apagó, parecía como si la alegría se le hubiera escapado de repente.

—Tengo que pedirte algo, no sé si podrás o querrás hacerlo, pero en cualquier caso, será un secreto entre los dos.

—No me veo capaz de negarte nada —contestó.

—Al igual que en Alemania, se está persiguiendo ferozmente a los judíos. Hay unos pocos escondidos, pero necesitan papeles para atravesar Francia y llegar hasta España. ¿Podrías conseguirme papeles en blanco para falsificarlos?

Hermann se puso muy serio, frunció el ceño. Por primera vez tenía que tomar partido, no era suficiente con decir que no era un nazi más. A mí me había ayudado porque me amaba, pero el verdadero amor es dar tu vida por los extraños.

—Lo haré —dijo al fin; después sonrió—. ¿Qué puedo perder? No miraré más para otro lado, la vida de cada persona es importante.

Lo abracé inconscientemente, pero pasados unos segundos me separé algo ruborizada.

—Lo siento —dije con la voz entrecortada.

Hermann sonrió, de alguna forma había cruzado la línea que lo separaba definitivamente de la comunidad racial de los nazis. Para todos ellos, no cumplir las órdenes era excluirse voluntariamente de su pueblo.

Bajé las escaleras del hospital con una mezcla de euforia y temor. Otra vez me sentía útil y tenía la sensación de que las cosas podían cambiar. Al llegar a la recepción me paró la hermana Clara.

—El padre Roth me ha comentado lo que hará por esas pobres familias. Gracias.

Se abalanzó sobre mí y me abrazó torpemente, como si no estuviera acostumbrada a expresar sus sentimientos. Continué mi camino hasta casa, pero al ver luz en la biblioteca decidí echar un vistazo. Me extrañó que Hélène estuviera allí tan tarde. Comprobé que la llave estaba echada, abrí lentamente para no molestar a mi amiga, atravesé la entrada a oscuras y me dirigí a la planta principal. En cuanto abrí, me encontré con unas cuatro personas que se giraron al escuchar mis pasos.

—No os preocupéis, es una de los nuestros —dijo mi amiga.

Saludé tímidamente con la mano y Hélène me pidió que me sentase.

—Estábamos hablando de algunos objetivos. Antes de que termine el verano intentaremos darles un buen susto a los alemanes.

No dije nada, pero temía las consecuencias de un atentado en la ciudad. Llegaban rumores de los fusilamientos en venganza de la muerte de soldados alemanes.

—Maurice ha propuesto terminar con un colaborador y un oficial alemanes. Tenemos que advertir a los compatriotas que colaboran con los nazis que son unos traidores y que les daremos su merecido.

Una de las mujeres de la reunión hizo un gesto de victoria, parecía muy complacida con la decisión.

—El colaboracionista será el señor Pierre Travelis. Se ha hecho millonario vendiendo carne a los alemanes, mientras que la población pasa hambre. Hace poco compró una de las mansiones más grandes a las afueras de Saint-Malo —comentó Hélène.

—Podríamos darle una advertencia en lugar de asesinarlo —comenté inquieta. No estaba de acuerdo con usar la violencia, y mucho menos de forma arbitraria. Unos pocos se habían enriquecido con la ocupación; elegir a un colaboracionista al azar era cuanto menos injusto.

—No les daremos más advertencias, deben ver caer a uno de los suyos, es la única forma. Los demás tomarán ejemplo y ya no ayudarán tan alegremente a los ocupantes —dijo Marcel, otro de los miembros del grupo.

—En cuanto al oficial alemán, hemos pensado en una pieza fácil, cada vez están más protegidos y se dejan ver poco. En el hospital de las monjas se encuentra un oficial llamado Hermann von Choltiz, dentro de poco le darán el alta. Si lo asesinamos en los próximos días, ya no podrá incorporarse a filas para convertirse en un opresor de nuevo.

Me estremecí al escuchar aquellas palabras. No podía contarles que Hermann se había ofrecido a ayudar a los refugiados judíos ni que éramos buenos amigos. Sin duda me habrían acusado a mí de colaboracionista. El resto de la reunión no pude dejar de pensar en aquellas palabras. Debía advertirle cuanto antes del peligro que corría.

Hélène y yo regresamos en silencio hasta el apartamento. La noche era cálida, casi perfecta.

—No te he visto muy conforme con nuestras decisiones.

—Ya te he comentado que no apruebo la violencia.

—La violencia es el único lenguaje que entiende esa gente. Ojo por ojo y diente por diente —dijo apretando los dientes.

Subimos en silencio las escaleras del portal y justo al entrar me dijo:

—Tu ayudarás mañana a los dos encargados de matar al carnicero. Sólo tendrás que vigilar que nadie los ve y conducir el coche.

Intenté replicar, pero me dejó con la palabra en la boca. Entró en su habitación y yo me quedé sumida en una profunda incertidumbre. Muchas veces, para no traicionar a tus principios, tienes que traicionar a tus pensamientos.

CAPÍTULO 34

EL TENIENTE REGRESA A ALEMANIA

Saint-Malo, 21 de junio de 1942

No pegué ojo en toda la noche. Me movía inquieta en la cama y me venía una y otra vez a la mente la reunión en la biblioteca. ¿Qué debía hacer? ¿Debía participar en algo así? ¿Cómo podía advertir a Hermann? Hélène no me había dicho cuándo estaba prevista su ejecución.

Me tomé el café tibio, no me entraba nada más. Mi amiga comió copiosamente y después me dibujó en una hoja el lugar del atentado, la vía de escape, la hora y el punto de reunión para evaluar la acción.

—¿Has entendido todo?

—Sí —le contesté con la cabeza agachada. Sentía que con sólo mirarme descubriría que me oponía a eses tipo de acciones violentas.

—Sé que no te gusta hacer esto, a mí tampoco, pero se trata de un mal necesario.

Asentí con la cabeza y fui al cuarto de baño para terminar de asearme. Después nos dirigimos a la biblioteca. Me pasé la mañana

mirando el reloj, comprobando que sus agujas me llevaban inevitablemente hacia el momento señalado.

—Será mejor que salgas con tiempo. Ese cerdo termina su comida pronto y regresa a su mansión para echarse la siesta. Tenéis
que interceptarlo en la entrada. No hay casas alrededor y nadie os
verá. Los niños están en el colegio a esa hora y la mujer en casa de
su madre.

Tomé el bolso y me puse la chaqueta, aunque estaba sudando
por los nervios. Me dirigí al coche y lo arranqué con suavidad.
Llegué hasta cerca de la estación de tren y recogí a los dos pistole-
ros, un hombre y una mujer jóvenes. En apenas diez minutos nos
encontrábamos enfrente de la suntuosa mansión. Dejé el coche en
un camino de tierra, entre los árboles, y me quedé en el cruce para
vigilar la huida.

—No tardaremos mucho. En cuanto nos veas correr, sube al
coche y lo acercas.

—De acuerdo —le conteste. Sentía la boca seca y me temblaba
todo el cuerpo.

—¿Te encuentras bien? —me preguntó la mujer—. No puedes
perder la calma, nuestras vidas están en juego.

—Será sencillo —le contesté. El hombre me ofreció un cigarrillo y, aunque no fumaba, se lo acepté; pensé que tal vez me calmase
los nervios. Me lo encendió y después caminaron despacio hasta la
puerta principal. La verja estaba cerrada y no se veía movimiento
en el interior. Ambos se ocultaron detrás del tronco de un árbol
grueso y esperaron al empresario.

Un Cadillac dorado se acercó por el camino. Marchaba a poca
velocidad y un hombre grueso con un puro en la boca lo conducía
con el mentón en alto y expresión despreocupada. Se paró frente
a la verja y abrió con una llave la puerta. Después la empujó a un

lado, abrió la otra y repitió la acción sin percatarse de los asesinos. Subió al coche y lo dejó a un lado del jardín. Estaba dirigiéndose a la verja de nuevo para cerrarla, cuando los dos miembros de la Resistencia se le acercaron por la espalda.

—¡Traidor a la patria! —le gritó el hombre, después sacó una pistola y comenzó a disparar.

El pobre diablo apenas tuvo tiempo de reaccionar. La muerte lo pilló tan de improviso, que se limitó a girarse antes de caer desplomado en el suelo. Su impoluto traje blanco enseguida se embadurnó con el barro y la sangre.

La puerta principal se abrió y pude ver el rostro de la mujer del empresario. Comenzó a gritar mientras corría hacia él.

Al principio los dos miembros de la Resistencia se quedaron paralizados. No esperaban que la mujer estuviera dentro de la casa.

—¡Asesinos! —les gritó mientras se acercaba al cuerpo de su esposo.

El pistolero la apuntó y, antes de que pudiera reaccionar, dos disparos la atravesaron. Los miró sorprendida y cayó al lado de su marido.

Los dos asesinos corrieron hacia el camino, cerraron la verja y después se dirigieron hacia donde yo estaba. Me costó reaccionar, pero al final me subí al coche, lo arranqué y salimos del lugar a toda velocidad. Notaba cómo el corazón me latía a mil por hora. En cuanto nos sentimos seguros, mis compañeros comenzaron a hablar.

—¡Joder! Cuando salió la mujer me puse muy nervioso —dijo el hombre.

—Has hecho bien en cargarte a esa cerda, es tan culpable como su marido. Los dos se han enriquecido a costa del pueblo.

Yo debía estar pálida por el miedo, porque la mujer se giró hacía mí y dijo:

—Tranquila, ya ha pasado lo peor.

Me sorprendió su frialdad. Sin duda ya lo habían hecho con anterioridad, pero no podía creer que matar a dos seres humanos, por muy culpables que fueran, apenas causara ningún efecto en las conciencias de sus ejecutores.

—No me mires así. Matar a esos cerdos es un acto patriótico y de justicia. Ahora estamos un poco más cerca de la victoria final.

No le contesté. Hacía tiempo que había comprendido que era inútil discutir con radicales; para ellos no había matices, era todo o nada. Me pregunté si el destino les hubiera hecho nacer en Alemania, acaso no serían nazis convencidos, luchando por lo que ellos pensaban que era una causa justa.

—Y esta noche a ese cerdo alemán. No podemos arriesgarnos a que se nos escape vivo.

—¿Esta noche? —le pregunté.

—No te preocupes, en Saint-Malo no necesitamos coche.

Los dejé cerca de la estación de tren y regresé a la biblioteca. Hélène me esperaba impaciente. En cuanto atravesé la puerta me acribilló a preguntas.

—¿Cómo ha salido todo? ¿Os habéis asegurado de que estaba muerto?

—Bueno, eso parecía.

—Cuéntame los detalles —insistió.

Después de una breve explicación parecía más satisfecha.

—La mujer era una fascista como el marido.

—Pero, ahora sus hijos se quedarán huérfanos —le dije sin poder evitar sentir la suerte de los pobres niños.

—Tienen a los abuelos —contestó sin mostrar la más mínima compasión.

Me senté en mi escritorio. Tenía el estómago revuelto y ganas de vomitar.

—Creo que tienes demasiados escrúpulos para esta tarea.

—Son seres humanos —le contesté asqueada.

—Todos lo somos, pero algunos tienen que morir para que las cosas cambien. Eso lo entiende hasta un niño pequeño.

—Pero, si el precio es vender nuestra alma, ¿qué mundo estamos creando? ¿Acaso somos mejores que ellos?

—Haré como que no te he escuchado. No podemos titubear, esos dos camaradas han arriesgado sus vidas por todos nosotros.

Tomé mis cosas y cerré con un portazo. Me dirigí directamente al hospital; tenía que advertir a Hermann cuanto antes. Temía que Hélène o alguien me estuviera siguiendo, por lo que cambié de sentido en varias ocasiones y cuando estuve segura de que nadie me vigilaba entré en el hospital. Clara estaba en la puerta.

—El oficial no está aquí —me dijo después de saludarme.

—¿Le han dado el alta? —le pregunté extrañada.

—Sí, esta mañana. Un hombre y una mujer acaban de pasar preguntando también por él. Espero que pueda conseguir esos papeles para las familias que tenemos ocultas.

—¿Sabe dónde ha ido el teniente?

—Imagino que al cuartel —contestó encogiéndose de hombros.

Corrí por la calle en dirección al castillo. La gente me miraba sorprendida; nadie se atrevía a llamar la atención desde la ocupación. Llegué sin aliento a la puerta donde dos soldados me apuntaron.

—¿Dónde va? —preguntó el sargento con un fuerte acento alemán.

—Tengo que ver de inmediato al teniente Hermann von Choltiz.

Mientras el oficial se dirigía a la garita para utilizar el teléfono, el soldado no dejó de apuntarme. Un minuto más tarde, Hermann fue a recibirme a la puerta.

—¿Qué sucede? Estoy bien, estaba buscando eso y…

—Vamos a algún lado —le dije nerviosa.

Caminamos hacia el mar; no dejaba de mirar de un lado al otro.

—¿Qué te pasa? —insistió en preguntarme mi amigo.

Nos paramos a pocos metros del agua. La tierra estaba húmeda y la playa desierta.

—Pensé que te había sucedido algo.

Temblaba de frío y temor, él me abrazó y yo comencé a llorar.

—Me estás asustando —dijo inquieto.

—Creía que habías muerto, la Resistencia planea asesinarte. He venido a advertirte.

Hermann me miró sorprendido.

—Veo que les vale cualquiera —contestó al fin con cierto sarcasmo.

—No es ninguna broma, acaban de asesinar a un empresario hace unas horas.

La cara de mi amigo cambió de repente. Se puso las manos sobre el rostro y después se quitó la gorra para secarse la frente.

—Muchos inocentes morirán —dijo mientras se giraba de nuevo hacia mí.

—Ponte a salvo, no salgas del cuartel.

—El comandante acaba de anunciarme que parto hoy mismo a Berlín y desde allí a Rusia. Hay una operación a gran escala, quieren acabar con los bolcheviques antes de que termine el verano.

Me quedé petrificada, tenía la sensación de no entender sus palabras.

—La guerra se decidirá en Rusia: si Hitler no es capaz de vencer a Stalin, Alemania está perdida. Lo único que lamento es el sufrimiento que aún nos queda por vivir a todos.

Hermann metió la mano en uno de sus bolsillos y me entregó un sobre grueso.

—Es todo lo que he podido conseguir. Pasaportes, visados, tarjetas de identificación y racionamiento.

Las guardé en el bolso y después hice esfuerzos para no llorar.

—No te olvidaré, Jocelyn y, si Dios lo permite, regresaré para buscarte.

Me tomó de las manos, después se alejó un poco para contemplarme.

—Quiero recordarte así, bella y valiente, intentando salvar al mundo con tus libros y tus buenas palabras.

Nos abrazamos de nuevo. El sonido de las olas parecía mecernos, como si intentaran que aquel momento se convirtiera en algo eterno. Después, todo fue de nuevo soledad.

CAPÍTULO 35

UN DESCONOCIDO

Saint-Malo, 3 de marzo de 1944

Las tinieblas lo invadían todo. Aquel invierno había sido terrible. Escuchábamos a los aviones ir tierra adentro para bombardear fábricas. Los jóvenes se escondían para que no los enviaran a Alemania para ayudar a la economía de guerra, escaseaba todo, la mayoría de nosotros estábamos extremadamente débiles y delgados. Al estar cerca del océano, al menos podíamos comprar algo de pescado de forma clandestina, pero el resto de los productos era un lujo en el mercado negro o simplemente no se podía encontrar. Las madres ya no tenían leche para amamantar a los pobres niños que habían nacido en medio de aquel horror. Los alemanes detenían todos los días a gente que no volvíamos a ver jamás.

Tras el asesinato del empresario y un soldado alemán el día que Hermann se fue, el comandante al mando ordenó tomar rehenes y ejecutarlos. La actividad en el puerto era frenética, a pesar de que los aliados lo habían bombardeado dos veces. El año 1943 fue el del vuelco en la guerra. Los alemanes comenzaron a perder en todos los frentes. Los nazis retrocedían en la Unión Soviética y se habían rendido en Túnez, perdiendo el control del norte de África. Sus aliados italianos habían intentado firmar una paz por separado después de encarcelar a Benito Mussolini, y los aliados avanzaban por el sur de Italia hacia Milán.

Durante ese largo año y medio continué escribiendo a Hermann. Al principio sus cartas llegaban con cierta regularidad todas las semanas, después cada quince días, más tarde una vez al mes y desde el comienzo de 1944, apenas una en todo el trimestre. Había logrado escapar de Stalingrado antes de que cercaran al ejército alemán, y al estar herido lo habían enviado a un hospital en Berlín, pero allí le había perdido la pista.

Hélène había huido tras los dos atentados. Un barco la había llevado hasta San Sebastián en España y desde allí otro a Inglaterra. De nuevo estaba sola, intentando proteger los libros de la biblioteca, ahora en peligro por los bombardeos y los incendios que de vez en cuando se producían en la ciudad.

Las únicas personas con las que hablaba eran el doctor Paul Aubry y el padre Roth.

Andreas von Aulock, el comandante alemán de Saint-Malo, había preparado la ciudad para resistir todo lo posible. Los rumores de un posible desembarco aliado corrían por todas partes. No estaba segura de si podía más en nuestro ánimo el deseo de vernos liberados al fin o si simplemente la guerra tenía que terminar en algún momento.

Observé desde mi ventana el mar en calma. Brillaba bajo la intensa luz de la primavera, parecía de plata. De alguna forma, después de todos aquellos años de desgracias y penurias, había aprendido a contentarme con los afanes de cada día. Antes de salir a trabajar meditaba un poco, recordaba a los seres queridos que ya no estaban a mi lado y dejaba que el destino condujera mi vida. Necesitaba creer que todo aquel dolor tenía un propósito y que éramos más que meras casualidades en un infinito sinsentido.

Me miré en el espejo de la entrada antes de salir. Habían comenzado a salirme las primeras canas, mi expresión había cambiado y la cara aniñada de mi juventud había dado paso a la de una mujer madura que sabía lo que quería y no tenía miedo a nada.

Recorrí las calles de Saint-Malo con cierta tristeza. La ciudad estaba solitaria; muchos habitantes estaban abandonando las casas intramuros para refugiarse en el campo. Algunos edificios se encontraban derrumbados y otros en ruinas. La orgullosa ciudad corsaria parecía sucumbir ante el peso de la historia. Pasé delante de la librería de Denis. Tenía todos los cristales rotos y ya no había libros en las mesas medio quemadas ni en los escaparates. La vida había perdido su brillo hasta convertirse en una vieja fotografía en blanco y negro.

Pierre continuaba visitándome cada semana. Él también había cambiado. Ya no era el adolescente de catorce años que había conocido, y temía que en cualquier momento las autoridades lo reclamaran para servir en los trabajos obligatorios de esfuerzo bélico en Alemania.

—Señora Ferrec, tengo que contarle algo.

Lo observé con una sonrisa. Pierre siempre era portador de buenas noticias. Mantenía el contacto con los servicios secretos. No había nadie más en la biblioteca, por lo que pudimos hablar sin impedimentos.

—¿Qué tienes que contarme?

—La llegada de los norteamericanos es inminente. Necesitan abrir otro frente en Europa; en Italia el avance es lento. Me han comentado que antes de Navidades quieren llegar a Berlín.

—Me temo que los yanquis son más fanfarrones que los británicos. Puede que estén retrocediendo en Rusia, pero no están derrotados. Los fanáticos son capaces de derramar hasta la última gota de sangre para defender a ese loco de Hitler.

—Antes no era tan pesimista —dijo Pierre muy serio.

—He esperado el fin de esta guerra con desesperación. Primero por Antoine y su regreso del frente, después para salvar a mis amigos de las bestias de las SS y la Gestapo. Ahora, lo único que me importa es que esta vieja biblioteca no sea pasto de las llamas. Todos nosotros desapareceremos un día, es cuestión de tiempo, pero esto —dije señalando las estanterías—, es necesario que perdure. Los libros son nuestro legado a las siguientes generaciones, la luz que alumbrará su camino. Si los nazis destruyen nuestros libros, habrán ganado la guerra. Ya no sabremos quiénes somos ni qué hacemos aquí.

Pierre abrió uno de los viejos tomos que estaba restaurando en ese momento.

—¿Realmente son tan valiosos?

—Pueden parecer simple papel amarillento y tinta descolorida, letras impresas sin demasiado significado, pero son mucho más. En ellos descansa el alma de los que los escribieron y el corazón de los que se asomaron a sus páginas. Mira esta ficha: este libro ha tenido casi doscientos lectores en más de cien años. La mayoría ya están muertos, pero la semana pasado lo leyó una niña de doce años. Continúa vivo, cumpliendo su misión.

—¿Cuál es su misión? —me preguntó Pierre intrigado.

—Su misión es hacernos libres. Aprender, conocer, descubrir nos hace libres.

Escuchamos cómo se abría la puerta, sus goznes chirriaron y un hombre con la cabeza gacha entró. Llevaba el pelo largo y blanco, una barba canosa cubría sus mejillas medio hundidas. La ropa vieja le quedaba grande y cojeaba al andar. Al principio no lo reconocí, pero en cuanto pronunció mi nombre corrí a sus brazos.

—¡Jocelyn!

—¡Denis!

No podía creer que el destino estuviera devolviéndome un poco de felicidad.

Nos abrazamos ante la mirada sorprendida de Pierre. Cuando abrimos los ojos llenos de lágrimas, el joven había desaparecido.

—¿Cómo has logrado llegar hasta aquí?

Denis se sentó en la silla, se veía realmente agotado. Le ofrecí un vaso de agua. Había envejecido mucho y apenas se parecía al hombre atractivo y alegre que conocí unos años antes, pero tenía los mismos ojos brillantes y limpios.

—He vivido una pesadilla, pero estoy de nuevo en casa. He visto cosas terribles, he vivido en el mismo infierno. No pensé que saliera de allí con vida y aún me pregunto si estoy soñando o simplemente he muerto.

—¡Estás vivo! ¡Dios mío!

Denis sonrió, se secó las lágrimas con un pañuelo viejo y después me pidió que me sentara.

—Desde que me detuvieron todo se convirtió en una terrible pesadilla. Me interrogaron, me torturaron, sobre todo ese alemán, Adolf Bauman.

—Lo siento, creo que fue por mi culpa. Me odiaba, pero al no poder tocarme, se ensañó contigo.

Denis dio un largo suspiro.

—Tal vez, pero lo cierto es que arriesgué mucho vendiendo libros prohibidos. Después me enviaron en un tren militar hasta Alemania. En Dachau, un pueblo pequeño de Múnich, me encerraron en un campo de trabajos forzados. Se encontraba a las afueras del pueblo, rodeado de bosques. Al principio pensé que no parecía un lugar tan malo. En cuanto crucé la verja de hierro y vi el rostro de los prisioneros, supe que en la entrada todos dejábamos nuestra humanidad. Todos vestían con un uniforme a rayas, calzaban unos zuecos de madera y caminaban con la cabeza gacha, como si les pesara la existencia. Me encerraron con los prisioneros políticos y eso me salvó. Eran los que mejor vivían del campo. Casi todos eran comunistas y socialistas, llevaban allí desde 1933, cuando Hitler llegó al poder. A un tal Miller le hacía gracia que fuera francés; al parecer había estudiado en Berlín Filología Francesa. Era un capo, un especie de jefe de barracón, y me convertí en su ayudante. Nuestra barraca era de las mejores, teníamos lo justo, pero al menos comíamos, nos daban una manta y nos aseábamos una vez a la semana. Las cosas se pusieron peor a medida que avanzaba la guerra. Menos comida, más gente hacinada, peleas, matanzas y cuando llegaron en masa los judíos, empezaron a asesinarlos a palos. Algunos prisioneros eran altos cargos de Austria, de Checoslovaquia y de Francia.

»Uno de los oficiales del campo me ordenó que enseñara a sus hijos francés. Vivían en una gran casona con su familia. ¿Te puedes creer que cada día salía del campo, se marchaba caminando y jugaba con sus hijas antes de dormir?

Las palabras de Denis me dejaron sin aliento. Todos intuíamos qué le hacían a los judíos que cazaban en Francia y enviaban al norte, pero no podía ni imaginar aquel horror.

—Asesinaban a mujeres, ancianos y niños sin piedad. Ha sido terrible.

—¿Cómo has logrado escapar?

—Una locura, aunque a veces pienso que hubiera sido mejor

morir. No sé si podré superar esto —dijo mientras comenzaba a llorar.

—Lo haremos juntos.

Nos abrazamos, y durante un momento tuvimos la sensación de que el tiempo se había detenido y que estábamos de nuevo en 1939, jóvenes y felices.

—El comandante del campo quería hacer limpieza. Ordenó exterminar a varios bloques. Mi amigo el capo me advirtió, me veía muy débil y sabía que me seleccionarían. Aprovechando un transporte me sacó del campo, el conductor me llevó a Múnich, me tuvieron unas semanas escondido y después me dieron papeles falsos.

—Espero que nadie te reconociera —le dije nerviosa.

Denis se atusó la larga barba y el pelo.

—Ni mi madre me habría reconocido.

—Diré al padre Roth que te encuentre un lugar seguro.

Nos abrazamos de nuevo. Sentir cerca a otro ser humano me pareció el mejor regalo del mundo.

El sacerdote no tardó mucho en venir a recogerlo.

—Hay una granja abandonada cerca de Saint-Coulomb. Allí estarás seguro —le dijo el sacerdote.

—Gracias. Dios mío, pensé que jamás volvería a Saint-Malo.

—Los caminos del Señor son inescrutables. Dentro de poco llegarán los aliados y esa peste de nazis se irán de aquí —comentó el sacerdote.

Nos despedimos prometiéndole que nos veríamos cada semana. Después cerré la biblioteca. Regresaba hacia casa con una sonrisa en los labios por primera vez en mucho tiempo.

CAPÍTULO 36

DESEMBARCO

Saint-Malo, 6 de junio de 1944

Desde la noche se escuchaba el paso frenético de aviones sobre la ciudad. No pude conciliar el sueño. Me preocupaba que bombardearan, no tanto por mi muerte como por la destrucción de la biblioteca. Me levanté temprano y me dirigí al Café Continental. Allí los partes circulaban con rapidez. Un par de vecinos escuchaban las noticias de la BBC y se las comentaban al resto del pueblo. Por primera vez desde el inicio de la guerra la gente ya no ocultaba su abierta hostilidad hacia los alemanes. Desde hacía días apenas se los veía abandonar sus posiciones en la muralla, el cuartel o los fuertes cercanos.

Entré en el café y el dueño me saludó con su gran sonrisa que hacía mover su gran mostacho negro.

—¡Señora Ferrec! ¿Le preparo su café?

—Sí, por favor —dije sin prestarle mucha atención. El médico y el cura estaban sentados junto al señor Chirac.

—Han desembarcado y no muy lejos de aquí. En Normandía.
Me senté a la mesa. Los tres lo miramos sorprendidos.

—No es posible —dijo el sacerdote.

—Lo normal habría sido en Calais —comentó el doctor.

—Las defensas allí están más protegidas —dijo Chirac.

—¿Qué importa eso? —les contesté.

—Bueno, al estar tan cerca, seremos de los primeros en ser liberados. Ya no aguanto ni un día más a esos malditos alemanes.
Nos han robado todo, han secuestrado a los hombres jóvenes y
han violado a nuestras mujeres. Merecen un final peor que en el
diecinueve —dijo Chirac, mientras su cara se ponía roja de ira.

El murmullo en el café crecía por momentos. Entonces escuchamos ruidos fuera y nos asomamos a la cristalera. Dos chicas
jóvenes pararon a un alemán que iba en moto, el soldado pensó
que necesitaban ayuda, y le dispararon directamente en el pecho.
El hombre cayó muerto al instante.

La detonación se escuchó en toda la calle. Sabíamos que los
alemanes no tardarían en aparecer.

—¡Vengan aquí! —les gritó el dueño del café.

Las sentamos en una mesa y les servimos café. El dueño guardó
la pistola entre los barriles de cerveza y todos intentamos mostrar
normalidad. Me senté al lado de las dos chicas y comenzamos a
hablar.

—¿Por qué han hecho eso?

—Somos miembros de la Resistencia. Tenemos la orden de interrumpir las comunicaciones. Muchos de nosotros hemos cortado cables de líneas telefónicas, explotado vías de tren y cambiado
carteles en los caminos. De madrugada saltaron paracaidistas en
Normandía, tras las líneas de defensa de las playas. La invasión del
continente es imparable.

—Los nazis ya los echaron a todos una vez al mar —dijo Chirac incrédulo.

—Esta vez no será así, señor. Son decenas de miles, los alemanes no podrán hacer nada. Antes de una semana estará liberada París y en Navidades llegarán a Berlín, si es que los alemanes no se encargan antes de Hitler. El dictador ha sufrido varios atentados.

Me emocionaba el optimismo de las dos jóvenes. Apenas debían tener dieciocho años. Me recordaban a mí antes de comenzar la guerra.

—Las matarán si las atrapan —les dije.

—Somos hermanas. Únicamente nos tenemos la una a la otra. Nuestros padres fueron deportados por los nazis a Alemania y sabemos que nadie vuelve de allí. Al menos hoy hemos vengado su muerte —dijo la que parecía algo mayor.

Escuchamos cómo se acercaban varios transportes. En aquel momento, los únicos que tenían gasolina eran los nazis y algunos servicios básicos de la ciudad. Casi una treintena de soldados saltaron de varios camiones y comenzaron a registrar la zona. La población ya había abandonado la calle, pero los nazis interrogaron a los pocos despistados que no se habían percatado de lo que sucedía. La mayoría eran introducidos en un tercer camión para convertirse en posibles rehenes, para ser ejecutados por los nazis. Por cada soldado alemán muerto, al menos se asesinaba a doce franceses, aunque en algunas partes de Francia se habían masacrado aldeas enteras o granjas en las que se creía había colaboradores de los «maquis», que así era como se llamaba a la Resistencia en las zonas rurales.

Cinco soldados y un sargento entraron en el café apuntándonos con sus armas. La gente se quedó quieta.

—Señores, somos gente pacífica —dijo el dueño levantando los brazos.

Los alemanes gritaban en alemán que alzásemos las manos. Todos obedecimos sin rechistar.

—¿Han visto escapar a las asesinas? —preguntó el sargento.

—No hemos visto nada. Escuchamos los disparos, pero cuando nos asomamos el soldado estaba tendido en el suelo —dijo el dueño.

El sargento tomó de la pechera al dueño y tiró de él con fuerza.

—¡Gordo de mierda! ¿Piensas que puedes burlarte de nosotros? Desde la barra se ve todo. ¿Cuántas eran? ¿Podrías reconocerlas? Un testigo ha hablado de dos mujeres.

—Sargento, en ese momento estaba sirviendo las mesas, hoy estoy solo, mi hijo se encuentra enfermo.

—¡Malditos franceses! Os hemos tratado demasiado bien. Tendríamos que haber arrasado este puto país cuando pudimos —dijo el sargento echando espumarajos por la boca.

Después el oficial golpeó la cara del hombre con su pistola, y éste comenzó a sangrar copiosamente por la nariz.

—¡Vosotras tres: papeles! —nos ordenó. Éramos las tres únicas mujeres del café.

Nos escudriñó despacio, pegando su cara grasienta y llena de granos a las nuestras.

—¿De dónde sois vosotras dos?

—Somos de Rennes, estamos visitando…

—Son amigas mías —dije para defenderlas. El hombre frunció el ceño.

—Usted es la bibliotecaria, la amiga de Hermann, pero ya no está aquí para protegerla. Nos llevamos a las tres; en el cuartel las interrogaremos con más calma.

—Sargento, no puede... —dijo el sacerdote poniéndose en pie. El soldado le dio tal golpe en la cara con la culata de su fusil, que lo derrumbó, partiéndole la cabeza.

Nos metieron a toda prisa en el camión y en unos minutos estábamos enfrente del castillo. Se contaban cosas terribles de lo que sucedía dentro. Pensé que ese sería mi fin. Los alemanes estaban demasiado ansiosos para preocuparse por buscar culpables. Para ellos, en esos momentos todos los franceses lo éramos.

Nos llevaron a los sótanos y nos encerraron juntas en una de las celdas. En cuanto los soldados nos dejaron a solas, las dos hermanas comenzaron a llorar.

—Vamos a confesar. Nos matarán, pero usted no ha hecho nada.

—No diréis nada. Si confesáis nos matarán a las tres. Mantendremos nuestra inocencia. Estoy segura de que el doctor y el padre Roth han ido a ver al alcalde para que interceda por nosotras.

Las dos chicas se abrazaron en el asiento de cemento y yo permanecí de pie, andando de un lado a otro. El mar se escuchaba cerca, las olas golpeaban la muralla. Cuando las mareas eran muy altas podían llegar a introducirse por algunas calles de la ciudad. Olía a sal y pescado podrido.

—Aquí encerraron durante mucho tiempo a los protestantes que no adjuraban de su fe. Muchos querían huir a América, pero si los atrapaban los encerraban en estas mismas celdas. Algunos pasaron años sin ver la luz del sol; seguro que vosotras podéis resistir unas horas.

Me senté a un lado y apoyé la cabeza en la pared fría y desconchada. Cerré los ojos y rogué a Dios que nos ayudara. Confiaba en mis amigos, pero con el pleno desembarco aliado los nazis debían estar desquiciados. No hay nada más peligroso que un grupo de hombres desesperados.

Pasaron casi cinco horas hasta que alguien abrió la puerta.

—¿Quién tenemos aquí? La señora Ferrec, todavía la llaman por el apellido de su difunto marido, ¿verdad?

Reconocí la voz enseguida y comencé a temblar. Ni en mis peores pesadillas había imaginado que volvería a ver a Adolf Bauman.

—¿Se sorprende de verme? ¿Pensaba que había muerto en el frente ruso?

Su voz parecía más ronca que unos años antes. Cuando encendió la luz, pude verlo con su uniforme negro. Tenía una gran cicatriz que le cruzaba toda la mejilla derecha y llegaba hasta un ojo muerto.

—¿Tiene miedo? Prometí que me encargaría de usted. Ya no está Hermann para protegerla.

El teniente me sacó a rastras de la celda y me llevó a una habitación cercana. Después me ató a una silla de madera y se dirigió a la mesa en la que tenía todo el instrumental.

—Me divertiré con usted, pero antes tiene que contarme algo.

—No sé de qué me habla —le dije con la voz entrecortada.

—Logré encontrar la relación que Hermann hizo de la biblioteca. Jamás la mandó a Berlín, pero he visto que hay varios libros y cartas muy valiosos. La guerra no durará mucho, si pudiera mostrarle las cosas que vi en Rusia. El Tercer Reich de los mil años está acabado y lo único que importa ahora es salvar el pescuezo. Me hirieron en Sebastopol. Serví casi dos años en el frente ruso y fui uno de los pocos supervivientes de mi unidad; el mismo Himmler me pidió que eligiera voluntariamente mi nuevo destino. Tenía deseos de volver aquí, ajustar cuentas con usted e irme con algunos libros valiosos de su biblioteca hasta España. Allí seguro habrá compradores que pagarán mucho dinero por ellos, o si no me marcharé a Sudamérica. Cada semana salen barcos desde Barcelona y La Coruña, ya me he informado.

—Todo se destruyó en un incendio. Los libros estaban escondidos en otra parte para protegerlos.

—¿Piensa que soy tonto? Cuando termine con usted me dirá todo lo que quiero saber.

El hombre tomó unas tenazas y se aproximó hasta mi cara.

—Creo que comenzaré por su hermoso rostro —dijo mientras pude observar su expresión sádica, como si disfrutase de cada segundo de tortura sin importarle el tiempo que pudiera durar.

CAPÍTULO 37

CERCA

Saint-Malo, 6 de junio de 1944

LA MUERTE SIEMPRE SE ESPERA CON los ojos cerrados. Nos sentimos como niños asustados con las sombras de la habitación. De una forma ancestral sentimos que los párpados son capaces de crear una barrera infranqueable entre nosotros y nuestros miedos. Pero la oscuridad no me impidió escuchar su voz ni sentir el aliento pestilente de Adolf. No entendía por qué me odiaba tanto, aunque intuía que la causa era que no le tenía miedo y no hay nada que aterrorice más a un monstruo que no ser temido.

—La gente como usted me da asco. Yo me crie en un barrio obrero, sucio y derruido. Nos llenábamos los zapatos de barro para ir al colegio. Los otros niños se reían de nosotros. Nuestro delito era ser pobres. Veía a toda esa gente bien vestida ir al teatro y la ópera mientras yo mendigaba entre ellos y mis hermanas vendían flores, los odiaba. Sus caras relucientes, sus barbillas erguidas, sus insípidas vidas repletas de todo lo que me faltaba a mí. El Partido me dio un hogar, una causa y la oportunidad de resarcirme. Ahora podía quemar sus libros, ocupar sus casas y violar a sus mujeres. Antes me hubieran ahorcado por ello, pero ahora soy un patriota. ¿No le parece una ironía? Las guerras convierten a los asesinos en héroes, a los violadores en procreadores de la raza aria. Ahora todo eso se desmorona, pero yo no volveré al arroyo y en eso va a tener que ayudarme usted.

Estaba a punto de apretar mis mejillas con las tenazas, cuando le pedí que parara.

—¿Ha cambiado de opinión?

—Esta guerra me he robado muchas cosas, pero me ha dado otras. Ya no tengo miedo a nada. ¿Qué puede hacerme? Torturarme, matarme, descuartizarme, pero este cuerpo es pasajero, la vida también lo es. Sé que he de levantarme de este lodo y un día volveré a vivir.

—Está loca. Después de la muerte hay una nada inmensa, en la que todos flotamos. ¿Para qué sirve ser decente, honrado, bueno, si el fin es el mismo para todos?

—He aprendido algo de los libros. Somos inmortales. Lo creían Sócrates, Platón y Aristóteles, Séneca, Cicerón, Descartes y Locke, hasta Newton. Toda esa sabiduría, toda la belleza del mundo no puede desaparecer sin más. Ni siquiera gente como usted la puede destruir. Para lo único que sirve su oscuridad es para que la luz brille con más fuerza.

El hombre apretó las tenazas en mis mejillas y el dolor me nubló la mente.

—¡Quieto! —escuché gritar desde la puerta. Un oficial de alto rango detuvo a Adolf. Éste se giró, se puso firme y lo miró incrédulo.

—Ya tenemos suficientes problemas, esta mujer es inocente. Las dos jóvenes han confesado. El alcalde nos ha pedido su liberación inmediata. No queremos una revuelta, los franceses saben que los yanquis están desembarcando en Normandía.

—Pero, coronel…

Dos soldados me soltaron las correas de las manos y de los pies. Me desplomé hacia delante, pero el soldado me sostuvo y me cargó en su hombro. Perdí el conocimiento.

No sé el tiempo que estuve dormida, pero al abrir los ojos me encontraba en el hospital y la hermana Clara me velaba.

—Ya se ha despertado.

—¿Qué ha pasado?

—Que tiene un ángel de la guarda que no se separa de usted ni de día ni de noche —dijo la monja mirando la herida de mi cara.

—Le quedará una marca, pero para lo que le podía haber pasado, no es nada serio. Esos nazis no se andan con chiquitas.

—¿Qué día es?

—Ocho de junio. Ha dormido casi dos días seguidos. No crea que no me ha dado algo de envidia.

—¿Se sabe algo del avance de los aliados? ¿Han logrado salir de las playas?

La monja me cambió la gasa de la cara, me escoció un poco. Después me acercó un plato de sopa.

—Coma un poco mientras le cuento. Está muy débil.

En cuanto comencé a tomar las primeras cucharadas de sopa, supe lo hambrienta que me encontraba.

—Los nazis están resistiendo. Esos *boches* parecen invencibles. Los aliados están aún en las playas y no han liberado ni una sola ciudad, pero insisten. Esperemos que logren salir de la arena.

Escuchamos pasos. Un hombre se acercaba por el pasillo.

—¿Cómo te encuentras? —preguntó Denis con un ramo de flores en la mano.

—Bien, cansada, pero creo que no me falta nada.

Se apoyó en la cama para darme un beso y sentí dolor en los brazos.

—Está llena de moratones. Nada grave —dijo la enfermera antes de escabullirse.

—¿Ha regresado el teniente Bauman? —preguntó mi amigo con cara asustada.

—Veo que las noticias vuelan. Sí, pero lo peor es que tiene el informe que hizo Hermann y quiere robar los mejores libros de la biblioteca y desertar.

Denis se quedó mudo de asombro.

—¿Si lo denuncias en la alcaldía?

—¿De qué servirá? Nadie va a creer a una mujer que denuncia a su torturador. Es un oficial alemán, por Dios.

Mi amigo se encogió de hombros.

—¿Y qué podemos hacer?

—Tendremos que custodiar los libros. Tengo que salir de aquí —dije mientras me incorporaba. Me dolía todo el cuerpo.

—Mañana podrás irte, hoy descansa. Yo vigilaré la biblioteca; en la granja tengo un rifle, me lo llevaré esta noche.

Aquellas palabras me dejaron más tranquila. Después le pedí a mi amigo que me consiguiera papel y una pluma. Tenía que seguir escribiendo todo lo sucedido, aunque en aquel momento no le pudiera hacer llegar las cartas a usted. Temía que pudiera pasarle algo, que las cartas se destruyeran y que todo lo que había escrito fuera en vano. Aunque, tal vez exista también un paraíso de las cartas que alguna vez nos emocionaron o nos hicieron felices.

Denis me dejó a solas y me di cuenta de que estaba en la misma cama en la que había dormido Hermann. Me lo imaginé allí tendido, con su sonrisa blanca y los hoyuelos de sus mejillas sonrosadas. Había sido mi protector durante mucho tiempo, y ahora estaba perdido en alguna parte de Alemania mientras el mundo que conocía se deshacía como un castillo de arena. Recordé el ultimo día junto al mar, el calor de sus manos, y la promesa de que volveríamos a vernos. Sabía que las promesas son tan solo los deseos que lanzamos al viento. Lo único que puede devolvérnoslas son los inescrutables caprichos del destino.

CAPÍTULO 38

EL ATAQUE

Saint-Malo, 17 de julio de 1944

DENIS Y YO NOS INSTALAMOS EN la biblioteca durante lo que quedaba del mes de junio. Esperábamos que los aliados llegaran rápidamente a Bretaña, pero Hitler intentaba desesperadamente detener su avance lanzando sobre ellos toda su furia. Los americanos aún estaban intentando liberar Caen, una de las ciudades más importantes de Normandía. Los aliados estaban bombardeando masivamente Alemania, Italia estaba prácticamente reconquistada y los soviéticos se encontraban en frente de Varsovia.

Los alemanes no salían de las fortificaciones. Los únicos que patrullaban por las calles eran los miembros de la milicia voluntaria de fascistas franceses. La gente les tenía casi más miedo que a los alemanes.

No funcionaba el tranvía, tampoco las comunicaciones. La ciudad comenzaba a aislarse poco a poco, convirtiéndose en la isla que siempre había añorado ser. Durante un breve periodo de su historia incluso se proclamó como independiente al no aceptar la coronación de Enrique IV, un rey de origen protestante.

Los habitantes de Saint-Malo eran duros, casi inexpugnables, como sus murallas orgullosas construidas en piedra. Esperaban la pronta liberación de la ciudad, pero sobre todo regresar a sus costumbres ancestrales y tener de nuevo el derecho de morir de aburrimiento, o esperar al verano para reírse de los extravagantes visitantes que llenaban sus playas en la canícula.

Aquel día todos mirábamos el cielo con temor. Los aviones pasaban por encima de nosotros hasta objetivos más importantes, pero a veces pequeños grupos de aviones británicos lanzaban bombas contra las instalaciones del puerto, en el barrio de Saint-Servan y junto a la estación de tren. Apenas había afectado a unas pocas casas y algún barco alemán fondeado en el puerto. Unos días antes, lo que quedaba de la armada alemana había escapado para no quedar aislada si los aliados terminaban por ocupar la Normandía entera.

—No he pegado ojo. Tengo grabado en la mente el sonido de todos esos motores de avión —se quejó Denis.

Yo tampoco descansaba mucho, apenas dos o tres horas en la noche. Cualquier ruido me despertaba. Tenía miedo de que el teniente Bauman apareciera en mitad de la noche y nos pillara desprevenidos. Denis, a pesar de sus protestas, se quedaba dormido enseguida.

—Haré algo de café —le comenté. Ya habíamos desayunado un pequeño trozo de pan negro. El café era realmente achicoria, un sucedáneo asqueroso que apenas se parecía al auténtico sabor del torrefacto.

Serví el mejunje en dos tazas y me senté al lado de mi amigo.

—¿Cuánto crees que tardarán en llegar los aliados? ¡Dios mío! ¿Por qué avanzan tan lentamente? —preguntó.

—Deben atravesar la primera línea defensiva. Una vez que la crucen, el resto será más fácil. Los alemanes tienen todas sus fuerzas enfrente del mar, pero no tienen suficientes hombres para la retaguardia.

—Pero aquí se terminan los víveres y las bombas cada vez caen más cerca. ¿No saben que los franceses no somos inmunes a las explosiones?

—Mi madre decía que para hacer una tortilla hay que romper algunos huevos.

—Muy sabia tu madre —dijo Denis, sonriendo por primera vez.

Escuchamos de nuevo los aviones sobre nuestras cabezas y después unos golpes a la puerta. Me acerqué sin abrir y pregunté quién era.

—Soy el padre Roth.

Abrí una pequeña franja para que pasara y cerré rápidamente, pero pude contemplar adoquines levantados en el calle y restos de escombros de los edificios bombardeados.

—Y yo que me quejaba en el invierno de la lluvia y la nieve. Lo que cae ahora son bombas —dijo el sacerdote, que llevaba dos bolsas pesadas en las manos.

—Traiga padre —dijo Denis, y dejó las bolsas sobre la mesa.

—Os he traído lo que he podido, la comida en el hospital escasea. No sabemos si intentar evacuarlo, pero muchos heridos no pueden moverse y cada vez llegan más. Nos encontramos saturados, por no hablar de los destrozos en la iglesia. Si esto no termina pronto, no va a quedar piedra sobre piedra en Saint-Malo.

El sacerdote se acarició los riñones doloridos, después se sentó fatigoso y le serví un vaso de agua.

—Al menos hay agua todavía.

—¿Alguna buena noticia? —le pregunté.

—Los aliados están más cerca, pero aún no han llegado a Bretaña. El comandante Andreas von Aulock ha jurado defender Saint-Malo hasta su última gota de sangre.

—Pues esperemos que no tenga demasiada —bromeó Denis.

—Tengo que marcharme, en un par de días os traeré más provisiones. Que Dios os bendiga.

El sacerdote se dirigió a la salida y lo acompañé para abrir la puerta.

—Tened cuidado, ese monstruo de Bauman ronda por la ciudad.

—Estaremos atentos —le prometí.

Cerré la puerta y después bajé al sótano. Algunos de los libros más valiosos los habíamos escondido allí. No era el lugar más optimo, pero temíamos que los bombardeos pudieran destruirlos.

Volví a subir a la planta principal y fue entonces que escuchamos de nuevo el rugido de motores, pero parecían muchos más que los últimos días. El edificio comenzó a temblar, en especial las ventanas. Algunos libros se cayeron de las estanterías.

—¿Qué demonios es eso? —preguntó Denis levantando la vista hacia el techo que desprendía restos de escayola.

Nos dio el tiempo justo a lanzarnos bajo las mesas. Escuchamos cómo las bombas explotaban muy cerca. Las ventanas del último piso estallaron en mil pedazos. El suelo de madera crujía y algunas de las estanterías se volcaron, arrojando los libros por todas partes. Entonces, una chispa cruzó la sala y prendió uno de los libros. Cuando levanté la vista, la biblioteca comenzaba a arder por los cuatro costados.

CAPÍTULO 39

AMERICANOS

Saint-Malo, 17 de julio de 1944

AL PRINCIPIO NOS QUEDAMOS PARALIZADOS. El fuego se extendía con rapidez por las cortinas y algunos de los libros que se habían caído al suelo. Denis salió de debajo de la mesa y buscó agua o una manta, pero no encontró nada con lo que apagar el fuego. Las bombas seguían cayendo muy cerca y a veces el edificio temblaba como un árbol sacudido por el viento. Corrí hacía las cortinas y tiré de ellas con fuerza. Me quemé los dedos de las manos, pero el cortinaje comenzó a ahogar el fuego. Después pataleé sobre la tela hasta que únicamente se escaparon el humo negro y las cenizas. Al otro lado ardían algunos libros. Denis intentó apagarlos con los pies, pero las cenizas ardientes revoloteaban e incendiaban a otros cercanos.

—¡Maldita sea! —grité desesperada y corrí a ayudarlo.

Mientras intentábamos sofocar las llamas con todo lo que teníamos a mano, contemplaba las tapas de los libros. Sus títulos se ennegrecían enseguida y las hojas se doblaban hacia dentro como si se revolvieran de dolor.

—¡Rápido! —grité desesperada—, si no todo terminará ardiendo.

El sonido de los bombarderos era ensordecedor y las explosiones casi nos hacían perder el equilibrio. El humo comenzó a asfixiarnos, pero continuamos luchando contra el fuego.

—Tenemos que irnos —dijo Denis asustado. El suelo de madera comenzaba a quemarse; si lograba combustionar, ya no habría esperanza.

Luchamos durante casi media hora con las llamas y el fuego se extinguió justo cuando el bombardeo sobre la ciudad estaba cesando. Nos tumbamos en el suelo exhaustos, casi sin aliento, y tiznados por las cenizas que revoleteaban por todas partes.

—Esto es exactamente lo que pasa cuando una civilización entra en bancarrota, como la nuestra. Todo es fuego y ceniza —dijo Denis mientras se sentaba a mi lado.

—Pues por ahora hemos logrado frenar el desastre. —Intenté ser optimista, aunque al menos medio centenar de libros se habían perdido para siempre, algunos irrecuperables.

—No es la primera biblioteca que se quema y la humanidad ha conseguido salir adelante —comentó Denis.

Fruncí el ceño y le hinqué una mirada asesina.

—Cada día mueren decenas de miles de personas por esta maldita guerra y cada una de ellas es irrepetible.

Mi amigo encogió los hombros.

—No me malinterpretes, amo estos libros. He dado mi vida por la literatura, pero los libros se pueden remplazar, las personas no.

—¿Estás seguro? La mayoría de los libros que se perdieron en el famoso incendio de la Biblioteca de Alejandría no se recuperaron jamás. Algunas de las obras más importantes de la humanidad desaparecieron para siempre.

—Nadie puede frenar el destino.

—Los héroes de las antigüedades se pasaban la vida desafiando a los dioses y el destino que les obligaban a sufrir. ¿Acaso ésa no es la historia de la humanidad? Seres libres enfrentándose a su destino.

Denis me ayudó a ponerme en pie. Intentamos enfriar el suelo y recoger las cenizas y los libros calcinados. Estuve ojeando algunos, intentando descubrir qué había en sus páginas carbonizadas. Me corrían las lágrimas por las mejillas. Para mí era como ver el cadáver de los hijos que no había tenido.

Mi amigo me pasó una mano por el hombro.

—He sido un poco insensible, pero únicamente quería desdramatizar. He visto tantas cosas terribles en estos años que, que unos pocos libros se quemaran no me parecía algo tan grave, pero sé lo que sientes. Todos somos capaces de superar aquellos obstáculos que la vida pone en nuestro camino. Otra cosa es tener que luchar contra toda esta desolación. La ciudad está herida de muerte.

—Puedes marcharte cuando quieras. Has sobrevivido a una situación terrible y no quiero que ahora mueras en un edificio viejo por salvar unos libros baratos y sustituibles.

Mi amigo sonrió de repente.

—No se me ocurre nada mejor por lo que morir.

Nos abrazamos y su aliento me hizo recuperar las fuerzas. La soledad es el peor enemigo del alma. Saberse amada y querida es lo que marca muchas veces la diferencia entre la locura y la cordura. Denis era una de las pocas cosas que me ataban a este mundo.

Terminamos de recoger, sacamos los libros quemados al patio

y terminamos de incinerarlos. Me sentí rara al tener que prenderles fuego. Al terminar, nos sentíamos agotados. Después subimos a la última planta y evaluamos los daños.

—El boquete es grande —dije señalando al tejado.

—Esperemos que no llueva mucho hasta que los norteamericanos terminen esta maldita guerra.

—Sí, el agua es más peligrosa para los libros que el fuego.

Denis se subió al tejado y tapó con una lona el agujero. Yo lo ayudé, pero sin acercarme al filo. Tenía demasiado vértigo para caminar sobre las tejas.

Nos sentamos al lado de la ventana que daba al tejado y contemplamos la ciudad. Las columnas de humo subían hacia el cielo azul de la tarde como ofrendas cruentas para aplacar a los dioses de la guerra. Varias casas se habían desplomado, y las nubes de polvo se extendían por las calles desiertas. Al otro lado del muro, la zona del puerto y la estación de tren parecían ser las más afectadas.

Vimos al camión de bomberos voluntarios atravesar las calles y dirigirse a las partes de la ciudad que aún ardían con fuerza.

—¿Quedará un mundo que salvar cuando la guerra haya terminado?

La pregunta de Denis me pareció al principio extraña, pero luego la entendí plenamente. Había algo mucho peor que las bombas y las vidas segadas. Los edificios se reconstruían y una nueva generación vendría a sustituir a la anterior, la muerte no dejaba de ser un relevo inevitable. Las heridas más profundas quedaban dentro de los corazones, donde ya nunca volverían a anidar la bondad, la esperanza y la creencia de que un mundo mejor era posible. Mientras un bombardero americano rezagado pasaba casi rozando los tejados de Saint-Malo, cerré los ojos con el deseo de que la guerra terminase antes de que la inocencia desapareciera del mundo para siempre.

Tercera parte

LOS ÚLTIMOS
CIEN PASOS

CAPÍTULO 40

EL LARGO ADIÓS

Saint-Malo, 31 de julio de 1944

LOS NORTEAMERICANOS AVANZABAN MUY LENTAMENTE, PERO acababan de ocupar el puerto de Granville, que era demasiado pequeño para atracar barcos de gran tonelaje. Se rumoreaba que muy pronto se encontrarían a las afueras de Rennes, lo que nos daba aún más esperanzas.

El calor de los últimos días era insoportable. Únicamente algunas tormentas repentinas nos aliviaban del bochorno. Las calles parecían desiertas, y nosotros apenas salíamos de la biblioteca.

Aquella tarde alguien llamó a la puerta. Denis bajó a abrir y escuché la voz de la hermana Clara.

—Hermana Clara, ¿qué sucede? —le pregunté preocupada. Era muy extraño que en un momento como aquél la monja dejara el hospital.

—Algunas bombas han dañado el hospital. La mayoría de los enfermos está ahora en el sótano, pero nos falta algo de espacio.

Hay tres heridos alemanes que no podemos meter con los judíos, ya sabe que ocultamos todavía a una familia.

—No podemos acoger alemanes —le advertí.

—Entonces, ¿qué hago con ellos? ¿Les pego un tiro de gracia? Ya sabe que no me gustan demasiado esos *boches*, pero también son criaturas de Dios. Más de una vez he tenido la tentación de estrangularlos, pero la ira del hombre no obra la justicia de Dios. No dejan de ser pobres diablos, muchos de ellos no han cumplido los veinte años.

Denis negó con la cabeza, sabía que era demasiado sensible para negarles la entrada.

—No tenemos muchas provisiones —se disculpó mi amigo.

—Nosotros las compartiremos —dijo la monja, que parecía que se traía la lección bien aprendida.

—Todo sea por una buena causa —contesté al fin.

—Necesito que me ayuden —dijo la monja señalando a Denis.

—¿Yo llevando en una camilla a un alemán? Me pide mucho, hermana.

—Es mejor dar que recibir —ironizó la monja española.

Al final, Denis cedió y se fue con ella. Yo me quedé a solas por primera vez en mucho tiempo. Intenté entretenerme escribiendo mis cartas. Al día siguiente Pierre tomaría las últimas. No estaba seguro de poder viajar a París en esas circunstancias, pero un tío suyo había prometido llevarlo en carro hasta Rennes y desde allí salían autobuses al sur y a la capital.

Llevaba un rato escribiendo cuando escuché ruidos abajo, en el sótano. Pensé que se trataba de una rata, tomé el palo de la escoba y bajé las escaleras con el mayor sigilo posible. Encendí la bombilla —aún teníamos luz corriente, aunque no todo el día—. Entonces vi a algo correr entre los sacos y las cajas de libros. Corrí detrás y en el rincón vi a un joven con uniforme alemán.

—No me haga nada —me suplicó el chico en un francés casi inteligible.

—¿Qué haces aquí? ¿No te habrá mandado el teniente Bauman?

—No, señora. He…

—¡Habla de una vez! —le grité nerviosa.

—He desertado. La guerra está perdida y no quiero morir. Si me atrapan los míos me fusilarán, ya no se hacen juicios a los desertores.

Me quedé pensativa, no sabía qué hacer.

—¿Qué quieres que haga contigo? No tenemos apenas comida y nos traen a tres heridos compatriotas tuyos en un rato.

—No se preocupe por mí. Me quedaré aquí abajo, me conformaré con un pedazo de pan, pero no me delate —dijo el chico con el rostro atemorizado.

—¿Cómo has entrado? —le pregunté mientras miraba las paredes de ladrillo.

—Por esa pequeña ventana.

Lo miré sorprendida. Era muy pequeña, nunca pensé que pudiera atravesarla alguien mayor que un niño.

—Tienes que estar muy delgado.

—Llevamos semanas sin recibir suministros y, a pesar de lo que la compañía roba a los campesinos, hacemos una única comida al día.

Me senté junto al joven. Parecía tan vulnerable, que de alguna manera me embriagó una ternura que desconocía.

—Yo no me presenté voluntario. Estaba estudiando en la universidad mi primer curso de Medicina, quería ayudar a la gente, pero me reclutaron. Pedí que me pusieran como sanitario, pero no quisieron al ver que tan solo había completado el primera año.

—La guerra ha destrozado la vida de todos nosotros —le contesté.

—Soy hijo único y mi madre es viuda, pero le quedaban algunos ahorros de mis abuelos. Cuando se enteró de que me alistaban se pasó dos días llorando. Soy lo único que le queda en el mundo. Hasta ahora no había entrado en combate. Fui muy afortunado de que me enviaran a Francia. En el frente del Este están muriendo a millares.

Me acerqué al chico y acaricié su pelo rubio casi cortado al cero.

—Volverás a casa, ya verás.

—Gracias, señora.

—Llámame Jocelyn, por favor no hagas ruido. Si te descubren, no podré ayudarte. Puedes hacer tus necesidades en ese cubo. Te bajaré comida por las noches, mientras el resto duerme.

—Gracias, señora —me dijo mientras me besaba la mano entre lágrimas.

Subí las escaleras un poco más convencida de que no era tan mala idea tener a los alemanes heridos en la biblioteca. Todos necesitábamos curarnos en parte del odio que habían sembrado en nuestros corazones. Los enemigos se convierten inevitablemente en amigos cuando pasan las barreras de la indiferencia y el temor. Recordé las palabras que siempre repetía mi padre a mi madre cuando se enfadaba con algún competidor en su negocio: «Ama a tus enemigos y se convertirán en tus amigos».

Denis y Clara llegaron con el primer herido. Lo subimos a la planta de arriba, pusimos varios colchones en el suelo y ellos regresaron a por el segundo. Cuando trajeron el último, Denis parecía agotado.

Los tres enfermos se quejaban en voz baja, parecían tan asustados y cansados como nosotros. La hermana Clara regresó al hospital y aquel día nos convertimos en enfermeros de tres soldados alemanes y en los guardianes de la memoria de Saint-Malo.

CAPÍTULO 41

1 DE AGOSTO

Saint-Malo, 1 de agosto de 1944

NECESITABA RELAJARME UN POCO Y SUBÍ a la última planta del edificio. Abrí la ventana que daba al tejado y me senté en el quicio. El cielo estaba completamente despejado, con esa luz brillante y casi cegadora que Francia tiene en verano. La playa estaba desierta, los barcos anclados en el puerto y hasta el mar parecía deprimido ante la proximidad de la batalla. Durante siglos el peligro y la aventura habían formado parte de la vida y la herencia de la ciudad, pero todos sabíamos que se cernía sobre nosotros uno de los momentos más oscuros de su historia.

El comienzo de la guerra ahora se nos antojaba casi pueril, como un ensayo a lo que estaba a punto de suceder. Hitler se aferraba al poder con la tenacidad del que no tiene futuro y lo único que le queda es presentar batalla hasta el final. Algo que me parecía normal en un perdedor, pero que no podía comprender en todo un pueblo orgulloso y culto. Tal vez, aquel fuera el problema: Alemania había dejado de ser civilizada hacía mucho tiempo.

Las olas continuaban con su rítmico compás marcando una melodía únicamente interrumpida por los gritos de las gaviotas. Entonces miré hacia donde estaba nuestro apartamento y me fijé que salía humo de la última planta. La noche anterior habíamos sufrido un breve bombardeo, pero se había concentrado en las inmediaciones del castillo.

Me dio un vuelco el corazón. Hasta ese momento había tenido la extraña idea de que mi casa era indestructible, como si por el simple hecho de ser mía nada le pudiera pasar. No guardaba en ella cosas de gran valor, pero sí todos mis recuerdos. Las cartas de Antoine, las fotos de mi familia, mis diplomas y notas, junto a algunos libros personales. Me bajé de la ventana y descendí hasta la planta principal.

—Tengo que ir a mi casa.

Denis me miró con cierta curiosidad. Era la única que no había abandonado el edificio en todo aquel tiempo. Ahora además había que atender a tres heridos. Ayudarlos a asearse y darles de comer.

—¿Quieres que te acompañe? Ya no queda casi nadie por las calles. Puede ser peligroso.

—¿Desde cuándo Saint-Malo ha sido un lugar peligroso? —le pregunté.

—Desde que hay un oficial nazi de las SS que quiere acabar contigo —contestó con su habitual ironía.

Le sonreí, pero sin darle más importancia. Después, tomé una mochila color caqui y la vacié. No eran muchas cosas las que tenía que traer, pero necesitaba algo donde guardarlas.

—El doctor Ferey, otro doctor del hospital, estuvo hace un rato y me dijo que los norteamericanos se encuentran en Dol o Dinan —dijo Denis.

Lo miré sorprendida. Eso era a tan solo una hora en coche.

—Pero no te hagas ilusiones —continuó—. El comandante

Aulock ha dicho que resistirá hasta el final. Los pocos barcos que quedaban en el puerto han sido evacuados y las grúas se han enfocado hacia el agua, por si las derrumban las bombas. No sé a qué hora, pero pronto comenzará un nuevo bombardeo. Tal vez sea más seguro que bajemos a los heridos al sótano.

—¡Al sótano no! —le contesté alarmada.

—¿Por qué lo dices? No creo que los heridos estén en condiciones de robarnos los libros —bromeó Denis.

—Este edificio es muy sólido, sus muros son fuertes, no se hundirá.

—He visto edificios ahí fuera más firmes, totalmente destruidos.

—No los bajes —le ordené antes de salir.

Me encaminé por la calle llena de baches y montones de escombros hasta mi apartamento. No había ni una tienda con los cristales enteros. Algunas puertas totalmente calcinadas estaban abiertas a un lado y algunos saqueadores habían aprovechado para robar lo poco que quedaba. Era muy triste observar cómo todo mi mundo se deshacía delante de mis ojos.

Llegué al portal. La puerta estaba abierta, la pintura de la entrada estaba descascarillada y las escaleras algo desquebrajadas, pero todo lo demás parecía encontrarse en su sitio. Pensé que tal vez me había imaginado la columna de humo que salía del edificio, como un efecto óptico, y era otro cercano el que ardía.

Ascendí por las escaleras despacio, recordando cuántas veces las habíamos subido Antoine y yo riendo y jugando, tomándonos la vida medio en broma.

Llegué al apartamento y abrí con mi llave. Al principio temí que el teniente Bauman lo hubiera estado registrando por simple maldad, pero todo parecía estar en su sitio. Me dirigí a mi habitación y busqué entre los cajones las fotos, las cartas, un pañuelo que Antoine me había dado la primera vez que me puse enferma en

París, los billetes del tren y algunos libros. Miré hacia la habitación con cierta tristeza. Nunca he sido muy materialista, pero sí avariciosa con los recuerdos de los lugares en los que alguna vez he sido feliz. Aunque aquella habitación también me evocaba momentos muy duros, como la muerte de Antoine o mi propia convalecencia. En ocasiones deseaba haber muerto, no haber tenido que sufrir la pérdida de mi marido y otros amigos. Lo único que me había consolado en los últimos tiempos había sido el regreso de Denis. Tomé el peluche sobre la cama y lo metí en la mochila.

En el salón recogí algunos otros recuerdos y me quedé mirando el mar. Aquella vista formaba también parte de mi historia de amor y sufrimiento. Había sido el paisaje de tantos momentos vividos, que me afané por grabarla en mi memoria.

El tiempo se pasó rápido hasta que el sonido estremecedor de decenas de aviones sobrevoló la ciudad. Pasaron de largo y respiré hondo; tenía que irme de allí cuanto antes. Recogí un par de cosas más, pero primero salí al pasillo a por los libros y escuché los motores de aviones. Esta vez volaban más bajo y lanzaban sus temibles bombas.

El edificio comenzó a tambalearse como gelatina. Me escondí bajo una mesa y me tapé los oídos. Una bomba cayó tan cerca que reventó los cristales de las ventanas.

—¡Dios mío! —grité.

Sabía que no podía quedarme allí, no era seguro. Me dirigí a la puerta justo cuando una bomba se llevaba parte del salón de la casa. Corrí escaleras abajo mientras todo parecía derrumbarse y me encontré de frente con la señora Fave. Por un segundo me pregunté por qué el destino había dejado aún con vida a una mujer tan fatua, pero su rostro aterrorizado me hizo cambiar de opinión.

—Venga conmigo —le dije mientras la ayudaba a bajar las escaleras.

—¡Quita puta alemana! —me gritó apartándome el brazo y empujándome escalera abajo.

Rodé hasta el descansillo. Temía haberme roto algo, pero logré ponerme en pie, ilesa. En lo alto de la escalera estaba mi vecina, sonriente, como si mi desgracia le hubiera devuelto la arrogancia.

—Todas las rameras como tú merecéis el mismo destino —dijo alzando el puño.

En ese momento parte del techo se desprendió y el pasamanos del piso cedió derrumbándose sobre la mujer. La señora Fave salió despedida escaleras abajo. Logré descender con dificultad, pisando escombros. En la entrada mi vecina estaba semienterrada.

—Tranquila. La sacaré.

La mujer parecía retorcerse de dolor en medio de un gran charco de sangre.

—Lo único que me consuela es que muy pronto tú correrás la misma suerte —dijo casi sin aliento, después giró la cabeza y se me quedó mirando con sus ojos vacíos de vida.

Me levanté dolorida y salí a la calle. Columnas de humo y fuego por todas partes anunciaban el desastre. Los nazis parecían dispuestos a dejar que el monstruo de la guerra lo arrasara todo antes de dar su brazo a torcer. Caminé con una leve cojera hasta la biblioteca, pero me crucé con el doctor Aubry que corría en dirección contraria.

—Las bombas han arrasado la avenida Wilson, casi todo Saint-Servan y los arrabales de Saint-Malo.

—Lo acompañaré —le dije mientras intentaba seguir su paso.

—Regrese a la biblioteca, cúrese la pierna. La divina comedia nos ha asignado un papel a cada uno de nosotros: yo salvo cuerpos, pero usted debe guardar el alma de Saint-Malo.

CAPÍTULO 42

EL DOCTOR

Saint-Malo, 2 de agosto de 1944

El doctor Aubry me parecía un verdadero héroe anónimo. A pesar de tener a toda su familia dentro de la muralla, no dudaba ni un segundo en dejar la seguridad de su casa y correr a cualquier parte de la ciudad en la que pudiera haber heridos. Cada día se sumaban más a la larga lista que tenía desbordado el hospital y que amenazaba con llenar otro edificio cercano, para intentar atender a todos.

El doctor apenas dormía dos o tres horas, y regresaba cada día a su puesto para dedicar toda la tarde a los enfermos que permanecían en sus casas o a las nuevas víctimas de bombardeos.

Aquella tarde, cuando llegó a la biblioteca para examinar a nuestros heridos, parecía agotado y deprimido.

—¿Cómo se encuentra? —le pregunté. Solíamos tener largas charlas de casi cualquier tema. Su cultura era muy amplia, pero pocas veces hablaba de él mismo.

—¿Y eso qué importa? Estoy cansado, horrorizado y asqueado, pero ahora mi deber es darme en cuerpo y alma a esta ciudad.

—Tiene que cuidarse, si le pasa algo no sé qué haríamos.

—Esto no puede durar eternamente. Los norteamericanos han colocado sus líneas a pocos kilómetros. Los alemanes se han hecho fuertes en los bastiones de Saint-Ideuc, La Fontaine-aux-Pèlerins y La Montagne-Saint-Joseph. La Resistencia es inútil. Aún no han comprendido que, como le sucedió a Francia hace cuatro años, ahora la suerte corre en su contra. No podemos luchar contra el destino.

—Nadie es consciente de su propia perdición hasta que ya es demasiado tarde —le contesté.

—Ése es uno de los problemas de saberse inmortales, que a veces confundimos la imposible aniquilación del alma, con este cuerpo finito y mortal.

Me quedé pensativa. Nunca había prestado mucha atención a mi alma. Llevaba tanto tiempo enfadada con Dios, que la inmortalidad me era casi indiferente, incluso cuando había estado al borde de la muerte.

—Cada noche, antes de regresar a casa, me paso por la comandancia para hablar con el comandante von Aulock y le suplico que deponga las armas y termine con esta matanza, pero siempre me responde lo mismo: «El honor me impide rendirme. Tengo que seguir luchando por Alemania».

—El falso patriotismo es la verdadera peste del siglo xx. Ha causado más víctimas que la malaria, el escorbuto y la tuberculosis juntas —le contesté—. Ayer lo vi correr hasta la zona de la estación.

—Fue una situación terrible: cientos de heridos y muchos muertos. La gente está aterrorizada. Muchos se están escondiendo en la Porte de Saint-Thomas, el castillo o la Grande Porte. Los que no entran allí están refugiándose en las bodegas, pero si continua el asedio, comenzará el hambre y después las epidemias. Hay que evacuar la ciudad cuanto antes.

—Yo no voy a dejar la ciudad —le advertí.

—Es una temeridad.

—Ayer me dijo que debía proteger el alma de Saint-Malo.

—Los ingleses han dicho por la radio que la Bretaña caerá en pocos días. Churchill ha anunciado que el Mont Saint-Michel ha sido liberado.

Denis nos acercó algo parecido a un té.

—Uno de los soldados está empeorando por horas.

El pobre doctor se encogió de hombros.

—Apenas nos quedan medicinas. Y ese es otro de mis dilemas. ¿A quién puedo salvar y a quién debo dejar morir? ¿A los más viejos, a nuestros enemigos, a los que parecen más débiles? No me gusta jugar a ser Dios —nos dijo con el semblante serio. Sus mejillas hundidas reflejaban el gran dolor que su alma cargaba.

—Ayer mismo llegaron más heridos alemanes. Al parecer, un camión con varios soldados intentó pasar el cerco y los norteamericanos los tirotearon. Cuatro lograron atravesar los alambres y dos de ellos se encuentran heridos. Me llamaron de la comandancia para que los atendiese. El oficial que los dirigía era el hombre que curé hace años en la clínica, su amigo, no recuerdo su nombre.

Lo miré sorprendida, pensaba que no había escuchado bien.

—¿Qué oficial?

—El que nos entregó documentos nuevos para los refugiados judíos, usted lo visitaba cada tarde.

—¿Ha visto a Hermann von Choltiz?

—Sí, llegó ayer con los heridos.

CAPÍTULO 43

NO DORMIR

Saint-Malo, 4 de agosto de 1944

Los alemanes habilitaron un hospital para recoger a todas sus bajas. Habían tenido que evacuar Combourg. Los estadounidenses habían ocupado Dinard y se dirigían hacia Saint-Pierre-de-Plesguen.

El comandante von Aulock había convocado una reunión con las autoridades de la ciudad. El doctor me avisó de la reunión y decidí unirme a ellos, más con la intención de intentar ver a Hermann que de saber para qué nos reunía el coronel.

En cuanto llegamos a la comandancia, vimos al alcalde Auguste Briand, al prefecto y al señor Feld-Lebas. Nos hicieron pasar a una amplia sala, y el coronel no tardó en entrar con sus aires de militar prusiano, con el monóculo en el ojo y la cara demacrada por el cansancio y las pocas horas de sueño.

—Caballeros, señora. Siéntense. Los he mandado llamar ante la preocupante situación. Los norteamericanos están muy cerca. Me han propuesto la rendición incondicional. Naturalmente, no la he aceptado. Venderemos caras nuestras vidas. Puede que estemos perdidos, pero si retrasamos el avance a París, nuestro ejército podrá reorganizarse y Alemania será inexpugnable. Entonces podremos solicitar una paz por separado con británicos y norteamericanos, aunar fuerzas y enfrentarnos a nuestro verdadero enemigo, el peligro bolchevique.

—Pero, Comandante, la ciudad no puede resistir más bombardeos —dijo el alcalde preocupado.

—Lo único que puedo hacer es dejar ir a los civiles —comentó el comandante, como si aquella fuera una gran concesión a la ciudad.

—¿Irse a dónde? Las líneas están cerradas, ya no hay vía de escape. Nos encontraremos entre dos fuegos. Será mejor que nos permita refugiarnos en sótanos y en el castillo. Los habitantes de la ciudad jamás nos hemos levantado contra ustedes, menos un par de desgraciadas excepciones.

—No sé lo que hay en sus mentes. Su cordialidad es admirable, pero en Saint-Cast se levantó un grupo de resistentes y tuvimos que contenerlos a cañonazos.

—Dejaremos libertad a la gente, que se marchen los que lo deseen —terminó comentando el alcalde.

—Hagan lo que quieran, pero morirá la población civil. En cuanto veamos cualquier conato de rebelión no dudaremos en disparar a matar —contestó el comandante, mientras se quitaba el monóculo del ojo.

Salimos de la sala. Me sentía decepcionada por no haber visto a Hermann. Por un momento dudé del doctor. Tal vez lo había confundido con otra persona.

—Señora Ferrec, éste es el último lugar en el que esperaba verla. Hace unos días la tenía en el sótano a mi entera disposición, pero logró escabullirse de nuevo. No se preocupe, la gente como yo se mueve mucho más cómodamente en el caos, y le aseguro que dentro de muy poco, Saint-Malo caerá en la anarquía. No crea que me he olvidado de usted, le aseguro que está en todos mis pensamientos.

A pesar del temor, me giré y lo miré con desprecio.

—Lo espero impaciente. Estoy segura de que un cobarde como usted atacará de noche y por sorpresa, pero le daré el recibimiento que merece.

El hombre soltó una escandalosa carcajada.

—Ya sé por qué ha venido, se ha enterado del regreso de su amado. ¿Piensa que él podrá protegerla de nuevo? Las cosas han cambiado, la cadena de mandos se rompe por momentos. Además, ¿a quién le importará un cadáver en una montaña de muerte y destrucción? Dentro de poco esta ciudad se convertirá en una gigantesca tumba.

Sabía que en el fondo tenía razón. No dudaba de que lo intentaría a la primera oportunidad, pero no iba a convertirme en una presa fácil.

Bajé las escaleras con una fingida calma y me dirigí a la entrada principal. Noté cómo una mano me agarraba el brazo y me llevaba a un rincón oscuro. Mi corazón comenzó a latir con fuerza, me sentía perdida, aquel hombre parecía decidido a matarme allí mismo.

—Jocelyn —me dijo la sombra vestida de soldado.

—¡Dios mío!

—Te he echado mucho de menos. Llevo meses atravesando Europa, pensé que no lograría cruzar las líneas, pero estoy aquí.

Su rostro se iluminó de repente y sus ojos brillaron a la luz de la bombilla. Parecía golpeado por la vida, como si los horrores que había visto en el frente ruso lo hubieran cambiado, pero entonces sonrió y su rostro volvió a ser el de siempre.

CAPÍTULO 44

LA ÚLTIMA ESTACIÓN

Saint-Malo, 5 de agosto de 1944

EN OCASIONES LA VIDA ES COMO un viajero que se encuentra en la última estación. La espera a veces se hace eterna, con la sensación de que el tiempo se ha detenido, y en un instante se acelera y apenas podemos asimilar la vorágine en la que nos vemos inmersos. Desde que vi a Hermann, ya no pude dejar de pensar en él. Había sido fugaz, apenas un instante, por eso mientras regresaba a casa me preguntaba si realmente había sucedido. Su presencia me había hecho olvidar las amenazas del teniente Bauman. Lo único que importaba en aquel momento era que Hermann estaba en Saint-Malo.

Aquella mañana, mientras la gente preparaba la evacuación, los bombarderos parecían pasar de largo hacia otros objetivos. Pero al mediodía regresaron para lanzar su carga mortífera sobre la ciudad. Hasta ese momento, las bombas que habían caído sobre el castillo y la muralla eran sobre todo para eliminar algunos puntos concretos o impactos fallidos. Ahora los aliados estaban dispuestos a destruir hasta la última piedra de Saint-Malo mientras los alemanes se encontraran dentro de las murallas.

Las bombas pararon a media tarde y la gente intentó abandonar la ciudad de nuevo. El doctor Aubry vino a vernos antes de que los alemanes se llevaran a sus tres heridos a su hospital.

—¿Por qué no vienen al hospital? Los sótanos del edificio son más seguros —nos dijo a Denis y a mí.

—No podemos dejar los libros —le contesté.

—Seleccione los más valiosos. A veces tenemos que sacrificar algo para salvar lo más importante.

Encogí los hombros. Para mí era imposible decidir qué obras literarias merecían salvarse.

—¿Se acuerda que me dijo hace poco que le era muy difícil elegir quién debía vivir y quién debía morir? A mí me sucede igual con estos libros —dije señalando las estanterías.

El hombre sonrió y mandó a los camilleros alemanes trasladar a los heridos.

—Si cambian de opinión, ya saben dónde estamos. Los bombardeos no van a ser como los anteriores. El doctor Yves Lebreton atendió a unos heridos norteamericanos ayer, y le comentaron que el alto mando ha prometido que no dejará piedra sobre piedra hasta que los alemanes se rindan por completo.

—Gracias de todas formas.

Nos quedamos los dos a solas, entonces aproveché para comentar a mi amigo mi encuentro con Hermann.

—¿Está aquí?

—Sí, al parecer atravesó las líneas para entrar en la ciudad.

Denis se quedó sin palabras. Antoine era su mejor amigo y no esperaba que nos diera su bendición.

—No ha pasado nada entre nosotros. No podría…

—Lo entiendo, creo que Antoine querría que fueras feliz. Él no deseaba otra cosa en la vida.

Me abrazó y me eché a llorar. Era ridículo guardar alguna esperanza. Dentro de poco el mundo se encontraría en ruinas y no estaba segura de si de esas cenizas podría nacer otro nuevo. Tampoco tenía muchas esperanzas en salir de la batalla con vida y, mucho menos, que el destino nos diera ese regalo a los dos.

—Tengo que contarte otra cosa —le anuncié—. No quise decir nada hasta que se fueran los heridos. Tenemos a un joven soldado alemán que ha desertado en el sótano.

—¿Te has vuelto loca?

—¿No te habías dado cuenta todavía? Estamos intentando salvar una biblioteca en medio de un asedio, un nazi loco intenta destruir todo esto y matarnos, estoy enamorada de mi enemigo y sí, tenemos a un desertor en el sótano.

Lo hicimos subir. Llevaba días sin ver la luz del sol. Su rostro pálido brillaba por el sudor y el calor que lo envolvía todo.

—Creemos que la ciudad no resistirá mucho, pero en cuanto esto termine, te harán prisionero. ¿Lo entiendes?

El joven afirmó con la cabeza ante mis palabras. Después nos preparamos algo para cenar. Me sentía impaciente por ver a Hermann, pero me había dicho que por el momento no podía dejar su puesto en la fortaleza.

—¿Cómo te llamas?

—Bruno, pensé que se lo había dicho —comentó el alemán.

—Bueno, no estábamos para formalidades.

—Esto es una biblioteca —dijo el chico mirando los estantes repletos de libros.

—Eres muy agudo —se burló Denis, que odiaba profundamente a todos los nazis.

—Me gustan mucho los libros.

—¿Te refieres a quemarlos? —siguió Denis—. Ya hemos tenido algunas experiencias con algunos de tus compatriotas.

El chico agachó la cabeza.

—No te metas con él, es sólo un crío asustado.

—Críos como este torturaban judíos en Dachau. Te aseguro que no son lo que parecen.

—Yo no he hecho daño a nadie. No soy un nazi, me metieron en las Juventudes Hitlerianas como a todos los jóvenes, pero eso no significa nada —contestó el alemán.

—Ahora que veis que se termina la fiesta, todos negáis ser nazis. Muchos franceses colaboracionistas ahora parecen miembros de la Resistencia. Al terminar la guerra, algún político será capaz de afirmar que Francia se liberó ella sola. El mundo es una cloaca maloliente.

Cenamos en silencio. Teníamos los nervios a flor de piel, ninguno de nosotros estaba preparado para morir. La muerte siempre es inoportuna y por eso nos cuesta pensar en ella sin echarnos a temblar.

Aquella noche, los habitantes de Saint-Malo no dormimos. Sabíamos que aquellos podían ser los últimos días, tal vez horas, de nuestra ciudad, y aquel terrible pensamiento nos robó la poca paz que aún no nos habían arrancado la guerra y el miedo.

CAPÍTULO 45

LAS MONJAS

Saint-Malo, 7 de agosto de 1944

En ocasiones, cuando creemos que las cosas no pueden ir a peor, se complican aún más. El día anterior había tenido que asistir a un entierro. El capellán había dado su misa en la capilla de Saint-Sauveur, y después nos habíamos dispersado rápido intentando escapar de las calles destruidas y los semblantes doblegados por el dolor y el sufrimiento. El doctor Aubry me había comentado que durante el fin de semana se habían producido altercados entre soldados de infantería y marinos alemanes. Todo parecía descomponerse rápidamente. Los norteamericanos habían atravesado la primera barrera antitanque y conquistado la zona de La Fontaine-aux-Pèlerins.

El comandante alemán había dado una nueva oportunidad a los habitantes que no habíamos abandonado la ciudad, pero casi nadie se había marchado. Todos estábamos resignados a nuestro destino. Habíamos intentado sobrevivir casi cuatro años y teníamos la sensación de que ya no podíamos cambiar lo inevitable.

—La noche ha sido muy difícil —dijo Denis mientras se frotaba los ojos.

Aquella madrugada los bombardeos habían sido terribles en Grand Bé y los heridos desbordaban el hospital. Además de los enfermos, varias familias buscaban refugio en el hospital, pero ya no había sitio para más.

—Puedes irte al hospital, allí estarás más seguro —le comenté.

Mi amigo frunció el ceño e hizo un gesto irónico.

—¿Crees que voy a dejar que te lleves todo el mérito de salvar la biblioteca?

Nos reímos y preparamos un ligero desayuno. Las provisiones escaseaban y en unos días ya no tendríamos qué comer. Nuestro invitado, el soldado alemán, permanecía la mayor parte del tiempo durmiendo en el sótano, pero en cuanto olfateaba la comida subía corriendo a vernos.

—Veo que el *boche* tiene hambre —dijo molesto Denis.

—No te metas con él. Todos estamos en el mismo barco. A veces tengo la sensación de que ya no importa si somos alemanes o franceses: nos hemos convertido en víctimas propiciatorias de esta locura —le contesté.

El joven comió ávidamente, parecía casi tan hambriento como asustado.

Escuchamos un ruido fuera del edificio y fui a ver qué sucedía. Los bomberos pasaban justo en ese momento por la puerta.

—¡No salgan! Están ardiendo varios edificios cercanos. La torre de la catedral se ha hundido. Los americanos han bombardeado durante toda la noche la Caserne de Rocabey, el casino y otros edificios extramuros.

El bombero tenía la cara completamente negra, parecía agotado a pesar de que apenas acababa de amanecer.

—Algunos alemanes están saqueando las casas —prosiguió con un gesto de preocupación.

—Son unos héroes —le contesté al hombre. Me parecía admirable aquel espíritu de sacrificio.

—Todo esto es una locura, los alemanes han instalado un tanque en la Puerta de Saint-Vincent. El doctor Rival, el inspector de higiene, los ha intentado convencer para que nos dejen pasar, pero ha sido inútil.

El bombero se alejó y las bombas comenzaron a caer de nuevo.

—No hay comida para mañana —me dijo Denis, cuando regresé a la mesa.

—Pensé que tendríamos para dos o tres días —le dije sorprendida.

—El alemán come demasiado, ya te comenté que era mejor pegarle un tiro —bromeó.

—Saldré para el hospital, allí nos darán algo.

—¡Están bombardeando! —exclamó mi amigo, como si no pudiera escuchar el estallido de las bombas.

—No estoy sorda —le dije mientras tomaba una pequeña mochila para traer los alimentos.

Salí del edificio mirando a todos lados. No le había dicho nada a mi amigo, pero antes de ir al hospital quería entregar una nota en la comandancia alemana. Llevaba días sin saber nada de Hermann y comenzaba a inquietarme.

Caminé a toda prisa mientras mis ojos no podían dejar de contemplar los destrozos del bombardeo nocturno. Aquel había sido el más duro desde el comienzo del ataque. En los días previos, la mayoría de las bombas habían caído en el puerto y los arrabales. Pero ahora la ciudad vieja ardía por los cuatro costados ante la impotencia de los bomberos y el desdén de los alemanes.

Miré el edificio de la comandancia. También había sido alcanzado en algunas partes, pero el arco de la puerta seguía intacto, la verja aún permanecía cerrada y los guardias se escondían tras unas improvisadas fortificaciones. En cuanto me vieron comenzaron a disparar. Agité un paño blanco y pararon el fuego.

—¿Qué quiere?

—Tengo que entregar una nota al teniente Hermann von Choltiz.

—No está aquí, lo trasladaron hace un día al fuerte de la isla Cézembre.

La respuesta me dejó petrificada. Desde la parte alta de la biblioteca se veía cómo las baterías americanas y los aviones se estaban cebando con la pequeña isla.

—¡Dios mío! ¿No se puede comunicar con ellos?

—Nosotros lo hacemos por radio, pero desde esta mañana no hay contacto. Al parecer los han bombardeado con napalm.

No sabía qué era el napalm, pero imaginé que nada bueno.

Me di la vuelta para dirigirme al hospital, cuando una fuerte explosión cayó entre los guardias y mi posición. Salí despedida a un lado y caí en medio de la plaza. Por un momento perdí el oído y completamente aturdida me arrastré hasta un edificio próximo. Intenté examinarme; estaba llena de magulladuras, me sangraba la frente y las sienes me retumbaban.

Uno de los bomberos que había acudido tras la explosión se me acercó.

—¿Se encuentra bien?

—Sí, me dirigía al hospital de las monjas.

—La acompañaré —dijo el hombre, y me ayudó a ponerme en pie.

—¿Qué les ha pasado a los dos guardias?

—Están muertos —dijo el bombero, mientras me llevaba apoyada en su hombro.

Comencé a llorar. Eran apenas dos muchachos de no más de veinte años. Un segundo antes estábamos hablando y un instante más tarde los dos soldados habían dejado de existir.

Tardamos veinte minutos en llegar al hospital. En cuanto entramos por la puerta y descendimos al sótano, dos hermanas vinieron a ayudarnos.

—¿Qué le ha sucedido? —preguntó la hermana Clara al bombero. Yo seguía conmocionada; por primera vez en mucho tiempo comenzaba a darme por vencida.

Me tumbaron en una de las camas libres. El doctor Aubry me examinó brevemente y me curó las heridas.

—No parece nada grave. Tiene un tímpano reventado, magulladuras, una brecha en la frente y varias contusiones en el brazo derecho. Comparado con lo que le podría haber pasado, ha tenido mucha suerte.

Me quedé mirando al médico sin contestar. Si algo me había faltado todos aquellos años era suerte.

El bombero se fue con el doctor y una de las monjas. La hermana Clara se sentó en el borde de la cama.

—Lo siento mucho —me dijo mientras me arropaba un poco. A pesar del calor, el sótano del hospital se conservaba fresco.

Comencé a llorar. Mis últimas fuerzas empezaban a agotarse.

—Hermana Clara, mi vida ha sido muy desgraciada. Perdí a mis padres siendo adolescente, y de niña ya había visto morir a mi hermana gemela. No me quedaba nadie en el mundo hasta que conocí a mi querido Antoine. Él me devolvió las ganas de vivir. Antes, lo único que amaba de verdad eran los libros. Nos casamos y caí muy enferma, comenzó la guerra y él tuvo que marcharse al frente, para volver totalmente enfermo. Nunca fue el mismo y, lo peor de todo es que…

La hermana me abrazó y dejó que me desahogara. Temblaba y lloraba como una niña pequeña, parecía que nada podía consolarme.

—Él también murió y me dejó sola en el mundo.

—Entonces fue cuando se dio cuenta —dijo la monja.

La miré entre lágrimas, su rostro moreno parecía borroso e irreal.

—Se dio cuenta de que amaba a ese alemán, al oficial que estuvo aquí internado. Yo también he amado y muchas veces no podemos elegir a la persona de la que nos enamoramos. Antes de la guerra en España, cuando yo era una jovencita, llegó a mi pueblo un mozo joven. Nunca había visto a nadie tan guapo, yo era una cría. El hombre se instaló en una casa cercana a la mía, en una habitación alquilada. Nos cruzábamos todas las mañanas y yo me quedaba mirando sus ojos marrones y su sonrisa picarona. Me recorría un escalofrío, era algo que no había sentido jamás. En el verano había cine en la plaza, era al aire libre. Las noches eran algo frescas y la brisa olía a flores. En una gran lona se proyectaban películas americanas e inglesas, y los vecinos llevábamos nuestra silla y la cena. Una noche fui con unas amigas y lo vi. Me hizo una señal y lo seguí hasta un parque cercano. Allí me besó. Me quedé mareada, como si mis pies no tocasen la tierra. De manera clandestina comenzamos a salir. Era barbero, quería montar su propio negocio, me hablaba del futuro y de que nos casaríamos. Una noche, paseando por el campo, comenzó a besarme y una cosa llevó a la otra. A los pocos meses estaba embarazada. Mis padres me obligaron a dar al niño y meterme a monja. Él se fue del pueblo y no lo volví a ver jamás. Los amores prohibidos a veces nos parecen los más sabrosos, pero no suelen acabar bien.

Miré a los ojos húmedos de la monja. Sabía que estaba muy triste por su padre recién ejecutado en España y por todo aquel sufrimiento.

—No sé qué siento por él. Antoine fue el amor de mi vida y siempre pensé que mi corazón no sería jamás para otro hombre. No concebía que pudiera querer a nadie como a él. Hermann, en cambio, es como mi alma gemela. Compartimos muchas cosas a pesar de que sea un alemán; me ha respetado y protegido. No quiero casarme con él, pero tampoco quiero que le pase nada malo. Lo han enviado a la isla Cézembre, y eso es lo mismo que condenarlo a muerte. Les han arrojado napalm.

—Eso es un gas —dijo la monja—. Lo quema todo, como si se tratara de aceite hirviendo.

Sus palabras me preocuparon aún más.

—Si Dios lo ha protegido hasta ahora, tal vez lo siga haciendo —dijo la monja para tranquilizarme.

—A veces pienso que todos nosotros vamos a morir —le contesté.

—Eso es cierto: la única cosa cierta e irremediable es que todos vamos a morir. No nos gusta mucho pensar en ello, pero lo terrible es cuando te enfrentas a la muerte cada día y ves cómo otros caen a tu lado: niños, mujeres embarazadas, ancianos que estaban disfrutando del poco tiempo que les quedaba. Todos ellos sufren y desaparecen cada día. En cambio tú sigues en pie, inmune a las bombas, las balas y el sufrimiento. A veces el peor castigo del mundo es sobrevivir mientras el mundo que conocías desaparece. Eso fue lo que me pasó en España. Vivía en Santander, caminaba cada día por las calles elegantes del centro, observaba a la gente en las playas, olía a churros y castañas asadas en invierno, en verano a pescado frito y leche merengada. Todo eso desapareció. Ahora Francia está corriendo la misma suerte. Aunque sobrevivamos, ya nada volverá a ser igual.

Sus palabras eran demasiado duras para digerirlas. En ese momento me di cuenta de que siempre había abrigado cierta esperanza, como si la vida acabara imponiéndose al horror que me rodeaba. Aquel día dejé de esperar; me limité a resistir, a sobrevivir y no pensar mucho en lo que nos esperaba en los próximos días.

CAPÍTULO 46

REFUGIO O FUGA

Saint-Malo, 9 de agosto de 1944

AHORA QUE EL FIN SE ACERCABA, mientras me esforzaba por seguir escribiendo, estaba rodeada de gente pero me sentía muy sola. El doctor me había obligado a quedarme dos días en el hospital. La hermana Clara había enviado un mensaje a Denis y provisiones para que no se preocupase. Pasé casi todo el tiempo durmiendo, como si todo el cansancio acumulado de los últimos meses por fin me hubiera logrado vencer. Por la noche, el murmullo de los enfermos me tranquilizaba; por el día, lo hacían las carreras de los niños que, a pesar de las represiones de sus padres, no podían evitar jugar porque para ellos hacerlo era estar vivos.

Una niña rubia de ojos muy grandes se me había acercado el día anterior. Se llamaba Judith y era de Cracovia. No sé cómo había llegado desde tan lejos. Pronunciaba las palabras con dificultad, aunque chapurreaba algo de polaco, había pasado casi toda su corta vida en Francia.

—¿Estás muy enferma?

—No, me marcharé pronto —le dije sonriente; los niños siempre me han producido una gran ternura.

—Yo también quiero regresar a París cuando terminen de caer las bombas. Allí iba a un colegio muy bonito, tenía muchas amigas. En el patio jugábamos y nos divertíamos, por la tarde mi madre me daba la merienda y hacía los deberes. Ahora estoy todo el día encerrada, llevamos mucho tiempo escondidos. Somos judíos, pero no se lo digas a nadie. Muchos nos odian por eso.

—No te preocupes, no se lo diré a nadie —le aseguré. Parecía realmente asustada.

—¿Sabes lo que es ser judío?

—No —le contesté con curiosidad. Quería que me mostrara cómo un niño vivía aquella triste realidad.

—¿No conoces la historia de Esther, la de la Biblia?

—La leí de pequeña —le contesté. Mis padres me habían leído las Sagradas Escrituras desde niña, y en la iglesia a la que asistían cada domingo era muy normal estudiar la Biblia.

—Ser judío es tener siempre miedo, mirar a tu espalda para asegurarte de que nadie te sigue, poner las maletas cerca de la puerta por si hay que escapar, orar en silencio los viernes y llorar por una tierra que no hemos visto jamás.

—Entonces yo también soy judía —le contesté.

—No, no lo eres —dijo muy seria.

—¿Cómo lo sabes? – le pregunté frunciendo la nariz.

La niña se cruzó de brazos y me observó con una expresión de molestia.

—Tus ropas no están viejas, tu rostro no ha sido lavado con lágrimas cada día y no lo has perdido aún todo —dijo la niña con una madurez que hizo que se me erizara el vello de la nuca. Después se fue corriendo.

Las monjas regresaron de sus rezos matutinos y la hermana Clara se me acercó.

—Si quieres puedo acompañarte a la biblioteca.

Me levanté de la cama y me puse los zapatos.

—¿Quieres ver el mar primero?

Asentí con la cabeza y subimos a la última planta. El edificio estaba muy cerca del Bastión de los Holandeses. Allí los alemanes habían puesto varios cañones. Un cabo dormitaba al lado de una de las piezas; parecía disfrutar del sol, aunque en el mar una niebla espesa apenas nos dejaba contemplar la isla de Cézembre.

—Él está allí —señalé con el dedo.

—El doctor me comentó que la armada británica llegará en cualquier momento. Si se rinden tal vez tengan alguna oportunidad.

Suspiré y nos dirigimos a la planta más baja. Salimos a la calle y pasamos por una de las plazas; el mercado de verduras seguía intacto. Caminamos por la calle de Toulouse, que estaba casi indemne, pero no había corrido la misma suerte la des Cordiers o la Gran Rue, que estaban cubiertas por piedras de algunas de las fachadas alcanzadas. La silueta de la catedral parecía extraña sin la aguja de la torre. Pasamos cerca de la escuela donde había varios refugiados. Las monjas preparaban grandes cazuelas de comida para todos, y algunos voluntarios las distribuían.

Nos encontramos con el sacerdote y nos contó cómo se hundió la torre de la catedral.

—Es una desgracia —nos dijo con los ojos tristes.

—Era muy bella, aunque la vida de cualquier persona es mucho más importante —comentó la hermana Clara.

—¿Cómo está la capilla por dentro? —le pregunté. El hombre se encogió de hombros. Parecía que le costaba mucho hablar de aquello.

—Una de las campanas cayó dentro, rompió la cúpula y destrozó el suelo y algunas sillas. Afortunadamente no le pasó nada a la talla de la virgen —dijo el sacerdote con cierto alivio.

—Dios aprieta, pero no ahoga —le contestó la hermana Clara.

Nos dirigimos hacia la biblioteca. Intenté no mirar demasiado a mi alrededor, no quería que tanta desolación terminara por robarme el poco ánimo que me quedaba.

Llamé a la puerta y Denis salió a abrirme. Estaba algo desmejorado, las mejillas hundidas, la barba de dos días y unas ojeras profundas.

—Tienes una cara horrible —me dijo sonriente.

—¿No te has visto tú? —le contesté.

—La comida de las hermanas nos va a matar a todos —contestó mientras me guiñaba un ojo.

Clara dejó una bolsa al lado de la puerta. Después hincó la mirada a mi amigo; no se caían bien.

—Les traigo algo de jamón, unas latas y un poco de pan. Todavía algunos panaderos están trabajando. Éste es del panadero Dolé de la calle Vieille Boucherie.

—Gracias por todo —le dije a la hermana Clara. Ésta me puso una mano en el hombro y antes de irse me dijo:

—Tenga fe. La fe es una semilla muy pequeña, pero puede formar un gran árbol.

Le sonreí y cerré la puerta.

Denis tomó un poco de pan y jamón y preparó unos bocados.

—No gano para sustos contigo. No sé qué hacías enfrente del

cuartel alemán. Bueno, en realidad sí sé lo que hacías. Te has vuelto completamente loca.

—Hermann está en la isla —le contesté con un nudo en la garganta.

—¿En Cézembre? Pues está fastidiado —me dijo sin medir sus palabras.

El joven alemán se acercó a nosotros atraído por el olor del jamón.

—¿Hablan del teniente von Choltiz?

Lo miré sorprendida; no sabía que lo conociera. Aunque la guarnición no era tan numerosa para que un soldado no conociera de vista a todos los oficiales.

—Nunca he servido bajos sus órdenes, pero era muy conocido en el cuartel. Pertenecía a la sección de la Oficina Reichsleiter Rosenberg Taskforce. Un buen puesto. Luego sirvió en Rusia. No sabía que había regresado.

—¿Conoces algo de la fortaleza en la isla? —le preguntó Denis.

—En la isla hay casi trescientos soldados. En el Fuerte Nacional más de mil, además de casi doscientos noventa prisioneros.

—No sabía que aún quedaban tantos soldados en Saint-Malo —dijo mi amigo algo desanimado. Todo aquello dificultaba la liberación de la ciudad.

Pensé que esa era una información muy valiosa para el doctor Aubry. Los aliados agradecerían saber el número de soldados que había en cada fortaleza.

—Jocelyn, tal vez este zarrapastroso sirva para algo más que para robarnos la comida.

Fruncí el ceño. No me gustaba que mi amigo lo tratara de aquella forma.

El chico se cruzó de brazos, pero no dejó de masticar el jamón.

—Hay algunas barcas en la zona oeste —continuó Denis—. Puede subir a una, llegar hasta la isla, entregar tu nota al teniente y, tal vez, sacarlo de allí.

—¿Se ha vuelto loco? —preguntó el alemán con los ojos desorbitados.

Atravesar la distancia que separaba a la isla de Saint-Malo era una temeridad.

—No te preocupes, hijo —lo tranquilizó mi amigo—. Yo llevaré la barca. Cruzaremos el mar de noche y nadie nos verá.

Aquella descabellada idea me pareció como un rayo de esperanza en medio de la gran oscuridad que se cernía sobre la ciudad cada vez que la puesta del sol anunciaba el fin de un nuevo día.

CAPÍTULO 47

MONT SAINT-MICHEL

Saint-Malo, 11 de agosto de 1944

LLEVÁBAMOS DÍAS SIN GAS, LUZ NI agua potable. Teníamos que tomar agua de la cisterna del hospital, ya que era uno de los pocos lugares de la ciudad en los que todavía quedaba. Los pozos se habían secado para intentar apagar los fuegos de la ciudad, ya que los alemanes no permitían a los bomberos acercarse al mar para cargar sus camiones. En el Fuerte Nacional había muchos heridos tras la explosión de una bomba que mató a una docena de personas, aunque lo único que me preocupaba en realidad era que Denis y el alemán llegaran a Cézembre y se comunicaran con Hermann, o lograran sacarlo de allí con vida. Yo misma hubiera ido si hubiera sabido manejar bien una barca.

Esperamos a la noche. Después, por primera vez en todas esas semanas, cerramos la biblioteca y la dejamos sin vigilancia. Quería acompañarlos hasta la salida secreta del muro. Los alemanes no nos dejaban salir ni entrar por la única puerta aún abierta, pero Denis conocía una casa de contrabandistas de la época en que

Saint-Malo era ciudad de piratas. Allí, por medio de un túnel, se comunicaba con una zona cercana a la playa donde había varias barcas de pescadores.

En medio de la oscuridad, caminamos con cuidado para no llamar la atención de los soldados que vigilaban desde la muralla.

—Esta es la casa —dijo Denis señalando una casucha vieja medio derruida.

El alemán no parecía muy convencido. Si lo descubrían lo matarían, pero era consciente de que no le quedaba más alternativa.

Denis abrió la puerta con facilidad. La madera podrida cedió y entramos en el recibidor de baldosas de barro rotas. La casa cerrada olía a pescado podrido y humedad. A tientas tocamos la pared, abrimos una puerta disimulada debajo de la escalera que comunicaba con el primer piso y bajamos con cuidado. La escalera crujió a nuestro paso. El alemán dio un tropezón y casi se cayó de bruces; uno de los escalones estaba roto.

En el sótano, el olor a mar era mucho más intenso, casi hasta darnos ganas de vomitar. Me tapé la boca con un pañuelo. Al fondo había una ventana tapada con una puertecita de madera, pero en realidad era un pequeño túnel. El túnel era bajo y muy largo. Había que ir a gatas casi doscientos metros, antes de lograr salir a la superficie.

—Será mejor que no nos sigas más allá —dijo mi amigo.

—No, prefiero ver que logréis llegar hasta el mar.

—¡Márchate! —me gritó Denis. No quería ponerme en peligro, pero en el fondo era yo la que los estaba poniendo en peligro a ellos.

—No, os acompaño hasta fuera —le insistí. Mi amigo sabía que era inútil discutir conmigo.

Me había puesto unos pantalones en previsión. Caminamos a

gatas. Había pedazos de conchas que se nos clavan en las rodillas y las palmas de las manos. Llegamos al final del túnel sangrando y sudando, pero vivos.

El aire fresco del mar nos golpeó en la cara. Denis apartó una reja de hierro oxidado y salimos entre unas peñas. La brisa logró despejarnos y quitarnos aquella sensación de angustia. Las barcas estaban justo al lado.

—Ten cuidado —le supliqué mientras lo abrazaba.

—Espero traerte a tu amigo —me dijo sonriente. Vi su rostro iluminado por el resplandor de la luna sobre el mar.

—Hay demasiada luz —se quejó el alemán—, sería mejor intentarlo mañana.

—¿Mañana? Los ingleses llegarán muy pronto por mar. Tenemos que intentarlo hoy.

Los dos hombres empujaron la barca hasta el agua. Yo los ayudé; justo al tocar el mar la barca se hacía muy ligera y la empujaron contra las olas. La barca subía sobre ellas, hasta que el agua les llegó a la cintura y saltaron dentro. Comenzaron a remar. Al principio apenas avanzaban, pero un par de minutos más tarde se perdieron en el horizonte.

Me quedé un rato sentada en una roca, viendo a las estrellas reflejadas en el agua, escuchando el sonido plácido de las olas, libre por fin de la guerra, el miedo y el temor. Me vino a la mente el Monte Saint-Malo, uno de los lugares más bellos de Francia. Un día, antes de que comenzara esta maldita guerra, fuimos de excursión los tres. Denis conducía por aquellos caminos rurales, donde los campos cultivados y los prados con vacas se sucedían sin descanso. Llegamos a una zona pantanosa. Los mosquitos se estrellaban contra el capó del coche y nosotros cantábamos viejas canciones de nuestra infancia. Pasamos los últimos árboles y ante nuestros ojos apareció la famosa abadía. La isla montañosa se erguía soberbia sobre aquellas marismas. La luz de la mañana le hacía desprender destellos de sus piedras color arena. El agua la asediaba, como si no soportara tal belleza. Nos quedamos mirándola extasiados: aquella pequeña abadía en medio de la nada nos recordó que la belleza, como el amor, surge en lugares inesperados.

CAPÍTULO 48

DISPAROS

Saint-Malo, 12 de agosto de 1944

LAS BOMBAS SIGUIERON ARRASANDO LA CIUDAD sin descanso. El doctor Aubry vino por la mañana para pedirme que fuera con el resto de los refugiados a los sótanos de la catedral. El hospital se encontraba casi en ruinas, ya que al situarse muy próximo al Bastión de los Holandeses, había recibido varios impactos directos. Le informé sobre lo que el soldado alemán me había contado acerca de las fuerzas alemanas en la ciudad, la isla y el Fuerte Nacional. El médico apuntó todo y se fue satisfecho, para contactar con su confidente.

Al quedarme sola subí hasta el tejado de la biblioteca y contemplé la ciudad. Denis y el alemán no habían regresado todavía. La isla Cézembre se podía divisar a lo lejos, aunque apenas se distinguían la arena de la playa y las fortificaciones; únicamente se veían las rocas más altas y unos pocos árboles. Me giré para mirar hacia mi apartamento, del que había logrado sacar los pocos recuerdos que me quedaban unos días antes. Las paredes ardían por los cuatro costados.

Dentro de poco, apenas quedaría piedra sobre piedra. Llevaba semanas acumulando las cartas que escribía cada vez que mis deberes o las bombas me lo permitían, y a veces dudaba de que algún día alguien pudiera leerlas. Tal vez todo era un esfuerzo inútil, además de pueril, un acto extremo de vanidad. ¿Por qué la gente debe conocer mi historia? ¿Soy acaso mejor que las millones de personas que sufren esta terrible guerra? No y mil veces no, me repetía sin descanso. Mi vida no valía mucho más. Era apenas una brizna más de hierba sacudida por el implacable viento de la guerra.

Mientras escribía, las lágrimas emborronaban la tinta. La biblioteca se encontraba destrozada, y a veces me preguntaba qué hacía aquí, qué sentido tenía salvar los pocos restos de aquel naufragio. Los libros más valiosos estaban a salvo en el sótano, pero muchos otros se encontraban destrozados por el fuego, el agua o simplemente por las sacudidas de las bombas que los lanzaban al suelo, donde el polvo los marchitaba como si la primavera hubiera dado paso a un seco verano.

Estaba muy preocupada por lo que podía haberle pasado a mi amigo. Entonces, vi a la gente, la poca que quedaba dentro de los muros, que salía de sus escondrijos y comenzaba a limpiar las calles. Retiraban los escombros, barrían sus puertas y, en medio del caos, sentí que había una fuerza increíble, un deseo de vivir que sobresalía entre las ruinas como flores que logran crecer entre la acera y los adoquines de la calle.

Entonces vi a dos hombres con uniforme americano cruzar la calle. Unos alemanes los perseguían de cerca.

¿Cómo han llegado hasta aquí? Me pregunté mientras intentaba con la mirada avisarles de que los nazis estaban muy cerca de alcanzarlos. Al final, escaparon de mi vista y recé brevemente para que lograran huir.

Me encontraba tan ensimismada, que apenas escuché los golpes. El sacerdote Roth llamó con insistencia a la puerta y bajé a abrirle.

—Gracias a Dios sigue con vida, señora Ferrec. Deje que le presente al bueno de Robert Lefebvre.

El muchacho de apenas quince años me miró sonriente. Me recordó a Pierre; llevaba mucho tiempo sin saber de mi joven amigo.

—Robert lleva cada día comida a los prisioneros de los alemanes en el Fuerte Nacional. Me ha contado algo…

Le dio una palmadita en la espalda al chico para que hablase. Éste titubeó, como si le diera vergüenza hablar delante de una desconocida.

—El padre me dijo que conoce a un alemán que nos ayudó para sacar a algunas personas de Saint-Malo consiguiendo papeles falsos. Creo que se llama Hermann von Choltiz.

Me quedé petrificada. Denis y el alemán habían ido a buscar a mi amigo al lugar equivocado, él siempre había estado en el Fuerte Nacional.

—¿Estás seguro? —le pregunté incrédula. Me costaba pensar que todo aquel esfuerzo de mi amigo fuera en vano, que había arriesgado su vida para nada.

El chico afirmó con la cabeza. Parecía muy seguro de lo que decía.

—¿Podrías darle una nota? —pregunté.

El chico tomó el papel que escribí rápidamente y lo guardó en el bolsillo.

—Hija, deja todo esto y trasládate a la cripta de la catedral. Es el último lugar seguro que queda en la ciudad. Tenemos noticia de que en un día se hará un bombardeo masivo. Al parecer, los norteamericanos están perdiendo la paciencia. Los aliados ya se encuentran en la Puerta de Saint-Vincent; es cuestión de horas.

Lo miré con los ojos desorbitados; me parecía casi imposible que los aliados volvieran a lanzar una nueva y mortífera oleada de bombas. Apenas quedaba nada en pie en la desgraciada ciudad.

El muchacho volvió a sonreír.

—Espero traerle noticias del teniente muy pronto. Hoy mismo tengo que ir al fuerte.

—Muchas gracias. Eres muy valiente, arriesgando la vida de ese modo.

El chico me saludó quitándose la gorra y el padre Roth se despidió de mí con una bendición y cerré la puerta angustiada. Me temblaba el cuerpo. Sabía que el sacerdote tenía razón: quedarse en la biblioteca era un suicidio.

Regresé de nuevo al tejado. Sabía que era peligroso, pero ya no me importaba nada. Se escuchaban las metrallas muy cerca y de vez en cuando las bombas caían a unos pocos cientos de metros. Levanté la vista y observé cómo ardían el ayuntamiento y la prefectura. Decenas de papeles comenzaron a dispersarse: el registro de la historia y la vida de Saint-Malo. La memoria de mi ciudad comenzaba a desaparecer. Después me pregunté, ¿cuánto tardaría en arder también la biblioteca? Me quedé arriba hasta que el sol se puso de nuevo. Al menos el frescor de la noche logró aliviar en parte mi tristeza. Me sentía impotente al ver la isla y el Fuerte Nacional. En ambos sitios tenía a personas que amaba con todo el corazón, pero no podía hacer nada para llegar hasta ellos y salvar a mis amigos.

CAPÍTULO 49

LOS ÚLTIMOS

Saint-Malo, 13 de agosto de 1944

LA LLUVIA DE FUEGO HACÍA QUE la noche no terminara de llegar. Ya no había sitios seguros en ningún lado. Hasta las entrañas de la ciudad ardían mientras el reloj parecía avanzar lentamente. A las cinco de la mañana ya no aguanté más y me levanté nerviosa. ¿Qué les ha sucedido a Denis y al alemán? ¿Los habrán capturado?

El doctor Aubry llamó a la puerta a primera hora.

—Señora Ferrec, perdone que la moleste... —parecía completamente agotado, consumido por el hambre y la falta de descanso.

—Adelante —le dije mientras le franqueaba el paso. Nos sentamos en una de las mesas y el hombre se echó a llorar. Las pocas fuerzas que le quedaban habían desaparecido por completo.

—Le tengo que pedir un favor, pero no soy quién para rogarle que arriesgue la vida.

—Usted dirá —le dije impaciente por saber qué necesitaba de mí. No parecía que en mi estado pudiera hacer mucho por nadie.

—La situación es desesperada. Ya no hay lugares seguros y

los heridos están muriendo sin medicinas ni medios para calmar su dolor. En unos momentos voy a ir hasta la comandancia para pedir un alto el fuego. Voy a suplicar por unas horas de tregua para poder evacuar a las personas que aún permanecen en la ciudad. No estoy seguro de que el comandante conceda la tregua, pero me gustaría que me acompañe. Me temo que si los soldados ven a un hombre acercarse, disparen sin preguntar. Pero la cosa cambiará si nos ven a los dos. No dispararán a una mujer desarmada.

—No puedo… —comencé a decir. Necesitaba tener noticias de Hermann y de Denis—. Pero lo acompañaré. Los libros son menos importantes que las vidas de cientos de personas.

Antes de dejar la biblioteca, le eché un último vistazo. Sentía que no volvería a verla en pie. Temía que el teniente Bauman aprovechara mi ausencia para robar los libros y quemar el edificio, pero la vida de los habitantes de Saint-Malo era más importante que aquel edificio medio derruido.

—El sargento Castel nos acompañará también. Es el encargado de las baterías del Bastión de los Holandeses. Hemos curado a varios de sus hombres y sabe que la situación es desesperada.

Los tres caminamos por las calles desoladas y solitarias. Apenas reconocía la ciudad: la mayoría de los edificios estaban arrasados, ardían o eran una simple montaña de escombros.

Nos dirigimos hasta la comandancia. Sentíamos cómo la tensión crecía a medida que nos acercábamos a la Gran Puerta, apenas reconocible. Nos encontramos a dos hombres cerca del edificio.

—¿Dónde van? —nos preguntó el más anciano.

—Al castillo —le contestó el doctor.

—¿Están locos? Les dispararán. No importa que vayan con un soldado alemán, esa gente está desesperada.

Todos sabíamos que era una locura, pero continuamos caminando. Sin embargo, antes de llegar, un soldado corrió hacia nosotros.

—¡Sargento! Han contestado desde la comandancia. El comandante Andreas von Aulock ha concedido una tregua de dos horas y media para que salgan todos los heridos y civiles de la ciudad.

Nos miramos sorprendidos. Una hora antes el sargento se había comunicado con él, pero sin resultado.

—Será por la puerta de Dinan, pero después del alto el fuego, todo civil que se encuentre en la ciudad será tratado como prisionero de guerra y ejecutado.

Regresamos a la catedral. El doctor tenía que organizar la salida cuanto antes de los heridos y los civiles que aún se encontraban encerrados allí. No había camillas para todos los heridos, habría que hacer varios turnos para evacuar a todos. El doctor transportaría a unos treinta y regresaría con los camilleros para sacar a un número similar de personas.

—¿Qué va a hacer? ¿Se viene con nosotros? —me preguntó antes de despedirse.

—Tengo que esperar a mis amigos. Además, no puedo dejar los libros solos.

El doctor me miró con una mezcla de compasión y admiración. Después me abrazó y me dijo:

—Es una valiente.

—Y una loca. Pero no puedo luchar contra mi conciencia, es lo único que me queda. La vida únicamente tiene sentido cuando somos capaces de ser fieles a nuestros principios.

Caminé despacio hasta la biblioteca. Tenía un nudo en la garganta y la sensación de que el tiempo se agotaba. Abrí la puerta y un papel se cayó al suelo. Era una nota escrita a mano.

CAPÍTULO 50

LA MARCHA DE LOS DESESPERADOS

Saint-Malo, 13 de agosto de 1944

Siempre tendré grabada en mi mente la columna de heridos y civiles de Saint-Malo abandonando la ciudad. Una mezcla de tristeza y satisfacción me hizo sentirme orgullosa de mis compatriotas. Los últimos habitantes de la ciudad salían con la barbilla en alto, las pequeñas maletas en las manos, la ropa sucia y raída, pero con una dignidad que no dejó indiferentes ni a los propios alemanes. Los cañones americanos seguían disparando y los nazis les respondieron abriendo fuego de nuevo. La puerta de Dinan seguía cerrada. El alcalde de la ciudad se acercó al oficial para obligarlo a que abriera la puerta, pero, aunque no lograba escuchar desde donde me encontraba lo que le contestaban los ocupantes, daba la impresión de que negaban con la cabeza.

Una hora más tarde, todos los heridos y civiles estaban de regreso. Parecía que el infierno era mucho más difícil de abandonar que lo que muchos pensaban. Mientras los civiles y los heridos entraban de nuevo en la catedral, una comitiva que había ido a hablar con los norteamericanos vino con buenas noticias y a las seis y media comenzó de nuevo la evacuación por la puerta de Dinan.

En primer lugar, vi partir a los heridos en todo tipo de transportes: cochecitos, camillas, carros y carretillas, algunos apoyados en sus cuidadores. Los civiles les siguieron a paso lento, deseando abandonar la ciudad para siempre. A las siete ya estaban casi todos fuera. Mientras salían, tuve la sensación de que la poca vida de mi agonizante ciudad se desangraba hasta convertirse en un cadáver frío e inerte.

Saint-Malo se encontraba en ruinas: la aduana destruida, el puerto repleto de los esqueletos de barcos hundidos, los árboles de los paseos y los parques astillados y retorcidos, la estación de autobuses volatizadas y las casas de la plaza de Chauteaubriand quemadas hasta sus cimientos. Los heridos y civiles caminaban lentamente en fila con sus banderas blancas. Algunos prisioneros del Fuerte Nacional los saludan al pasar, mientras los alemanes no dejaban de apuntarlos con sus armas. Unos metros más allá del casino, atravesaron las líneas y llegaron hasta los americanos que ya podían verse desde el tejado de la biblioteca. Los médicos militares comenzaron a ayudar a la gente y subirlos en vehículos de la Cruz Roja. Contemplé a lo lejos sus rostros felices; ya eran libres. El miedo y la fatiga habían terminado, y la guerra dentro de poco parecería una pesadilla lejana de la que todos habrían despertado al fin.

No pude contener las lágrimas. Me sequé los ojos y vi que había gente saliendo del Fuerte Nacional. Los alemanes habían liberado a los prisioneros, y ahora se unían al resto de los refugiados. A lo lejos escuché las voces que gritaban: «¡Libertad!».

Al escucharla me pareció una palabra extraña, casi me costaba entender su significado. Ahora me encontraba completamente sola frente a mi destino, la última francesa de Saint-Malo.

Escribí bajo la luz menguante del día otra carta para usted. Si todo no hubiera sido tan real, yo misma pensaría que esto no podía estar sucediendo. Después bajé hasta la biblioteca iluminada por velas y miré los libros que aún resistían en sus estantes. Sentí entonces, por primera vez en mi vida, el propósito de mi existencia, aquél que me había traído hasta allí y me había mantenido firme a pesar de la adversidad. En ese momento comprendí que no existía el azar: había nacido para esta extraña misión y únicamente yo podía llevar esta pesada carga.

CAPÍTULO 51

EL ABUELO

Saint-Malo, 14 de agosto de 1944

ME DESPERTÉ MUY TEMPRANO. HABÍA TENIDO una pesadilla; había soñado con Hermann y Denis. Los veía morir frente a mis ojos, al mismo tiempo que las bombas seguían cayendo sobre la ciudad. Mientras buscaba algo de comida en el sótano pensé en la visión desolada de Saint-Malo. La pequeña joya forjada dentro del mar, orgullosa e impasible ante el paso del tiempo, ahora apenas parecía un montón de piedras arrojadas en medio de la playa, como un castillo de arena destrozado por las olas. La ciudad que había mostrado la gloria de Francia estaba convencida de que algún día resurgiría de las cenizas. El heroísmo de sus habitantes merecía que pasara de nuevo a escribir una de las páginas más importantes de la historia.

Caminé triste hasta mi mesa y tomé con cierta avidez el poco jamón algo mohoso que quedaba. Después miré el reloj, impaciente. Había leído la nota en cuanto entré en la biblioteca. La letra de Hermann parecía nerviosa e insegura.

Querida Jocelyn:

La vida es el regalo que Dios hace a los mortales, pero en muchas ocasiones el sufrimiento nos hace olvidar los días felices. Cuando te vi en el castillo, sentí cómo el corazón se me salía del pecho, pero poco tiempo después volví a perderte. Casi se me hacía más insoportable saberte tan cerca y no poder tenerte.

Un muchacho me trajo tu nota y esperó a que le entregase esta breve misiva.

El comandante me envió para ayudar en el Fuerte Nacional. La situación aquí ha sido muy dura. Mi superior parecía fuera de sí y desde que llegué a la fortaleza, he intentado frenar su ira. Por eso, no he intentado abandonarlo todo y buscarte. Hace unos días tomamos prisioneros a dos soldados vestidos con uniformes norteamericanos, pero franceses de origen. En cuanto mi superior se enteró, a pesar de que uno se encontraba gravemente herido, los sacó al patio para fusilarlos. Me interpuse y le pedí que no lo hiciese. Demasiado gente ha muerto en vano. Por un momento pensé que me pegaría un tiro allí mismo. Cuando todo se desmorona, la mayoría de los hombres pierden la razón y son capaces de las fechorías más abominables.

Esta noche, ya que la mayoría de los prisioneros han sido liberados, voy a intentar escapar. No creo que los míos ya resistan mucho más; pronto seré un prisionero del ejército aliado, pero antes tengo que verte, aunque eso me cueste la vida.

La nota me robó muchas lágrimas, pero al saber que Hermann estaba bien, de repente mi corazón comenzó a rebosar de nuevo de felicidad.

Me asomé a la azotea una vez más. La ciudad parecía más tranquila y solitaria que nunca; me sentía como la última persona en el mundo. Apenas reconocía las calles, las plazas y los edificios. Entonces, para mi sorpresa, vi a un hombre caminando entre los escombros. Por alguna razón imaginé que era Denis. Me dio un vuelco el corazón, corrí escaleras abajo, abrí la puerta y salí a la calle. El hombre giró en una esquina y se acercó a la plaza próxima al castillo. Aquella era una de las zonas más peligrosas. Los soldados alemanes disparaban en cuanto veían a alguien, los norteamericanos lanzaban sus bombas sobre aquel pequeño foco de resistencia.

Me metí en la callejuela y, cuando iba a gritar al hombre, entró en un edificio sin hacerme caso. Me paré enfrente de la puerta, la empujé, esta cedió rápido y entré algo inquieta.

La casa estaba casi a oscuras. Mis ojos no tardaron en adaptarse a la escasa luz. Escuché ruido en el sótano y bajé con cierto reparo. Unas velas iluminaban la gran sala. Me sorprendió ver una gigantesca cantidad de comida, bebida y todo tipo de manjares.

Escuché un ruido y me giré.

—¿Qué hace aquí? ¿Ha venido a robarme?

Di un respingo, no me esperaba aquella reacción.

—Soy la señora Ferrec, la esposa de Antoine, el policía.

El hombre se acercó hasta mí con un rifle en las manos. Tenía los ojos tojos, una barba gris y poblada, el pelo algo largo y despeinado.

—¿Qué hace aquí?

—¿No lo han evacuado?

—¿Evacuado? No puedo dejar todo esto —dijo levantando la mano izquierda y señalando las cajas de comida.

—¿Por qué no ha informado al ayuntamiento? La gente ha pasado mucha hambre durante el largo asedio.

—Esto es mío —dijo el hombre cambiando la expresión de su rostro.

Me sorprendió que aquel hombre se preocupara por aquellas cosas perecederas, mientras el mundo desaparecía lentamente.

Las bombas comenzaron a estallar de nuevo. Notamos cómo el suelo se sacudía y caían del techo pequeños fragmentos.

—Tenemos que salir de aquí, esto se va a venir abajo.

—No puedo dejar todo esto. Aquí se encuentra lo que he logrado reunir durante una vida de trabajo y esfuerzo.

—Sólo son cosas, se pueden sustituir por otras, pero su vida no —le contesté incrédula.

—Es todo lo que tengo, no quiero sobrevivir para convertirme en un mendigo —contestó abrumado por el miedo y la ira.

Me giré para marcharme, pero el hombre me ordenó que me quedase quieta. No le hice caso y escuché un disparo justo a mi costado izquierdo.

—¿Se ha vuelto loco?

El hombre me miró con los ojos desorbitados. Una nueva explosión nos sacudió y el hombre cayó al suelo. Aproveché para correr mientras el techo se caía a pedazos sobre todos aquellos alimentos almacenados. Al llegar a la parte más alta me di la vuelta y vi cómo el hombre intentaba sujetar las cajas de madera que se caían por todas partes. Nuestros ojos se cruzaron justo antes de que el techo se hundiera por completo sobre él.

Salí de la casa a toda prisa y al llegar a la calle entendí que el infierno de dentro del edificio no era nada comparado con la lluvia de proyectiles y las explosiones que se sucedían por todos lados.

Mientras corría hacia la biblioteca, los muros se derrumbaban y apenas lograba esquivar las lluvias de piedras y fuego que caían sobre mi cabeza. Caminaba entre inmensas columnas de llamas. Ahora que estaba fuera pensé que ya no habría ningún lugar al que regresar, pero el edificio aún seguía en pie.

Al llegar a la puerta me di cuenta de que estaba abierta. Pensé que las explosiones habrían forzado la entrada. Pasé y miré a todos lados. No se veía a nadie, entonces escuché un gemido que venía del sótano.

Bajé las escaleras con temor, enfoqué el fondo de la gran sala con una linterna y para mi sorpresa vi el rostro de mi amigo Denis.

—Hola, querida —me dijo con una medio sonrisa a pesar del dolor que reflejaba su rostro. Estaba aún más delgado que unos días antes, la barba crecida y tan débil que al acercarme a él casi perdió el conocimiento. Le di un poco de agua y después, algunos trozos de jamón.

—Sabe a basura, pero estaba muerto de hambre —dijo mientras lo ayudaba a incorporarse. Noté la mano húmeda y me di cuenta de que era sangre.

—¿Estás herido?

Denis se volvió con un gran esfuerzo y dio un fuerte alarido.

—¿Sabes que tu maldito amigo no estaba en la isla?

—Sí, he recibido noticias suyas. Lo destinaron al Fuerte Nacional, el alemán que me informó se equivocó.

—Demasiado tarde. Llegamos aquella noche a la isla, escondimos la barca entre unas rocas. Fue casi un milagro que no nos descubriesen. El alemán se dirigió a la fortificación, pero no debieron creerle. A los pocos minutos vinieron a buscarme a mí. El pobre les contó que me escondía en la playa y logré esconderme a tiempo en una zona de arrecifes. Los nazis desistieron de la búsqueda por la tarde, seguramente pensaron que el mar terminaría conmigo. Encontré una pequeña cueva que con la marea baja era un lugar seguro. Me alimenté a base de cangrejos, pero no podía estar allí indefinidamente. Una noche busqué la barca pero los nazis la habían encontrado y hundido. Maldije mi suerte, pero no me amedrenté. En el pequeño puerto de la isla había una lancha. Esperé durante cuatro horas y cuando se produjo el cambio de guardia tomé la lancha y salí a alta mar.

—¡Un milagro!

—No lo sabes bien. No fue fácil remar hasta la costa en el último tramo para que no me escuchasen y tener que esquivar las balas que pasaban rozando mi cabeza y la corriente del mar que me devolvía a alta mar. Después de diez horas luchando logré llegar hasta la playa de Mole. Dejé la lancha y busqué la caverna hasta la casa de los contrabandistas, pero una bomba había bloqueado el túnel. Tenía que atravesar el muro por algún lado, así que esperé a la noche, pero fue inútil, los alemanes vigilaban por todas partes. Entonces encontré un alemán muerto esta mañana, le quité el uniforme y encontré un trozo de muralla hundido, pasé por la grieta y tardé en orientarme entre estas ruinas. Pasé frente al castillo y los norteamericanos que estaban muy cerca de la puerta me dispararon; una bala me alcanzó. Me arrastré hasta aquí, pero no vi a nadie. Menos mal que conservaba la llave.

Lo abracé y Denis dio un respingo de dolor.

—Lo siento mucho. —No podía creer que estuviera con vida.

Intenté limpiarle la herida lo mejor que pude, lo tumbé sobre un colchón y dejé que descansara. Después subí a escribir esta última carta, la guardé entre el manojo que había acumulado en estas semanas y redacté una nota para que Pierre o Denis os las llevaran. Cuando subí a la azotea el bombardeo había terminado.

En el castillo vi cómo los norteamericanos se acercaban a la puerta y una columna de alemanes salía con las manos en alto. Se habían rendido. ¿Eso significaba que todo había terminado? ¿Lograría ver a Hermann antes de que lo capturasen los aliados? ¿Habíamos logrado salvar los libros?

Entre los prisioneros alemanes observé cómo uno se lograba escabullir. El oficial corrió por una de las callejuelas y se perdió entre las columnas de humo y fuego. Intenté seguirlo con la mirada, pero era inútil, la ciudad era una gigantesca pira en la que, como un sacrificio expiatorio, el dios de la guerra cobraba su ofrenda de destrucción. Pensé que en ocasiones el precio de nuestros pecados únicamente puede pagarse con un gran sacrificio. Durante aquellos cuatro años, Francia había vendido su alma al diablo y éste siempre se cobra sus deudas.

CAPÍTULO 52

PALABRAS

Saint-Malo, 15 de agosto de 1944

TODO SE ENCUENTRA COMPUESTO POR PALABRAS. No entenderíamos nada sin ellas. Definen nuestros sentimientos, impulsan nuestras ideas, inspiran nuestra fe. Sin ellas, el mundo sería todo silencio. En el principio era La Palabra comienza el libro de Juan. Por medio de ella se construyó el mundo, porque hasta que las cosas no tienen nombre no existen. El ser humano lleva miles de años poniendo nombres a las cosas. Sabe que al nombrarlas las posee de alguna forma, las humaniza, las convierte en una extensión de uno mismo. Hemos humanizado a los dioses, a los animales y domesticado el mundo, pero esas mismas palabras son capaces de inflamar los odios más viscerales y levantar las pasiones más desesperadas.

Esperé inútilmente. Nadie llamó a la puerta. Hermann no acudió a buscarme, y cuando vi que el Fuerte Nacional se rendía me quedé desolada. ¿Lo habrían capturado?

Tras escribir una nueva carta, siempre sentía que era la última que escribiría, que todo acabaría pronto, pero nuestra agonía no dejaba de prolongarse. Bajé a ver a Denis que estaba tumbado en el colchón del sótano, descansando plácidamente. Después me acerqué a los libros y comencé a ojearlos un rato. Los tomaba al azar para intentar comprender qué tenían de especial todos aquellos volúmenes. Obras inmortales, novelas baratas del oeste o policiacas, libros de historia, ciencias o teología. Pensé qué sería del mundo sin todos ellos. Gran parte del conocimiento del mundo clásico desapareció en varios incendios, y los seres humanos fueron capaces de crear de casi la nada una de las culturas más desarrolladas de la historia: la cultura occidental. ¿No sucedería lo mismo, aunque se quemasen todos los libros de Europa?

Escuché un ruido junto a la puerta, me sobresalté y fui a ver. Se podía oír cómo alguien hurgaba en la cerradura. Sentí un escalofrío que me recorrió la espalda y corrí en busca de algún arma. Lo único que encontré fue un pequeño cuchillo. La cerradura cedió y la puerta se abrió despacio, acompañada por los goznes chirriantes y por último se oyeron los pasos de unas botas sobre el suelo de piedra. Las botas taconearon sobre la escalera así que me escondí detrás de unos estantes y observé. Era de madrugada y la única luz en la gran sala de la primera planta eran las velas medio desgastadas desperdigadas por estantes y mesas.

La sombra vestía uniforme alemán. No podía verle bien el rostro, pero sí intuir el uniforme y la pistola negra que llevaba en la mano. El hombre encendió un cigarrillo y se apoyó tranquilo sobre una mesa.

—Señora Ferrec, no quiero jugar al gato y al ratón. Los norteamericanos están por todas partes y no me queda mucho tiempo. Ya se han rendido mis compatriotas del fuerte, del castillo y el resto no tardará demasiado. Es muy incómodo luchar sabiendo que la derrota es segura. El comandante lo único que deseaba era dar algo de tiempo a Hitler, permitirle reorganizarse para que lanzara una ofensiva que aplastase a todos esos mastica-chicles, pero todo es inútil. Hay demasiados norteamericanos y fabrican armas a un ritmo endiablado. Sin ellas hace tiempo que habríamos vencido a los comunistas rusos.

El hombre dio varias caladas al cigarro antes de continuar hablando.

—Esos salvajes bolcheviques tenían más agallas de las que pensábamos. No fue una buena idea invadir la Unión Soviética. Ya sabe, la avaricia rompe el saco. Por eso quiero que lleguemos a un acuerdo. No dispongo de mucho tiempo, tengo que escapar por mar antes de que ni las ratas puedan salir de Saint-Malo.

Comenzó a caminar de nuevo; sentía cómo se acercaba. Tenía el corazón a mil por hora.

—Usted me da tres o cuatro de sus libros valiosos y algunas cartas, los guardo en una de sus carteras de cuero y me marcho por donde he venido. No le haré nada y no quemaré esta pocilga. De todas formas, ya no hace falta, está a punto de venirse abajo.

El alemán comenzó a mirar entre los estantes y yo me metí en un rincón debajo de la escalera, esperando que la oscuridad pudiera protegerme de alguna forma.

—¿Dónde los ha guardado? Espero que no estén destruidos. Son mi salvoconducto, necesito venderlos para pagarme un buen pasaje desde España a América. Allí a nadie se le ocurrirá buscar a gente como yo. Lo confieso, he hecho algunas cosas que según la mentalidad mojigata de los aliados pueden considerarse crímenes, pero en realidad no lo son. Somos simples animales, los más fuertes sobreviven y el día que todos comprendan eso, el mundo dejará de cargar con los desfavorecidos, los enfermos, los disminuidos y los débiles. Usted ha sobrevivido porque es fuerte y eso lo admiro.

Sus palabras me enervaban, pero no quería ponerme a tiro. Por eso le hablé desde la oscuridad.

—¿Usted es mejor que toda esa gente que ha muerto? Puede que el mundo no sea justo. Muchas buenas personas han perdido la vida y una alimaña como usted ha sobrevivido. Los primeros que mueren no son los más débiles, los primeros en desaparecer son las personas mejores. Los idealistas, los altruistas, los compasivos, los que no pueden dejar de amar.

—¿Amar? Amar es una debilidad. Nos convierte en vulnerables y termina por decepcionarnos. Yo también he sido hijo y hermano, estuve enamorado y soñé con ser feliz. Todo mentira, la felicidad no existe. Lo único que nos queda es engañar al destino. ¿De qué sirve hacer el bien? Todas esas personas están muertas y yo estoy vivo.

El alemán comenzó a caminar hacia mi voz. Estaba intentando cazarme, pero no se lo iba a poner fácil. Caminé de puntillas al otro extremo y me dirigí a la escalera.

—¿Dónde va, Jocelyn? No puede escapar de mí, esta vez no. Su querido Hermann ya no está aquí para socorrerla. El teniente siempre se ha creído mejor que yo. Siempre tan educado y refinado, un verdadero caballero, o eso parece. ¿Piensa que él no ha matado a gente inocente? Nadie sale del frente ruso ileso. Allí la guerra es total, lo que pasa aquí es un juego de niños. El comandante ha dejado marchar a los heridos y los civiles de la ciudad; en la Unión Soviética no habría dudado en meter a todos en una capilla y prenderlos fuego.

Volví a hablar, quería que subiera por las escaleras. Había un escondrijo en un lado, allí le esperaría y cuando pasara me abalanzaría contra él.

—Han perdido. Su barbarie no ha servido para nada. Dijeron a todos que querían crear un mundo nuevo, pero era mentira. Los nazis como usted son la peor versión de los bárbaros. Ellos destruyeron el mundo clásico, pero antes éste se había destruido a sí mismo. Nosotros somos los principales culpables de que ganaran. Cuando vimos que la gente como usted entraba en la política nos quedamos callados, creyendo inocentemente que no lograrían llegar al poder. Muchos ricos y poderosos los apoyaron por miedo al comunismo, y la gente corriente sentía que lo entendían y que hablaban su mismo idioma. Después se aprovecharon de la democracia para destruirla desde dentro, aunque nosotros ya habíamos permitido que personas corruptas e incapaces nos gobernaran. Persiguieron a los comunistas, a los socialistas y a los judíos, después a los gitanos, a los religiosos y cualquiera que no encajara en su idea demoniaca del mundo. Nosotros somos los culpables, por quedarnos quietos mientras ustedes destruían el mundo.

El hombre pisó el último escalón y permanecí en silencio, avanzo sigilosamente y cuando vi con claridad su espalda, me abalancé sobre él y le hinqué el cuchillo. El alemán dio un fuerte gemido y se giró, pegó un disparo, pero la bala se incrustó en la madera del techo. Forcejeamos y me empujó escaleras abajo. Cuando llegué al suelo me di cuenta de que me había partido la pierna. Intenté levantarme, pero un dolor terrible me dejó paralizada. Comenzó a bajar muy despacio. Después se paró justo en frente y sonriendo me dijo:

—Llevo mucho tiempo esperando este momento.

CAPÍTULO 53

FUEGO

Saint-Malo, 16 de agosto de 1944

Cuando recuperé el conocimiento, era todavía de noche, aunque desconocía que había estado inconsciente algunas horas. El alemán lo había revuelto todo, de hecho, lo que me despertó fue el sonido de los libros cayendo sobre el suelo de madera.

—¿Ya se ha despertado? —me preguntó al ver que me movía.

Por unos segundos creía que nada de aquello era real, pero el rostro deforme del teniente Bauman me hizo volver a la realidad de inmediato.

—No encuentro esos malditos libros. Estoy empezando a hartarme. Si no me dice de inmediato dónde los ha guardado, quemaré la biblioteca entera con usted dentro.

De alguna manera, no se había dado cuenta de la entrada al sótano. Eso me hizo pensar que Denis y los libros todavía estaban a salvo.

—No le creo. ¿Por qué iba a dejarme libre después de que le

entregue los libros? ¿Quién me garantiza que no quemará de todas formas el edificio?

—Nada. Lo único que me importa ahora es salir de esta maldita ciudad que se ha convertido en una necrópolis.

—Tal vez yo quiera morir —le contesté.

—Está loca, siempre lo he sabido. Todos estos libros, sus aventuras y hazañas, las ideas y pensamientos de miles de escritores le han trastornado.

—Es posible, pero bendita locura. Si ser cuerdo es convertirse en un carnicero asesino, prefiero mil veces estar loca.

El hombre me levantó en volandas de las sillas y después me dejó caer. Sentí el pinchazo en la pierna y grité de dolor.

—Las palabras no sirven de nada. ¿No lo ve? Ahora me dirá lo que quiero oír o pasará un mal rato.

Me retorcía de dolor cuando escuchamos una voz a nuestra espalda.

—Teniente Bauman, ¿se puede saber qué está haciendo?

No me hizo falta verlo para saber de quién se trataba.

—El teniente Hermann von Choltiz ha acudido a socorrerla. ¿Se cree que la señorita Jocelyn es una damisela en apuros?

Bauman me levantó de nuevo y me puso la pistola en la sien.

—No dé un paso más o terminaré con ella —le advirtió.

—No podemos hacer daño a civiles. Todo ha terminado…

Bauman dio una fuerte carcajada y después apretó la pistola contra mi sien.

—No obedezco órdenes. Como bien ha dicho, todo esto ha terminado.

—Es una mujer desarmada.

—Y yo un hombre desesperado.

Hermann dio un paso al frente y Bauman disparó al suelo.

—No se lo voy a advertir más. Sabe que desprecio a la gente como usted. ¿Se considera mejor que yo? Ha asesinado y robado, torturado y aterrorizado a gente inocente. No venga a darme lecciones de humanidad.

—En eso tiene razón —le contestó alzando los brazos—. Todos hemos hecho cosas deleznables, pero siempre hay tiempo de rectificar. Deje el arma y márchese.

—No me iré sin los libros, ésos que usted tenía que haber entregado a la oficina de París, pero se enamoró de la francesita. ¡Que patético!

Hermann parecía furioso, a punto de lanzarse sobre él. Entonces supe que la única alternativa era darle lo que quería.

—Un momento, por favor, no dispare.

No podía ver el rostro del alemán, pero estaba segura de que una amplia sonrisa se había dibujado en su cara.

—¿Ha escuchado? —le lanzó a Bauman—. Levante las manos y no haga ninguna tontería.

—No puedo buscar los libros, tengo la pierna mal, pero Hermann irá a por ellos. Están en un cofre de hierro en el sótano. Únicamente yo guardo la llave. Es muy pesado.

—Yo podré traerlo —dijo Hermann, después miró desafiante al teniente Bauman.

—Pues no tengo todo el día —le contestó desafiante.

Hermann se perdió en las sombras y escuchamos las escaleras. Tardó unos minutos en regresar con un inmenso y pesado cofre de metal. Lo acercó hasta nosotros y lo soltó en el suelo, formando una nube de polvo.

El hombre se agachó y comenzó a examinar el cofre.

—¿Dónde está la llave?

Titubeé por unos instantes, no me fiaba demasiado de aquel individuo.

—¿Cómo sabremos que se marchará y nos dejará en paz? —le pregunté con el ceño fruncido.

—No lo sabéis, pero no quiero perder más tiempo, me marcharé de inmediato —dijo extendiendo la mano para que le entregase la llave.

—No la tengo encima.

—¿Qué? ¿No estará jugando conmigo?

—La llave se encuentra en el piso de arriba, en el cajón de la mesa de caoba. Ésta es la llave que abre ese cajón.

—Tendré que llevarla conmigo —contestó.

—No puedo andar.

—Subirá cojeando. ¿No creerá que soy tan estúpido?

Me levantó con el brazo, me lo pasó debajo de la espalda y comenzamos a subir despacio. Me sorprendía que apenas se quejara de la puñalada que le había dado unas horas antes. Tardamos unos minutos en llegar a la parte alta de la escalera; Hermann nos miraba impotente desde abajo. Entonces, me lancé hacia delante, me sujeté del pasamanos y Bauman se cayó por las escaleras. Intenté incorporarme y esconderme en uno de los cuartos, mientras mi amigo corría hacia él para robarle el arma. Los dos comenzaron a forcejear, hasta que escuché un disparo.

Me asomé y vi a Bauman sobre Hermann. Me miró y comenzó a subir las escaleras.

—¡Maldita zorra! ¡Has agotado mi paciencia! —gritó el hombre mientras subía fatigado las escaleras. Me quedé paralizada al ver el cuerpo de Hermann tumbado en el suelo de madera, pero al final logré reaccionar y comencé a subir las escaleras hacia el tejado.

El hombre me alcanzó cuando estaba a mitad de camino. Forcejeamos y le pegué una patada con mi pierna buena en la cara, sentí una sacudida de dolor, pero gateé hasta el tejado. El alemán me apuntó y disparó. La bala me pasó muy cerca, pero continué subiendo.

Empujé sin querer una de las velas y rodó escaleras abajo, prendiendo varios libros caídos al pie de las escaleras. Las llamas crecieron con rapidez. El alemán miró; sabía que en unos minutos no podría bajar. Podía matarme o intentar llevarse el arcón de metal con los libros.

Comenzó a bajar y yo me senté en el último escalón jadeando. Necesitaba recuperar el aliento. Después comencé a bajar del tejado, sentándome en cada escalón.

El alemán ya estaba alcanzando la planta baja cuando llegué junto al fuego en el segundo piso. Intenté apagarlo con las manos, después con una toalla, pero las llamas ya escalaban por las estanterías, devorando todo lo que se encontraban a su paso.

Al final mi pesadilla parecía hacerse realidad. Hermann estaba inerte en la planta de abajo, Denis dormido en un rincón del sótano y yo viendo cómo el fuego comenzaba a devorarlo todo sin piedad.

Desesperada, me dirigí a las escaleras que llevaban a la planta baja. El alemán intentaba cargar el pesado cofre, pero la herida parecía molestarle. Al final logró ponerlo sobre uno de sus hombros y dar un par de pasos hacia la salida. Hermann se aferró de una de sus piernas y éste perdió el equilibro.

El cofre cayó hacia delante y se estampó con la pared.

—¡Maldita sea! —gritó Bauman mientras intentaba ponerse en pie, pero mi amigo lo tenía agarrado de la pierna. Le sangraban la cabeza y la espalda, pero tenía suficientes fuerzas para golpear con sus botas a Hermann. Comencé a descender, tenía que pararlo.

A mi espalda el calor del fuego parecía aumentar por segundos, dentro de poco todo sería pasto de las llamas. Todas aquellas palabras acumuladas durante tanto tiempo se convertirían en ceniza. Mientras bajaba a duras penas, Bauman sacó el arma de la funda y apuntó a Hermann, contuve la respiración antes de que el sonido del disparo me rompiera los tímpanos.

CAPÍTULO 54

EL ÚLTIMO SEGUNDO

Saint-Malo, 16 de agosto de 1944

—¡Suéltame, maldita rata! —escuché un segundo antes de que apretara el gatillo.

Hermann soltó la pierna al recibir la bala en el brazo y comenzó a gritar desesperado. El alemán apuntó de nuevo para dispararle a la cabeza, pero justo llegué en ese momento hasta ellos y me interpuse. El proyectil me alcanzó en el pecho. Sentí una quemazón, después un agudo pinchazo y después un dolor intenso que me hizo olvidar el de la pierna. Me desplomé y el teniente Bauman logró zafarse de Hermann e intentó de nuevo cargar el arcón. No podía levantarlo, era demasiado pesado.

—Dame la llave —dijo mientras me apuntaba.

Estaba tumbada en el suelo al lado de mi amigo; me sangraba el pecho y sentía que me ahogaba. El fuego comenzaba a bajar por las escaleras de madera y el humo comenzaba a ser asfixiante. No tardaría en caer sobre nosotros el forjado de la parte de arriba y aplastarnos, si es que las llamas no nos devoraban antes.

Intenté en un último esfuerzo sonreír, moriría en medio de mis libros y al lado de Hermann, qué importaba el resto. Durante todos aquellos años de sufrimiento y pérdida, la vida había dejado de interesarme. La muerte ya no me parecía algo lejano. Tantas veces había estado rondándome, que en muchos sentidos sentía que era una liberación. Tenía la sensación de que en los últimos años había caminado a ciegas, a tientas, pero ahora lo tenía todo claro.

Bauman se acercó a mí y comenzó a registrarme; yo no me podía mover. Logró encontrar la llave colgada a mi cuello, la arrancó de un tirón y se puso a abrir el cofre. No tardó mucho, pero dentro únicamente encontró un montón de piedras.

—¿Dónde están los libros? —gritó desesperado.

Las llamas ya estaban en la planta baja y comenzaban a extenderse por las estanterías. Los libros se encogían sobre sí mismos y se estremecían mientras el fuego continuaba avanzando.

Le sonreí y él comenzó a sacudirme con los brazos.

—¡Maldita puta! ¿Dónde están los libros?

—Los llevé hace unos días a un lugar seguro —le dije, mientras intentaba superar el intenso dolor y la falta de aire.

—¿Dónde están? Dilo y te sacaré de aquí, te lo prometo.

—Ya nada importa —le contesté.

Las llamas llegaron a la puerta principal. Entonces Bauman me soltó e intentó escapar, pero era demasiado tarde, para todos nosotros.

—Esta ciudad es un misterio. La mayoría de sus habitantes eran piratas y hay túneles por todas partes. Muchas formas de salir y entrar sin ser vistos.

El hombre miró la puerta que daba al sótano y se puso en pie caminando hacia ella. Abrió, pero antes de que pudiera reaccionar se encontró enfrente de Denis. Éste lo empujó y el alemán cayó al lado del cofre vacío. La pistola salió volando, justo al lado del fuego.

El alemán intentó atraparla, pero al cogerla se quemó la mano y el arma corrió por el suelo hasta los pies de Denis. Mi amigo se agachó y la tomó con cuidado. Después apuntó.

—¡No! —gritó el alemán.

Denis disparó hasta vaciar el arma. El teniente Bauman lo miró sorprendido, como si no estuviera preparado para morir.

Me agarré de la mano de Hermann, todavía estaba caliente y logré arrastrarme hasta estar a su lado.

—Te quiero —le dije en un susurro.

Él abrió los ojos y me apretó la mía.

El fuego nos comenzó a rodear; el humo nos robaba el poco oxígeno que no devoraba el fuego y el calor parecía consumirnos. La destrucción de Saint-Malo parecía completarse por fin. La guerra había destruido el último baluarte que la quedaba a la libertad. Al principio sentí que me lo había robado todo: la vida, la salud y el amor. Pero en el fondo no comprendía que tras cada ocaso hay un nuevo amanecer.

CAPÍTULO 55

LA CIUDAD A MIS PIES

Saint-Malo, 16 de agosto de 1944

TODO EL MUNDO PIENSA QUE MORIR es sencillo, pero a veces la muerte se ríe en nuestra cara. Cada ser humano tiene destinado un día y una hora, nadie logra burlar jamás a su destino.

Denis me sacó a rastras y me bajó hasta el sótano. Abrió el túnel que conducía al callejón y con gran dificultad logró llevarme fuera. Estaba inconsciente, apenas me quedaba aire en el único pulmón que me funcionaba, pero al notar la fresca brisa de la noche me despejé un poco. Había llorado mientras me debatía entre la vida y la muerte, tal vez al sentir que mi mano se separaba de la de Hermann que había exhalado su último aliento unos segundos antes.

Denis apoyó mi cabeza sobre sus piernas e intentó reanimarme. Yo abría la boca como un pez que se ahoga fuera del agua, sin apenas fuerzas para respirar.

—¿Estás viva? —me preguntó mientras me abrazaba. Hubiera preferido desaparecer, aunque jamás nos extinguimos del todo.

Algo inmortal sobrevive a nuestro cuerpo, aquello que nos hace únicos y especiales.

Levanté la vista y vi cómo la biblioteca iluminaba la noche, hojas ardiendo revoloteaban sobre nosotros y la ceniza lo cubría todo.

—Hemos hecho lo que hemos podido —dijo Denis, sin poder evitar que las lágrimas recorrieran su rostro ennegrecido.

El silencio que nos rodeaba era tan placentero, que por un instante me olvidé del sufrimiento y observé las estrellas. El fuego y las bombas habían destruido la ciudad episcopal y su bella iglesia, el hogar de Jacques Cartier, Duguay-Trouin, Broussais, Surcouf, Chateaubriand y Lamennais. El castillo medio derruido, las puertas quemadas a fuego, la muralla era la única que permanecía en pie como testigo incansable de un mundo que había desaparecido para siempre.

EPÍLOGO

<hr>

Saint-Malo, 1 de septiembre de 1944

MARCEL ZOLA LOGRÓ ENCONTRAR UN BILLETE para Rennes y se pasó todo el día en el tren. París terminaba de ser liberada y el mundo, poco a poco, parecía regresar a la normalidad. El día en el que las tropas del general Leclerc entraron en su ciudad, el sol brillaba en todo su esplendor, dejando atrás los días grises en los que el Régimen de Vichy y los colaboracionistas intentaban convertir a la nación en una esclava sumisa del poder nazi.

El escritor se apeó del tren y buscó algún tipo de transporte para Saint-Malo. Las noticias se habían hecho eco de la destrucción de la ciudad, pero no podía imaginar la magnitud de la catástrofe. Un granjero lo llevó en su destartalada furgoneta hasta las afueras y le recomendó que se alojara en alguno de los hoteles extramuros: prácticamente ya no quedaba nada en el interior.

La única vez que había estado en la ciudad había sido quince años antes, en una visita con unos amigos a la costa de Bretaña. Se había quedado prendado de sus altas murallas, la aguja de la catedral y las suntuosas casas de piedra con sus tejados de pizarra.

Atravesó la puerta y, en cuanto alzó la vista, sintió un pesar que creía que le había abandonado tras la liberación del país. Supo que tardarían años en volver a la normalidad, pero no sólo por las pérdidas materiales: las heridas del alma tardarían mucho en cicatrizar.

Las represalias contra los colaboracionistas se habían extendido por toda la nación. Tras varios años de temor y sufrimiento, la ira y la venganza se desataron con tal fuerza, que hasta los más extremistas parecían sobresaltados ante la violencia de las víctimas y algunos aprovechados que habían cambiado de bando antes de que el anterior régimen se hundiese.

Preguntó a uno de los transeúntes por la biblioteca y el hombre le indicó una de las calles al oeste de la ciudad. Era difícil orientarse en aquel yermo paisaje de escombros y madera calcinada. Los ciudadanos habían despejado las calles, barrido los casquillos de las balas, enterrado a sus muertos y rescatado a los pocos que habían logrado sobrevivir a la masacre. Hasta el 30 de agosto algunos alemanes se habían resistido a rendirse.

Marcel llegó a la entrada de la biblioteca y se quedó estupefacto. Se conservaba parta de la fachada, pero las ventanas habían ardido, el tejado se había desplomado arrastrando la primera planta y cuando entornó los restos de la puerta, lo único que contempló fue desolación y ruina. Entre los escombros había algún libro intacto, pero la mayoría se encontraban calcinados y eran un montón de cenizas.

Entró en el recinto y se imaginó aquel espacio que Jocelyn le había descrito tantas veces en sus cartas. Notó un nudo en la garganta, pero logró controlarse. Después se encaminó de nuevo a la puerta grande y preguntó a uno de los transeúntes por la señora Ferrec. El hombre le comentó que lo último que sabía de ella era que había estado ingresada en un hospital cercano, en Saint-Servan. Se dirigió a la dirección y cuando llegó era casi de noche. Preguntó por la mujer, pero la monja que estaba en la entrada le contestó que ya no estaba ingresada y que debería hablar con un amigo suyo, Denis Villeneuve.

Subió a la segunda planta, buscó entre los letreros de las camas y justo en el fondo, al lado de la ventana, un hombre leía un libro ajado con las tapas despegadas.

—Señor Villeneuve, disculpe que lo moleste, me llamo Marcel Zola.

El hombre se sentó más erguido y dejó suavemente el libro a un lado de la cama.

—¡Dios mío! ¿Es usted?

—Sí. La señora Ferrec lleva años escribiéndome, quería conocerla ahora que todo esto ha terminado.

El rostro de Denis se ensombreció por un momento, buscó en el cajón de la mesita y le entregó un fajo de cartas atadas con un cordel rojo.

—Esto es para usted. Tenía que enviarlas por correo, pero no he podido salir aún de la clínica.

Marcel tomó las cartas y las miró un instante.

—¿Qué ha sucedido? —preguntó imaginando la respuesta.

—Será mejor que lea las cartas. Jocelyn escribió hasta el último momento.

Los ojos de Denis se llenaron de lágrimas. Comenzó a respirar con dificultad y sacó un pañuelo.

—Lo siento, no sabía… —dijo el escritor sin terminar la frase.

—La vida es caprichosa, le permitió sobrevivir al asedio de la ciudad, pero no lo suficiente para ver el final de la guerra y su reconstrucción.

—Muchos de los mejores han quedado en el camino —comentó el escritor.

—Jocelyn creía en el poder de las palabras. Esta guerra ha destruido millones de vidas y arrasado parte de nuestra cultura, pero las palabras pueden volver a salvarnos.

—¿Usted cree?

—¿Acaso ese no es su oficio? Escriba y cuente al mundo la historia de Saint-Malo y de su biblioteca, que todos sepan que aquí hubo una mujer y una ciudad que no se rindieron jamás. Inmortalice esta trágica comedia humana y todo no habrá sido en vano.

El escritor inclinó el rostro, como si la tristeza lo doblegara. Había llegado a amar a aquella mujer como a una amiga, aunque jamás se habían conocido. Era real el poder de las palabras, su fuerza para construir o destruir, amar u odiar, pensó mientras se despedía del hombre.

—Jocelyn está en el cementerio al lado del río Rance.

Marcel regresó al hotel arrastrando los pies. El paquete de cartas parecía una pesada carga. Lo dejó sobre la cama de sábanas impolutas, y sin desvestirse se tumbó en la cama y lloró.

Después de un rato, cuando comenzó a sosegarse, tomó la primera carta.

Querido Marcel:

La noche más oscura se cierne sobre mi alma. Todo lo que amaba es pasto de las llamas. Logré salvar parte de los libros al esconderlos en un túnel debajo de la biblioteca, pero otros muchos han desaparecido para siempre.

Estoy muy enferma, una bala me destrozó el pulmón izquierdo. Debido a mi enfermedad, apenas puedo respirar y siento que la vida se me escapa poco a poco. La vida únicamente consiste en tiempo, y a todos se nos concede uno limitado. Los últimos granos de arena están a punto de caer y entonces cruzaré el umbral de la eternidad.

¿Qué hay más allá de la muerte? Usted pensará que nada, un gran silencio y vacío que lo ocupan todo, pero yo he visto al otro lado a todas las personas que he amado. Antes no creía, se me hacía inimaginable un Dios que permitiera tanto dolor y sufrimiento, un Ser tan severo y cruel. Pero ahora ya no pienso así. De otra manera, todas las obras de los hombres sucumbirían al paso del tiempo convirtiendo al universo en un escenario roto y solitario. Más que nada, quiero pensar que tantos que han muerto injustamente al menos alcanzarán un poco de paz y justicia…

Marcel se pasó la noche entera leyendo las cartas, y al despuntar del alba las guardó en su ligero equipaje. Sin tomar nada, se dirigió hacia el cementerio.

Preguntó al sepulturero por la tumba de los Ferrec. El delgado y pálido funcionario le señaló una tumba cerca de un sauce llorón, justo al lado de la verja que daba al río. Le pareció un hermoso lugar para descansar eternamente. Una gran lápida de granito rodeada de flores señalaba el lugar. Los nombres de Antoine y Jocelyn grabados en oro brillaban bajo la luz de aquel sol de verano. Dejó un pequeño ramo sobre la tumba y abrió la última carta. Había preferido leerla allí, frente a la tumba de la mujer.

Querido Marcel:

Desconozco cómo me juzgará el porvenir. Tal vez mi existencia se convierta en una página borrosa del libro de la vida, únicamente importante para mi Creador. Pero si alguna vez usted cuenta al mundo lo que sucedió con la biblioteca de Saint-Malo, espero que sus lectores sepan perdonarme.

Soy una persona corriente. Amé, luché y busqué la felicidad, puede que torpemente, como si lo hiciera a tientas. Me entregué a mis libros y mi esposo, amé a mis amigos e intenté salvar la memoria de mi ciudad. No lo conseguí.

Tras ingresar en el hospital y recuperar la consciencia, Denis me contó que Hermann había muerto en el edificio. Me sentí culpable. De alguna manera, yo lo había atraído hasta su fatal destino. El doctor me dijo que no podría vivir con el único pulmón que aún funcionaba, que me apagaría poco a poco y una mañana no despertaría.

Escribí con las pocas fuerzas que me quedaban, a veces hasta la extenuación. Mi vida no es gran cosa, señor Marcel, apenas una gota de lluvia en medio de la tormenta. Pero espero que todos aquellos que han amado y se han atrevido a vivir se vean representados en ella.

Querido Marcel, le ruego que robe del olvido, de las cenizas de Saint-Malo, las palabras que el fuego ha arrasado, para que algún día los hombres conozcan que la única fuerza capaz de transformar el mundo es el amor.

Marcel se arrodilló frente a la tumba y la tocó con la palma de la mano intentando acariciar la memoria de Jocelyn. Después se puso en pie, guardó la carta en su chaqueta y caminó hasta el río, se sentó frente a la corriente y dejó que la vida pasara, antes de tomar fuerzas y regresar a casa.

ALGUNAS ACLARACIONES
HISTÓRICAS

JOCELYN Y ANTOINE FERREC NO SON personajes reales, pero están inspirados en la historia de amor y sufrimiento que me contó una lectora en mi visita a la ciudad de Zaragoza en España, el día de San Jorge de 2017. Aquella joven me narró en unos minutos cómo ella y su esposo, grandes amantes de los libros, habían enfermado después de su matrimonio; primero ella, que contrajo un cáncer muy agresivo y después él. Aquella lectora, al lado de su madre, me contó con lágrimas en los ojos su historia y hoy quiero que este libro sirva de homenaje a su bella historia de amor.

Muchos de los personajes son ficticios, pero inspirados en otros reales, como el escritor Marcel Zola, al que siempre imaginé como Albert Camus, el famoso dramaturgo y escritor francés del mismo periodo.

Denis, Céline y otros personajes también son ficticios, así como Hermann o el teniente Bauman.

Todas las descripciones sobre la Resistencia francesa, como el grupo del Museo del Hombre de París, son reales. Personas como Yvonne Oddon, Jean Casson o Hélène Mordkovitch existieron en realidad, como el periódico clandestino *La Résistance*.

Es real el personaje de Pierre, el adolescente que facilitó a los aliados durante años la información sobre las defensas alemanas en la zona.

Los nazis crearon diferentes organizaciones para destruir y quemar las obras literarias prohibidas e hicieron varias listas de libros prohibidos como describo en la novela.

El expolio al patrimonio cultural francés fue tremendo, y entre las obras de arte robadas también hubo libros de gran valor.

La biblioteca de Saint-Malo situada en el edificio comentado existe en la actualidad, pero no en el momento en el que describen los hechos.

Los personajes históricos como el alcalde y el comandante Aulock son reales.

También es real la destrucción de la ciudad durante los primeros quince días del mes de agosto de 1944. La ciudad de Saint-Malo quedó totalmente desolada.

LA HISTORIA VERÍDICA DE LA BIBLIOTECA DE SAINT-MALO[*]

LA ENCICLOPEDIA DE GILLES FOUQUERON, *Saint-Malo, dos mil años de historia*, hace esta descripción: «El Hotel Désilles fue construido por Jean Grave, Sieur de Launay, tesorero general de Finanzas, y su esposa Bernadine Sere, probablemente poco después de su matrimonio en 1628 [...]. Cuenta con un hermoso patio empedrado, una sala de estar adornada con una rica chimenea, que se asienta en una habitación menos elevada con un escalón y que parece ser utilizada como escenario de teatro con techo artesonado. El primer piso incluye una sala grande, una galería que conduce a la cocina y una antecámara. El segundo piso tiene una habitación grande con una gran chimenea de piedra de madera dorada, una antesala con chimenea y una cocina. El tercer piso da

---

[*] https://monumentum.fr/ancien-hotel-andre-desilles-actuellement-bibliotheque -municipale-pa00090812.html

acceso a cuatro habitaciones. Este hotel también tiene dos bodegas grandes, una gran despensa en la planta baja, dos áticos con un pequeño armario en el medio. Una torreta con cúpula, cubierta de pizarra, corona todo. La escalera de piedra es con rampas rectas. Su puerta de entrada con dos pilastras soporta un entablamento con friso curvo y frontón triangular».

El edificio fue ocupado por la familia Desilles hasta 1781. Fue en este edificio donde nació André Désilles (1767–1790), apodado «El héroe de Nancy».

Totalmente quemado en 1944, el edificio es reconstruido. Las fachadas de la casa, anteriormente ubicadas en 9 rue de l'Epine y 9 rue de la Fosse, se han reconstruido de manera idéntica en el lado oeste del Hotel Désilles, y están sujetas a una inscripción por decreto con fecha 14 de febrero de 1946. Las fachadas y techos del edificio están clasificados como monumentos históricos por orden del 14 de octubre de 1946. Su restauración se completó en 1970.

CRONOLOGÍA BÁSICA

1939

1 DE SEPTIEMBRE: Alemania invade Polonia; estalla la Segunda Guerra Mundial.

3 DE SEPTIEMBRE: Gran Bretaña, Francia, Australia y Nueva Zelanda le declaran la guerra a Alemania.

17 DE SEPTIEMBRE: La Unión Soviética invade Polonia.

27 DE SEPTIEMBRE: Varsovia se rinde.

30 DE NOVIEMBRE: La Unión Soviética invade Finlandia.

1940

12 DE MARZO: Finlandia firma un tratado de paz con la Unión Soviética.

9 DE ABRIL: Alemania comienza la ocupación de Dinamarca e invade Noruega.

10 DE MAYO: Alemania invade Bélgica, Holanda y Luxemburgo.

10 DE MAYO: Neville Chamberlain dimite y es sustituido por Winston Churchill.

15 DE MAYO: Holanda se rinde a Alemania.

26 DE MAYO: Evacuación de la Fuerza Expedicionaria Británica de Dunkerque.

27 DE MAYO: Bélgica se rinde a Alemania.

10 DE JUNIO: Capitulación de Noruega.

10 DE JUNIO: Italia le declara la guerra a Gran Bretaña y Francia.

14 DE JUNIO: La Wehrmacht entra en París.

18 DE JUNIO: La Unión Soviética invade los países bálticos.

22 DE JUNIO: Francia firma un armisticio con Alemania.

30 DE JUNIO: Alemania comienza la ocupación de las Islas del Canal de la Mancha.

10 DE JULIO: Comienza la Batalla de Inglaterra.

11 DE JULIO: Gobierno francés considerado ilegítimo.

28 DE OCTUBRE: Italia invade Grecia.

22 DE NOVIEMBRE: El 9.º Ejército italiano es derrotado por los griegos.

1941

30 DE MARZO: El Afrika Korps comienza su ofensiva en el norte de África.

4 DE ABRIL: Los alemanes capturan Benghazi.

6 DE ABRIL: Alemania invade Yugoslavia y Grecia.

13 DE ABRIL: Los soviéticos y los japoneses firman un Pacto de Neutralidad.

17 DE ABRIL: El ejército yugoslavo se rinde ante los alemanes.

27 DE ABRIL: Los alemanes capturan Atenas.

20 DE MAYO: Comienza la invasión aerotransportada de Creta.

31 DE MAYO: Las fuerzas británicas en Creta son derrotadas por los alemanes.

8 DE JUNIO: Las fuerzas aliadas invaden Siria.

22 DE JUNIO: Comienza la Operación Barbarroja: Alemania invade la Unión Soviética.

28 DE JUNIO: El ejército alemán captura la ciudad bielorrusa de Minsk.

15 DE JULIO: Los alemanes capturan Smolensk.

16 DE AGOSTO: Los alemanes capturan Novogrod.

15 DE SEPTIEMBRE: Comienza el Sitio de Leningrado.

19 DE SEPTIEMBRE: Kiev es capturada por los alemanes.

3 DE NOVIEMBRE: Los alemanes capturan Kursk.

25 DE NOVIEMBRE: Los alemanes atacan Moscú.

5 DE DICIEMBRE: Los alemanes detienen su ofensiva ante Moscú.

7 DE DICIEMBRE: Los japoneses atacan la base estadounidense de Pearl Harbor.

7 DE DICIEMBRE: Japón le declara la guerra a los Estados Unidos de América.

11 DE DICIEMBRE: Alemania le declara la guerra a los Estados Unidos de América.

1942

13 DE ENERO: Los soviéticos capturan de nuevo Kiev.

15 DE FEBRERO: Singapur cae en manos japonesas.

3 DE JULIO: Sebastopol queda bajo control alemán.

23 DE OCTUBRE: Comienza la batalla de El Alamein.

8 DE NOVIEMBRE: Comienza la Operación Torch.

1943

14 DE ENERO: Comienza la Conferencia de Casablanca.

28 DE ENERO: El 8.º Ejército Británico captura Trípoli.

31 DE ENERO: Capitulación alemana en Stalingrado.

8 DE FEBRERO: Los soviéticos capturan de nuevo Kursk.

14 DE FEBRERO: Los soviéticos capturan de nuevo Rostov.

12 DE MAYO: Rendición de las fuerzas del Eje en el norte de África.

10 DE JULIO: Operación Husky.

25 DE JULIO: Derrocamiento del gobierno fascista italiano de Benito Mussolini.

3 DE SEPTIEMBRE: Italia firma el armisticio.

10 DE SEPTIEMBRE: Los alemanes ocupan Roma.

23 DE SEPTIEMBRE: Mussolini declara la instauración de un gobierno fascista en el norte de Italia.

25 DE SEPTIEMBRE: Los soviéticos recuperan Smolensko.

13 DE OCTUBRE: El gobierno oficial italiano le declara la guerra a Alemania.

6 DE NOVIEMBRE: Los soviéticos capturan de nuevo Kiev.

1944

6 DE ENERO: Los soviéticos consiguen avances en territorio polaco.

22 DE ENERO: Los Aliados desembarcan en Anzio.

27 DE ENERO: Finaliza el Sitio de Leningrado.

19 DE MARZO: La Wehrmacht ocupa Hungría.

10 DE ABRIL: Los soviéticos capturan la ciudad de Odessa.

9 DE MAYO: Sebastopol cae en manos de los soviéticos.

4 DE JUNIO: Roma es capturada por los Aliados.

6 DE JUNIO: Comienza el desembarco de Normandía.

27 DE JUNIO: El ejército estadounidense captura Cherburgo.

3 DE JULIO: Los soviéticos vuelven a recuperar el control de Minsk.

20 DE JULIO: La Operación Valkyria fracasa.

25 DE JULIO: Comienza la ofensiva aliada para romper las defensas alemanas en Normandía.

28 DE JULIO: Los soviéticos toman Brest-Litovsk.

4 DE AGOSTO: Los Aliados liberan Florencia.

15 DE AGOSTO: Desembarco aliado en el sur de Francia.

25 DE AGOSTO: Los Aliados liberan París.

28 DE AGOSTO: Las ciudades de Marsella y Toulon son liberadas.

31 DE AGOSTO: Los soviéticos se hacen con Bucarest, la capital de Rumanía.

2 DE SEPTIEMBRE: Pisa es liberada.

3 DE SEPTIEMBRE: Las ciudades de Amberes y Bruselas son liberadas.

5 DE SEPTIEMBRE: Los soviéticos le declaran la guerra a Bulgaria.

22 DE SEPTIEMBRE: Boulogne liberada.

28 DE SEPTIEMBRE: Liberación de Calais.